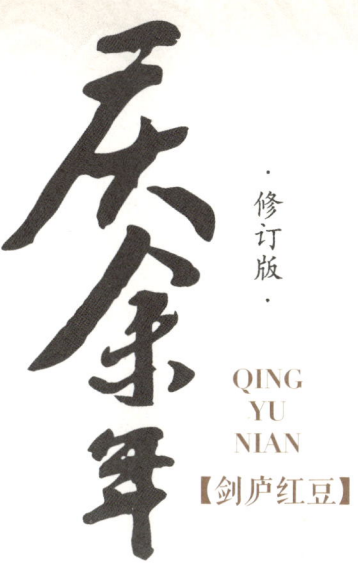

庆余年

修订版

QING YU NIAN

【剑庐红豆】

猫腻/著

人民文学出版社

图书在版编目(CIP)数据

庆余年:修订版.第十一卷,剑庐红豆/猫腻著.—北京:人民文学出版社,2022
ISBN 978-7-02-017335-8

Ⅰ.①庆… Ⅱ.①猫… Ⅲ.①长篇小说—中国—当代 Ⅳ.① I247.5

中国版本图书馆CIP数据核字(2022)第126672号

策划编辑	胡玉萍
责任编辑	李　宇
装帧设计	李思安
责任校对	刘佳佳
责任印制	王重艺

出版发行　人民文学出版社
社　　址　北京市朝内大街166号
邮政编码　100705

印　　刷　三河市博文印刷有限公司
经　　销　全国新华书店等

字　　数　240千字
开　　本　890毫米×1290毫米　1/32
印　　张　9　插页3
印　　数　1—50000
版　　次　2022年8月北京第1版
印　　次　2022年8月第1次印刷

书　　号　978-7-02-017335-8
定　　价　39.00元

如有印装质量问题,请与本社图书销售中心调换。电话:010-65233595

目录

第一章　流年官司与定州胡歌……001

第二章　边城故人……021

第三章　两年与三天……043

第四章　监察院在草原……068

第五章　把风景看透……084

第六章　天子之雷……105

第七章　夜半歌声……126

章节	标题	页码
第八章	东风吹	145
第九章	春来我去也	165
第十章	闲来斩梅	186
第十一章	入剑庐	205
第十二章	一朝天子一朝臣	222
第十三章	剑庐里的大坑	243
第十四章	好大一棵树	255
第十五章	拔剑四顾心茫然	270

第一章 流年官司与定州胡歌

荣华梦一场，功名纸半张，是非海波千丈。马蹄踏碎禁街霜，听几度头鸡唱。尘土衣冠，江湖心量。出皇家麟凤网，慕夷齐首阳，叹韩彭未央。早纳纸风魔状。①

天上的云像是打湿了的棉絮，时刻准备挤出水来；又像是一大块铅锭，沉甸甸的，下一刻就要砸向人间。

宋世仁，这位当年的京都第一状师，如今鬓间已生白发，眉眼不再似当年那般佻脱，整个人显得沉稳多了。此时他平静地望着天上，不知心里在想些什么，半晌后又收回目光，坐到椅子上。有人送上热茶，他漱了漱口，接过滚烫的毛巾摁了摁眼窝处，才觉得精神好了些。又有人在他身后给他捶背、捏腿，还有人替他扇风。只是庆历九年的秋天本来就有些冷，加上秋雨将至，全是凄寒之意，哪里还禁得住扇风？宋世仁忍不住打了个冷战，身旁那位穿着黑色官服的人瞪了拿扇子的下属一眼。

这位监察院官员正是一处主办沐铁，他小心翼翼地看着宋世仁问道："宋大人，有没有把握？"

宋世仁听这个称呼已有一年半了，却依然有些不习惯，他的眉头皱了起来，回道："大人放心。"

---

① 元代汪元亨《朝天子·归隐》，以为题记。

庆历四年，宋世仁曾经替郭尚书家打官司，状告当时的侍郎之子范闲半夜打黑拳，那场官司也是他难得的一次完败。而他真正在庆国朝野引起轰动，则是因为庆历六年江南明家的争产官司。在那场官司里，凭借着范闲的大力支持，他在苏州府整整磨了半年，将平生所学施展得淋漓尽致，抓住庆律与刑部条疏的漏洞，将深烙在天下人心中的嫡长天然继承权，打了个落花流水。

这场明家争产官司虽发生在江南，却是剑指京都皇宫。不得不说，后来皇帝陛下祭天废太子、太子最后被迫谋叛，与这场官司有些说不清道不明的关系。

在江南，宋世仁风光无限，然而回到京都时太子未废，太后震怒，只是轻声交代了一句，他便被捏成了蝼蚁，家产被抄，看尽人间白眼，在荷池坊摆了个摊子艰难度日，险些快要活不下去了。幸好其时范闲回京，暗中将他送出京都，并且赠予大笔银钱，算是对他做了一个报答。待庆历八年初京都事定，范闲又将宋世仁一家接了回来，在西城给他置办了一处宅院，同时给了他一个官员身份。

天下第一状师虽然极能挣钱，身份地位总是不及官员，宋世仁感激不尽，经历了这几年间的遭遇洗礼，他早已不复当年的嚣张模样，沉稳平实至极，一心替范闲做事——他如今的身份是监察院八处执律司官员，专门负责替监察院打官司。

监察院也需要打官司？这事如果从头说起，又是极长的一个故事，但起因不过是两点：首先是前几年陛下便将监察院的审案权全部收了回去，分给了刑部与大理寺，监察院如今更多的是在担任公诉人的角色。而这两年，范闲不知道是受了什么刺激，请了陛下旨意后，开始肃清吏治。监察院在各路各郡各部里不知抓了多少贪官。抓了犯官，自然要审，如果交给刑部与大理寺去审，范闲当然不愿意。

谁都知道"官官相护"这四个字的含义，监察院既然要抓吏治，当然不会给这些文官们抱团的机会，于是宋世仁这个新晋的、专打官司的监察院官员便发挥了极大的作用，但凡有他出马，监察院所诉的罪名基本上都落在了实处，不论那些文官私下如何勾结、如何遮掩，也无法逃脱。

第二个原因是京都事定后陛下的几道旨意。虽然这几道旨意只是延续当初七君子入宫时的定策，但这次那位左都御史贺宗纬，凭着圣眷以及十分清楚的旨意，开始真正运用起了权力，一方面削弱监察院的权力，一方面开始对监察院内部一些违例违律之事进行攻击。

贺宗纬就像一条猎狗守在监察院的外面，只要监察院官员有何违禁事，他便毫不心软毫不客气地拟出章程，直接送往大理寺，要求朝廷治其罪名。

监察院设立之初，庆律院例便有被都察院监督的条件，并且限死了他们不能对都察院下手——只不过这个规矩因为陈萍萍和范闲太过强悍而一直被人有意无意地忘记，如今陛下既然重新记起了此事，都察院便风光了起来。

天大地大不如陛下的旨意大，这两年都察院就像是系在监察院脖子上的一条绳索，让监察院官员们艰于呼吸。好在小范大人依然是监察院的提司，所以都察院的动作比较谨慎，贺宗纬小心地不去触动范闲的底线，只是在庆律上做文章。然而监察院行事总会有意无意触犯庆律，都察院请大理寺审查，即使范闲也没有太好的应对方法，这是陛下的旨意，而且他清楚，监察院一家独大并不是什么好事。

清楚不代表接受，庆历八年的某一天，范闲一脚踹开了都察院的大门，指着贺宗纬以下的二十几名御史大夫怒骂了一通，然后便请回了宋世仁。

不就是打官司吗？难道监察院还怕不成？

今天宋世仁在大理寺要连着打两个官司，一个是监察院审出工部一位员外郎勾结河运总督衙门金事，贪污河工银子，而且这笔银子还不是国库出的，是范闲千辛万苦从江南内库的小金库里省出来的银子，再经由范夫人掌管的慈善杭州会运往了河运总督衙门——贪钱贪到监察院的祖宗头上来了，监察院自然毫不客气，也不理会河运总督大人私下递过来的求情信，在一个黑夜里直接逮捕了相关二十几个人犯，在七处大牢里关了几天，再送往了大理寺。

第二个官司则有些头疼。都察院查出监察院四处驻南诏某位官员暗中划出了一笔鸿胪寺运过去的银子——这个官员是回京述职的时候被查出了问题，他解释是当时经费不足，为了在南诏国内发展眼线，迫不得已才动用了公帑。

只是他到底动用了多少，有没有截留，谁也不清楚。监察院内部明白，这位同事肯定是吃了好处，在异国他乡做间谍，即便范提司接连三次提高了月饷，经费依然紧张，而且过着朝不保夕的日子，谁能一直做圣人？

"案宗都准备好了？"宋世仁看了一眼身边的助手。这个助手姓陈名伯常，正是在江南与宋世仁打对台戏的名角，也被范闲半请半绑地带回了京都，听着问话点了点头。

八处新设的执律司里全是来自各地的名讼师，每每想到此点，已是心如止水的宋世仁都不禁有些震撼，小范大人做事还是这般嚣张，陛下明显就是要让都察院制衡监察院，他却偏要明目张胆地对着干，而且干得如此痛快。

监察院官员现在都很欣赏八处执律司，因为他们知道这些曾经的讼师现在是自家利益的最大保障。沐铁拍了拍宋世仁的肩膀，诚心诚意地道："大人加油。"

大理寺门外雨丝轻坠，宋世仁喝了口茶，神色沉着稳定，双手负在身后往里走去。他已经将整个庆国文官系统得罪了遍，知道自己再也无法下监察院这条船，一旦下去，便是被巨浪吞没的下场。但他不惧，因为监察院这条船上掌舵的是小范大人，只要小范大人在一天，就没有人能对付自己。

"南诏那边有些问题，都察院与刑部在那个官员家里抄出了数量不少的银钱。"陈伯常提醒道。

"退赃，去职，无罪。"宋世仁面无表情地道，"提司大人的底线在此，如果都察院还想更进一步,就撕开脸皮打,先从刑部落手,那些人没几个是干净的。"

陈伯常忍不住打了个冷战,像小范大人这样搞,难怪都察院与自家的官司总是打不赢,毕竟贺宗纬再如何有圣眷,再如何用心用力,也抵不住小范大人时刻准备掀桌子啊……他咽了口唾沫,道:"提司大人今儿怎么没来看热闹?"

这一年,范闲最大的兴趣就是替属下当靠山,旁听大理寺审案,看都察院御史们铁青的脸色。

按理来讲,这种事情派几个官员旁听便罢了,言冰云都懒得过来,偏生他却是次次不落。这位小公爷在大理寺衙堂之上跷起二郎腿一坐,所有的审案官员都开始害怕,哪有人敢对监察院官员动刑,而他要的就是这种效果。

"陛下派他出去了。"宋世仁也只是隐约知道一些内情,没有再说什么,揉了揉手腕,看了眼堂上的都察院御史及刑部官员,把脸一沉,冷哼一声,开始做事。

从京都往西走,绕过青翠苍山,行过数条清河,再过十数天,便进入连绵数百里的军垦所在,这便是庆国七大路之一的西凉路,最是贫穷,景致却也最为奇特。

数百年间,西凉路都是中原政权与胡人反复征战之地,直到大魏势弱,庆国开始暗中崛起,还没有往大陆腹地进发,便开始向胡人索要千年的血债与土地。

打了很多年,死了很多人,这一片国土终于被庆国牢牢地控制在手中,新修了不少城池,移来许多百姓,然而毕竟是新盛之地,商业并不发达,也没有什么值钱的出产,百姓逃亡之风直到最近十几年才稍微好了些。

这里有的只是平整而少人打理的田地,还有线条边缘突起的土丘,远处一望无际的荒漠看上去苍凉至极。

此处的夕阳比大陆任何地方落得都要晚一些，血红的暮色笼罩在苍茫大地上，映出一座全由土石堆积而成的雄城，炫耀着庆国强盛的国力与军力，震慑着更西方草原上的人们。

这便是西陲重镇定州城。

由京都通往定州的官道被保养得极好，可以容纳八匹马并驾齐驱，当年不知道消耗了多少人力财力。

一列车队正在这条官道上向着定州城疾驰，似乎想赶在太阳落下之前进城，只是望山跑死马，一片平野上，定州城似在眼前，却远在天边，看来是怎么也赶不上了。

离定州城约二十里有一处驿站，不是定州军的驿站，而是由工部兼管的邮路驿站，所以有些破落陈旧，七八个汉子正在夕阳下打着呵欠，他们已经吃过了晚饭，准备一会儿赌钱。

天色渐渐黑了，这些汉子脸上忽然露出了古怪的笑容，向着后院靠了过去，听着里面传出的声音，掩嘴而笑。

后院一间石房内，驿站唯一的官员驿丞正抱着一个女子，双手按在她软绵绵的胸上，吭哧吭哧叫个不停。定州偏远，没有什么娱乐，夜晚来得太迟，所以每当太阳一落，他便会抓紧时间，进行这唯一的娱乐。

他身下的女子是从定州城里带来的妓女，虽然愿意出城的妓女长相都很一般，但他很喜欢这女子的媚劲儿和身上的软肉。驿丞无比快活，只觉身下女子仿似棉花糖做的，尤其是那眼神儿更是比定州城的井水还要甜还要腻，这一个月三两银子，真是值了。

正在快活的时候，忽然房门被人推开了，驿丞倒也大方，依旧该干吗干吗，也不回头，破口骂道："要听就听，要看就看，娘的，也不说小心些，居然撞进门来，当心把老子搞成马上风……"

妓女也是吃吃地笑，根本不害怕被看到什么。忽然驿丞觉得有些奇怪，因为后面半天没有声音，他回头望去，只见是个陌生人，吓了一跳，赶紧从炕上弹了起来，系好裤子，还没有忘记拉过黑黑的棉被把炕上妓女白花花的下身盖住。

驿丞本想破口大骂，但看这个陌生人穿着打扮十分贵气，只怕是什么惹不起的人物，嘴里便有些发干，害怕了起来。他颤着声音问道："你是什么人？"

范闲坐在驿站里唯一一把太师椅上，看着跪在面前的一大堆人，皱眉道："让你们起来，就快些起来。"

他奉了陛下旨意前来定州劳军，在御书房里接的密旨却有些别的内容。这两年西胡不知道吃了什么兴奋剂，又像是吃了镇静剂，一改往年春去秋回的浪漫主义战法，开始极有组织地向着定州方面侵袭，而且战法变得极其狡诈。

叶家仍然兼管着定州军务，但叶重在枢密院掌管天下军马，不可能亲自坐镇此间。加上胡人攻势太强，第一年的时候，定州方面局势很是危急，最后陛下亲自调了各路边兵轮流支援，才算是稳定住了局势。

范闲清楚，陛下亲调五路连军往西路轮值，也存着用胡人的刀来磨庆国的剑的意思，胡人的进攻，恰好给了庆国锤炼军力、为日后统一天下的战争做准备的机会。

但事态不能再这样继续下去，不然西胡只怕会成为庆国的心腹大患，所以他才会亲自来定州，要了解一下事态。

今日赶不到定州，只好在这座驿站里休息一夜，哪知进门竟是无人来迎，七八个汉子像小孩儿一样在听墙角，范闲一时好奇，直接推门而入，竟是看了一场活春宫。

驿丞和那七八个汉子跪在地上连连磕头，随着范闲的官员知道他的性情，自当看不见，各自准备晚上休息事宜。

范闲看着那个驿丞，笑骂道："娘的，太阳还没下山就开始搞，有胆子搞就别怕。"

驿丞哭丧着脸，只道自己马上就要被杀了，要知道眼前这位爷可是天字第二号贵人，监察院的提司大人。

范闲不解地问道："你怕什么？"

"大人疾恶如仇，最痛恨官员腐败……"驿丞已经吓得要哭起来，瘫软在地，把天下百姓对范闲的印象说了出来。

范闲语塞，心想这都是哪儿跟哪儿呀，只好无奈地挥手道："收拾一下，明天随我们进城。"

天蒙蒙亮，一行人起床洗漱。沐风儿现在主管启年小组，人手由二处及六处成员构成。监察院向来半军事化管理，此时驿站里只能听到水声，开门吱吱声，却没有什么交谈声。

今日不用爱惜马力，当这行人来到定州城东门时，太阳还没有多高，温暖中夹着一丝寒冷，但排队入城的菜农还有由中原腹地过来的商旅队伍，已经排成了一条长队。

京都秋意未浓，边关将士已经开始穿垫棉的盔甲了，范闲不易察觉地看了一眼，示意沐风儿准备好通关的文书。

他们一行人伪装成江南商人，拿着户部及内库转运司开出来的路条茶契，不是说朝廷对定州军有何怀疑，只是范闲要与一个人碰头，为了保证那个人的安全，最好还是不经由朝廷渠道，私下会面的好。毕竟现在胡人忽然开了窍，皇帝陛下和范闲都怀疑，西胡中有位能人在做主，那谁知道定州城的军政两府中，有没有胡人埋下的奸细？

边军查验做得很细致，范闲站在一旁冷眼看着，暗暗点头，叶家在西陲经营数十年，依然没有丝毫懈怠，着实不易。

驿站那位驿丞抹着额头的冷汗，跟在范闲身后，心里一直打鼓，他此时也换上了商人的服装，脸上被监察院官员做了些手脚，显得越发猥琐。他不明白，贵人为何要带着自己进城，而且还非得穿成这个模样。

定州军查验严苛，但没有借机收取油水好处，也没有刻意留难各方来的商贾菜农，速度倒是极快，很快便排到了他们。沐风儿递过准备好的通关文书、路条与茶契，那个校官微微一愣，皱了皱眉头，似乎觉得有奇怪之处。

范闲不知道哪里出了问题，不过也不惊慌，下午自己便要去西凉路总督府亮明身份，应该不会产生什么误会才是。

这些文书没有问题，只是签发印章及签名的竟是各衙门里的主官，如此一来，便说明这队商人的身份十分要紧，不然朝廷里的那些官老爷怎么会亲自审核这些文书。监察院要做这些文书自然简单，不过最近都察院盯着，干脆去各部衙里谋了份真货，但是太真了，也便太打眼了。如果现在还是王启年负责范闲身边的这些细务，必然不会犯这种错误。

那位校官盯了沐风儿一眼，又下意识看了范闲一眼，明白这个贵气十足的漂亮年轻人才是这一个商队的首领。

此时范闲正颇感兴趣地看着眼前的定州城墙，暗自琢磨，定州城四周一片平野，如此荒漠，这些大石头是从哪儿搬来的？石头与石头之间黏着的是黄土？这也能修城墙？

那位校官皱了皱眉头，点点头放行，看着这一行商旅入城之后，他唤来一个下属，低声交代了几句。

那个跟着入城的驿丞，终于知道为什么小公爷要带自己这个小角色入城，原来是准备逛街来着。定州城内街道乱七八糟，各坊相交，如果没有本地人带路，有些地方还真是无法找到。可让他头痛的是，身份尊贵的小公爷竟是对什么东西都感兴趣，到处逛也不嫌累，西池河子那边从胡人部落里运过来的胡人用器更是吸引了他许久的注意力。

用半天时间，范闲一行人将定州交易坊一带逛了个通透，完美地展现了一个商队应该有的积极。在一方土墙下，他看着远处的城楼，低声问道："消息发出去了吗？"

沐风儿看了看四周，点头道："依照双方约定，已经发出去了，只是我们来早了两天，就怕对方还没有入城。"

范闲道："我离京的消息没办法封锁，弘成肯定知道我要来，如果被这小子拖住，哪还有时间办事。再说大营和总督府里谁知道有没有胡人的奸细，只能提前来。"

沐风儿看了队伍后方的驿丞一眼，道："如果不是对地形不熟，真不该喊这个人带路，待会儿还不知道怎样处理。"

范闲也有些恼火，陛下一直严禁监察院与军方联系太深，所以不管是四处还是二处，在定州都没有什么得力的人手。当然，监察院在定州肯定有钉子，但范闲不愿意启用这些钉子，免得事后定州军方不痛快，吃亏的还是那些钉子。

车队停靠在一处阴凉的地方，午饭随便买了些烧饼就着清水吃了，范闲也不例外，监察院下属早已习以为常，只有那个驿丞看着小公爷也在啃烧饼，暗自心惊。

一个属下哼着小曲回来了，手中提着沿路购得的胡部特产，他将这些东西扔回车上，压低声音对范闲说了几句什么。

范闲抬起头来看了沐风儿一眼，笑道："看来对方比咱们还急，那就去见吧。"

定州城是大庆的天下，谁也没这个胆子针对监察院做陷阱，沐风儿点了点头，喊起了那个驿丞，跟着范闲向土墙那边走去。他们三人行过热闹的街市，就像内地初次来的商人一般好奇行走，不知走了多久，终于到了一个羊肉铺子。

范闲看着这个铺子没有招牌，忍不住笑骂道："娘的，这地方还真是难找。"他又拍了拍那个驿丞的肩膀，"你小子行啊，连这些地方都知道。"

驿丞只觉浑身上下一片酥软，暗想这肩膀可是被小公爷拍过的，半个月都舍不得洗澡。

铺子里有四张凉席，席上搁着小几，摆着肉食酒水，凉席由薄布隔开，却隔不开声音，勉强是个意思。范闲坐在最里面，驿丞只敢在外坐了半个屁股，心想贵人为什么一定要找这间不起眼的铺子，是来见什么人吗？然后他惶恐地接过贵人递过来的一碗酒，小心翼翼地喝了一口，便昏睡了过去。

吃了几块手抓羊肉，喝了两碗烈酒，范闲的眼睛越来越亮，一瞥身旁的薄布帘子，对沐风儿使了个眼色。

沐风儿端起酒碗，起身掀起布帘，走了过去。布帘掀起，范闲眼睛极尖，看见那人约莫四五十岁，脸色黝黑。

此时太阳当空，天渐渐热了起来，土房子里却依然清幽，不是喝酒的正时，铺子里格外清静，只有范闲一行人和那个神秘的胡人。许久后，那方布帘再次被掀开，沐风儿对范闲点头示意，表示确认了对方的身份。

范闲半侧着身子，手稳稳端着酒碗，看着那个胡人开口笑道："堂堂左贤王帐下第一高手，何必改头换面，如此鬼鬼祟祟？"

那个胡人放下酒碗，看了范闲一眼。这一眼如含电光，直刺人心，气势慑人，范闲却是没有丝毫反应。

胡人没想到，庆国监察院一个年轻官员便拥有如此深不可测的城府与实力，用鹰隼般的目光盯着范闲的脸，沉声道："不错，我就是胡歌。他说你是头目，那我便与你谈。"

范闲举起手中的酒碗，道："我想知道的事情并不多。"

"我必须先确认公主的安危。"胡歌乃是西胡左贤王帐下第一高手，声名威震西陲，自有气势。

范闲伸手入怀内，摸出一只玉钩递了过去。胡歌接过这只玉钩，眉头深锁，似乎陷入了某种沉思之中。

范闲也不去打扰他，只是静静地看着这一幕。

监察院能与这位左贤王帐下第一高手搭上线，不是谁有通天的本事，而是对方通过了极麻烦的方式主动找上门来的。

对于这种主动找上门来的人物，监察院一贯的应对方式是——不主动，不承诺，不负责。直到对方真给了监察院一些极可用的情报，监察院才开始着手跟进。而能够跟进这条线的，除了范闲本人，便再找不到第二个人。

因为胡歌找上监察院的原因，是玛索索。

玛索索如今被和亲王金屋藏娇，但名义上还是范闲的人。

这位部落公主是女俘，又不是女俘，因为她所在的部落当年本就准备向大皇子投降，只是事尚未成便已经败露，整个部落被西胡王帐屠杀干净，残存的族人也只得四散于西域，各自投奔贵族求存。胡歌是当年这个小部落出去的勇士，还没有来得及亮明身份、为部族争得荣耀，就已经得到了部族被屠的悲惨消息。二人不只相识，甚至小时候还是极好的朋友，用中原人的话来说，便是所谓青梅竹马。

从玛索索处确认了胡歌的身份，范闲当然不会放过这条线，此时看着对方苍老的面容，他心里直犯嘀咕，难道胡人天天吹风晒太阳，就真这么容易见老？

胡歌郑重地将那只玉钩收入怀内，看着范闲道："我确实想替部族复仇，但你们庆人太过阴险狡诈，我是信不过的。"

范闲明白，如果要对方替庆军带路，千里突袭西胡王帐，不说对方肯不肯，朝廷方面也没有人敢相信他。

"我不需要你做什么，相反，我还可以支持你做什么。听说左贤王现在的处境也不如何，他应该需要你的帮助。"不等这个胡族高手开口，范闲摆手道，"我给你支援，要求并不多。第一，你必须想尽一切办法，阻止明年春季的大攻势，就算阻止不了，我也需要你的情报……放心，我们庆人直爽，不会打什么伏击，只是要摆个阵头，彼此恐吓一番。这个时间差，你自己应该清楚如何安排。"

胡歌的眉头皱了起来，说道："只是现在连左贤王说话都没有什么力量，更何况是我。"

"那是你的问题，你应该表现出诚意。我也不会亏待你，你不是要收买人吗？天下所有贵族都喜欢金银珠宝、绫罗绸缎，你想要多少，我就给你多少。"范闲的语气很平常，却透着股强大的信心，"你想复兴部族也需要大笔钱财，我也有，所以……你想发财吗？"

这句话他曾经问过一些人，比如前任北齐锦衣卫指挥使沈重沈大人。

沈重大人不想和范闲一起发财，想自己发财，所以他就死了。范闲问过北齐的国舅爷长宁侯爷，这位侯爷很愿意和范闲一起发财，所以他家不仅发了财，儿子还当了大官。历史早已证明，和范闲合作的人，总是很幸福的。

胡歌越发好奇这个年轻官员的身份，摇头道："谁都喜欢金银，但是你的话让人不敢相信……这么多的银子，甚至是银子都买不到的货物，你从哪里得来？你们皇帝肯给吗？"

范闲的话听上去确实有些假，草原上贵族无数，而且都贪得无厌，想填满他们的胃口，除非是庆国朝廷大力支持，就连监察院都很难做这个主。

"我可以给你内库出产的好刀。不过数量有限，毕竟将来我不希望送给你的刀，砍在我大庆子民的脖颈上。"

范闲没有回答胡歌的疑惑，胡歌反而更觉不安，他盯着这张年轻俊美的容颜，问道："你到底是谁？"

"我是范闲。"

噌的一声脆响，胡歌的后背重重地撞到了土墙上，他奇快无比地拔出腰间的弯刀对准了范闲。土墙上的灰往下落着，污了桌上的菜和酒水，而他的眼里已经满是惧意。

范闲用手指轻敲桌面，没有想到自己的真实身份竟把对方吓成这副模样，要知道此人还号称是左贤王帐下第一高手呢。

他哪里知道，庆国监察院范提司之名早已响彻天下，甚至胡人部落里也流传着他的大名。在庆国百姓心中，小范大人光彩夺目，而在庆国的敌人看来，他和魔神有何区别？！

当然，直到如今，胡人还没有吃过范闲的亏，但他们吃过很多陈萍萍的亏，所以对陈萍萍的接班人有种天然的畏惧。

胡歌在范闲自承身份后，第一个念头便是，今天这次接头是个陷阱，第二个念头便是，如果这不是陷阱，那么这次交易在将来也会把胡人陷入万劫不复之地。

"不要这么害怕。"范闲劝慰道,"不错,我是监察院的头儿,但你放心,我更是一个不错的生意人,如果你不相信我的信用,可以派人去中原查探一下。"

"我不是害怕。"胡歌已经平静了下来,眼神里流露出狼一般的狂野,他盯着范闲道,"我只是没想到,你这样身份的人物,居然会屈尊前来见我,居然会如此勇敢。"

"这是我大庆的天下,这是在定州城中,连你这个胡人都敢来见我,我为何不敢见你?"

"你不知道自己值多少钱?难道你不怕我设局杀了你?"

范闲将手上的油抹在了身旁的布帘上,微嘲道:"如果我怕你设局,还会走进来坐着喝酒?再说了,你以为凭你这个所谓的左贤王帐下第一高手,便杀得了我?"

人的名儿,树的影儿,他早把自己年轻一代最强者的名声烙在了所有武者的心中,胡歌确实没有胆量尝试。

范闲站起身来,盯着他的眼睛道:"我不管你在想什么,但我的条件开出来,我就要知道那个人的名字。"

这是监察院最关心的情报。胡人王帐中隐藏的那个人物给庆国带来了极大的伤害,但埋藏得太深。监察院及枢密院想尽了一切办法,依然无法知道那个人到底是谁。

甚至两院都不清楚,胡人部族里到底是不是有这样一位恐怖的军师存在,还是说单于或两位贤王忽然开了窍。

但范闲不这样认为,皇帝陛下也不这样认为,父子二人有极为相同的判断,江山易改,本性难移,西胡的变化必定是受到了外来的影响,他们断定那个人一定存在——这便是范闲此行定州城最重要的目的,他要把那个人挖出来。

胡歌已经被催很久,此时又闻此言,脸色变了变,他知道自己会从庆国得到多大的帮助，而且玛索索如今的生死也在面前这个年轻人的掌握之中，自己没有太多选择的余地。

"我确实没有见过那个人，左贤王应该都没有见过，但曾经有次酒后，他曾经愤愤不平地提到过一个陌生的名字……松芝仙令。"

松芝仙令？这是一个完全陌生的名字，范闲想到了一个叫松干赞普的人，喃喃道："这是草原上的语言……"

"这是北边兄弟们的族语，并不是草原上的语言。"胡歌将弯刀收回了鞘中，认真地说道，"我查了三个月，已经确认此人是跟随北方部族来到草原的，松芝的意思我不是很清楚，仙令应该是一闪一闪的意思。"

范闲的眉头皱了起来，一闪一闪……亮晶晶，钻石钻石亮晶晶？他马上把这个名字想岔了，没有联想到一闪一闪可以是形容词，也可以是某种意会的动态，比如，花儿盛开？

胡人部落至今没有完全统一语言，确实很麻烦，范闲有些头痛，只知道一个名字能有什么用，他有些无奈地抬起眼帘，望着胡歌道："北蛮还在不停地往草原上迁移？"

胡歌脸色凝重地点了点头："已经是第四个年头了，第一年是北边的兄弟们探路来到，没有多少人；第二年是勇士们。最近这两年主要是当初还留在北方的老人、妇人、小孩，沿着天脉侧方打通的通道，很辛苦地迁了过来。"

"如果……如果说松芝仙令这个人是北方的族人，那他是哪一年到草原上的？"

"应该是先前的那一批，这个人虽然神秘到能够影响王帐的决策，但身后肯定有北方兄弟们的绝对支持。"

"你是说……"范闲紧盯着胡歌的眼睛问道，"北方兄弟们已经在草原上站住脚，而且得到了王帐的认可？"

胡歌道："他们人数虽然只有数万，却几乎个个都是战士，而且比草原上的人团结，也不贪婪，从来不会参与草原上的内部争斗。他们是各方面拉拢的目标,不论是王帐还是两位贤王都很欢迎他们的加入。现在他们说话的声音依然沉稳,在我们这些人看来,声势越来越浩大。"

北方连续数年的天灾,大雪封原,逼得那些北蛮不得不万里南下,来到了草原,西胡的凶戾与北蛮的强横联合在一起,庆国的压力自然大了起来。

范闲心生寒意,在庆国数十年的征伐之下,胡人早已势弱,再加上监察院三十年的挑拨、毒计,更是不足为患。谁也想不到北蛮的到来却像是给这些胡人注入了一剂强心针,那个松芝仙令甚至有什么办法可以弥合各部族之间的分歧。

如果草原是一盘棋,那么接下来便是他与那个松芝仙令落子,你来我回,看看谁会获得最后的胜利。

西陲昼夜温差极大,太阳缓慢地挪移着,像是给定州城的温度下达了某种指令,渐渐燥热,渐渐冷却,当城中土墙的影子越拉越长,太阳往西垂去,温度越来越低时,范闲与胡歌的第一次接头也进行到了尾声。

范闲再与对方确认了联络的方法以及接触的细则,便开始进行最后的利益交割。不论是金银财宝、绫罗绸缎,还是茶砖瓷器,运到草原上,然后神不知鬼不觉地交到胡歌手中,这就是件大麻烦事。好在草原部族早已经习惯了称臣纳贡,双方的贸易倒是一直没有停止。也就是说,当天山脚下双方互射毒箭之时,也许在山的那一边,商旅们正辛苦地往草原进发,用中原腹地的货物换回毛皮以及别的物件,战争与商业竟是互不阻挠。铁器、盐、粮这些重要物资,走私当然有难度,但范闲有陛下的亲笔旨意,当然也不在乎这些。

胡歌严肃地说道:"提司大人,我们之间有信任,我才把这条道路告诉你,希望你不要让我失望……"

范闲知道他在害怕什么,摇摇头道:"放心吧,你们那边景致虽美,我却是喝不惯马奶子酒,没有兴趣带军队过去。"

得到承诺,胡歌略放下些心,端起酒碗敬了范闲,然后一饮而尽,酒水漏下，打湿了他的胡子与衣襟。

范闲笑了笑，端起酒碗准备结束这次交易，不料却听着铺子外面传来一声极轻微的哨响，他的眉头顿时皱了起来，将酒碗重新放回了桌子上。

这声哨响很轻，像是牧者在赶骆驼，没有引起胡歌方面的注意。胡歌发现范闲将酒碗重新放回桌上，心头一凉，以为对方还有什么条件，暗道庆人果然狡诈，总是喜欢狮子大开口。不料范闲看着他问道："你带的人有没有问题？"

胡歌面色微凛，明白铺子外面出现了问题，摇头道："都是族中流散各地的儿郎，绝对没有问题。"他知道事情紧迫，一面说着，一面开始准备逃离。如果让定州军知晓他在城中，一定会不惜一切代价捉拿他。双方这几年间厮杀惨烈，能拿住左贤王帐下第一高手，定州军会乐得脸上开出花来。

范闲却没有起身，轻声道："还在街外，包围圈没有形成，你从屋后走，我替你拖一阵子。"

胡歌重重点了点头，接过沐风儿递过来的一个重重的包裹，手指伸入唇中打了个呼哨，然后一掀布帘，便沿着土洞向羊肉铺子后方钻了进去。与此同时，羊肉铺子外一些不起眼的胡商或伙计也在同一时间混入了人群中。

"他们习惯了四处藏匿，毕竟部族被屠数年，想复族，总有很多见不得光的事情。"沐风儿看着低头饮酒的范闲道，"示警得早，定州方面捉不住他。"

此时那几个扮作中原商人的监察院下属匆匆走了进来，复命道："西大营的校卫已经进了土街，马上就到。"

沐风儿看了范闲一眼，意思是这时候要不要撤。

范闲摇了摇头，自己一行人既然被定州方面盯住了，留在土墙处的车队肯定已被对方控制，撤退已没有必要，而且为了胡歌一行人的安全，他必须把定州军拖上一段时间。

只听得羊肉铺子外一片嘈乱，马蹄声响起，不知道有多少人冲了过来，将铺子包围起来，此间还隐约听到一个官员在高声呼喊，好像是发现了已经有目标从羊肉铺子离开。

范闲觉得有些麻烦，反身从臀下抽出一道凉席上的竹片，起身走到了铺子外。

铺子外杀气腾腾，足足有两百名定州军将铺子团团围住。只见他们手中长枪对准从铺子里走出的几人，枪尖寒芒乱射，似乎随时都有可能将他们扎成肉泥。

街上的良民商人好奇而紧张地看着这一幕，不知道大将军府上的人为什么会动用如此大的阵仗对付这样几个商人，有聪明的，当然已经猜到这几个商人的身份没有那么简单。

范闲不能让任何人因为自己的存在而怀疑到逃走的胡歌，这个监察院埋藏在西胡的钉子太重要，以至于他谁都不敢相信，更何况是被这么多人看着。

一个士兵凑到校官耳边说了几句，校官的眼睛亮了起来，看着范闲一行人，寒声道："来人啊，给我拿下这些奸细！"

范闲一看那个士兵的脸，认出对方是东门守城的士兵，正是此人审核了自己一行人入城的文书，马上便知道问题出在了哪里，他看了沐风儿一眼。

沐风儿猜到是文书的细节处理上出了些漏洞，引起了定州方面的怀疑，脸色难看至极，冷脸看着那名校官，眼神就像是准备过会儿就把对方生吞了。

那名校官看对方毫不畏惧，越发确定有古怪，一面准备发号施令，派出一部分下属继续去捉拿逃出去的人，一面催着马儿，来到了对方的面前。

不能让定州军追到胡歌，范闲挑了挑眉，沐风儿得令，脚下一蹭，黄沙一现，像条灰影一样翻了起来。他手掌在马头上一按，袖中短刀疾出，便要制住那名行事极不小心的校官。

那名校官敢单马临于众人之前，对自己的身手自然是极有信心。陡见异变，他丝毫不惊，单手提起刀鞘，拍向沐风儿的手腕，右手离缰，直探沐风儿的咽喉，出手好不干净利落，竟是地地道道的叶家擒拿功夫。

此人武艺果然高强，但他认为这几个商人可能是奸细，根本想不到对方的真实身份，不免有些轻敌。他挡住了沐风儿，却挡不住几乎与沐风儿同时腾起的几个黑影，只听得嗤嗤数声，几个影子同时来到马上，捉手的捉手，扼喉的扼喉……

六处剑手暴起出手，即便是范闲都有些忌惮，更何况是这位定州城内不起眼的军人。一声哀鸣，那匹马忽然间发现自己背上站了四个人，哪里还承担得住，前蹄一软，便倒了下去。

烟尘起，定州军士兵大惊，眼睁睁看着自家的头领，就这样被那几个奸细轻轻松松地捉住。

沐风儿一把拿过那名校官的刀鞘，将短刀横在对方脖子上，对着四周冲过来的定州军高声喊道："不怕死的就过来！"

那名校官脸色煞白，没有想到自己居然挡不住这些奸细们一招，咬牙对下属们吼道："还愣着干什么？！"

他此时已经相信这些人不仅是奸细，而且是很厉害的奸细，为了定州城的安危，怎么会在乎自己的生死。

他不在乎，范闲在乎，如果真的爆发了冲突，定州军固然是留不下自己这几个人，但日后怎么向朝廷交代？

"我们不是奸细。"范闲温和地说道，"我们只是商人。"

胡歌一行人应该已经安全逃离了包围圈，他不再担心，示意手下诸人放下兵刃，对着这名勇敢的校官微笑道："这位军爷，手下都是些鲁莽人，惊着您了。"

这种说辞，自然没有人相信，再鲁莽的江湖人，也不敢对朝廷的军队出手。

校官摸了摸发紧的喉咙,发现自己仍然被这些奸细包围在内,看着范闲狠狠地说道:"看你们还能往哪里逃?"

"不逃,我们真的只是商人,先前有些反应过度罢了。"

"是吗?你们是哪家的商人?"校官阴沉地看着范闲。

"岭南熊家。"

"既然是商人,跟我回府接受检查。"校官的牙齿都快咬碎了,大怒吼道,"不然当场格杀勿论!"

在他看来,这些奸细只怕马上就要着手突围,只是被他们控制着自己,那些属下动手多有不便,却没料到对方略一思忖,然后竟是点了点头,说道:"好。"

校官很是吃惊,心想这些奸细难道不知道被抓住后,迎接他们的就是无穷无尽的毒打与审问?不过对方既然糊涂愚蠢到了此等地步,他自然不会错过这个机会。

"自缚双手!"他望着范闲大声吼道。

第二章 边城故人

定州城出了大事，又抓获了一批奸细。虽然奸细年年有、月月新，今天在羊肉铺子抓的奸细却是与众不同。一来他们自中原腹地而来，不知是想与西胡做私盐生意还是有更大的谋算；二来这些人的行事透着古怪。

定州军一直不赞同朝廷与监察院的判断，认为西胡王帐处并没有一个神一般的军师存在。这几年胡人如此厉害，全是因为朝廷内部有人与其勾结，并且向其提供了大笔支援。

这些来自江南、经由京都的商人奸细，似乎将会明确地证明这个推论，自然要用心审问，由此竟是直接带去了大将军府。

"还没来得及问？"大将军将牙齿磨得咯吱咯吱响，"先把他们的腿打断，再打上三十大板，然后方可问话。"

堂下定州军将士齐声发喊，便准备动手。

那位大将军吐了一口唾沫，骂道："干他娘的，居然当着本将军的面也不跪，还挺硬气……什么狗屁岭南熊家，就算你是夏明记的人，本将军也照打不误！"

举世皆知夏明记是范提司的家产，世上敢不买范闲面子的人基本不存在，奇怪的是这位大将军的语气却不像吹牛。

范闲抬起头来，看着这位满脸大胡子的西征大将军，心想此人怎么长得如此难看了？口里叹道："打是打不得的。"

大将军愤愤不平地喝着烈酒，心想这些王八蛋胡人怎么总不让自己轻松些，忽然听到这句话，下意识地往堂下看去，不料却看到了一张有些熟悉的脸——那张脸上的五官有些变化，眸子里的促狭之意却如当年一般浓烈。

西征大营御封大将军李弘成愣在了堂上，呆立半晌，然后一口酒喷了出来，傻乎乎地看着堂下的范闲，张了张嘴，用食指快速点动着，却是没有说出话来。

范闲睬了睬眼睛，不易察觉地摇了摇头。

李弘成极快速地压住心头的震惊，咳了两声，清了清嗓子，看了四周的部属一眼，道："都给我下去整理一下宗卷，待会儿总督府来抢人，你们给我死命拦着。"

"诺。"军士们领命而出，那名校官及几个将军府上的亲信、文书却没有退出去，纷纷道："将军，不审了？"

李弘成大怒，说道："审个屁！又不能打，怎么审？"

不能打？难道先前这个奸细所说的话真的说服了大将军？那名校官半晌反应不过来，觉得人生似乎太荒谬了。

范闲在堂下笑着问道："这四个人是你的亲信？"

李弘成早已从堂上跳了起来，一面往下走一面咕哝道："废话，不是信得过的人，哪里敢留在这里。"

"那就好。"也不见范闲如何使力，只见缚在他双臂上的牛筋绳寸寸断裂，脱落在地。

那四个亲信瞪圆双眼，不敢相信自己的眼睛，对于人生的荒谬有了更深一层的认识——这可是军方特制的牛筋绳，足以捆住一个九品高手，怎么却被此人如此轻易挣脱！

他们哪里知道范闲体内的霸道真气已至顶峰，加之这种真气的特异属性，一旦全力施展出来，真可谓是无坚不摧。

四人下意识里想抽出兵器砍过去，幸亏不是真的傻子，看出情形有些古怪，讷讷地互视一眼，脚下有些发软。

范闲摸了摸被捆得发红的手腕，对李弘成道："你手下这些人还真狠。"

"废话！不狠怎么抓得住你们这些院里的大爷？"李弘成一拳头捶到了他的肩膀上，"你小子怎么跑这儿来了？"

范闲没有应话，回身指着椅上兀自沉睡的那名驿丞道："这人知道我的身份，不要放他出去，事情办完了再说。"

李弘成点点头，抱住他的肩膀，眉开眼笑道："京里说你至少还有十天才能到，这么早来，是不是有什么好事？我如今可是定州的土霸王，有好事可得分我一杯。"

范闲皱眉看了他一眼，越发觉着古怪，这位世子爷如今怎么真的像个兵痞子了，尤其是身上这股臭酸的味道……他打了个寒战，脱离开对方热情的怀抱，道："好事没有，坏事倒是一大堆，我不能告诉你，但需要你帮忙处理。"

二人说起正事来，便将下属忘到了一边。那四个大将军的亲信，已经隐隐听清楚了这些所谓奸细的来历，震惊无语，急忙把那些监察院官员解开，然后手足无措地站在一旁，赔着笑脸，说着抱歉的话语。

"把消息封锁住，一点儿风声也不能透出去。如果有人问今天押入府来的奸细，就说大将军府正在密审。"不知道范闲和李弘成说了几句什么，李弘成回过头来寒声叮嘱了几句。

"三天后你在牢里找些死囚……"范闲道，"接下来该怎么做，我手下这些人会帮你府上的人处理干净。"

"这些事情他们做，咱们得先谈谈。"李弘成依然抱着范闲的膀子，像是生怕他跑了一样，拖着他往后园里走去。

大将军府及监察院的官员们看着自己的顶头上司，就这样勾肩搭背地走了，不由大眼瞪小眼，陷入了沉默。

大将军府原先是叶家的府邸，李弘成来到定州城后便一直住在这里。两年前京都叛乱，定州军半数军队入京平叛，叶重与宫典从此留在了京都，再也没有回来过，这座大将军府便成了李弘成的私人府邸与办公衙门所在。

府中没有什么闲杂人等，一路走到后园，竟是连个下人都没有看见。范闲暗自称奇，脸上却没有表现出来，坐到一处冰凉的石凳上，习惯了一下与中原花园完全不同的冷清肃杀气息，斟酌着开口道："你必须向下面交代清楚，绝对不能让人想到，我今天进了定州城。"

"你提前十天来自然是办事，问题是以你现在的身份，还怕什么？"李弘成提着一大壶酒，倒了两碗。

"我不想有心人会因为我的提前来到，而猜到我是来见人的。这事我不瞒你，我在草原上埋了颗钉子，今天我就是来见这颗钉子……"范闲加重语气道，"除了你，我不想任何人知道这事。"

李弘成沉默了一会儿，道："就如你先前所言，找些死囚冒充你们，我会处理好，不会让外面的人起疑。"

"还有个很重要的事情。院里需要一条前往西胡的通道，而我不想被你手下的军队给抄了，所以我需要你的配合。"

"你究竟想做什么？我只提醒你一点，你送到草原上的任何一粒粮食，都有可能杀死我大庆的一个士卒。"

不等范闲开口解释，李弘成紧盯着他的眼睛继续道："我不管朝廷是怎么想的，我也不管陈院长有什么阴谋诡计，我也不理会你是不是准备培植一颗钉子让胡人内乱，但我必须提醒你，胡人是一种与我们完全不同的存在，你不在边关，不知道他们的凶残与善变，养虎为患这种事情，你要当心。"

"放心，我有分寸。"

范闲举起酒碗，与李弘成尽饮一碗，然后长吐了一口气，看着对方满是大胡子的脸庞与眼角处无由而生的皱纹，一时间不知如何言语。二人同时陷入沉默，后园一片安静。

李弘成三年前投军，三年来奋勇杀敌，身先士卒，名声早已传回了京都。世人皆赞，在大皇子西征之后，皇室终于又出了一位能够领军打仗的厉害人物。也正是因为有军功在身，所以哪怕他曾经与二皇子有些不清不楚，还是得到了陛下的信任，接替了叶重的位置，开始统领整个定州西大营。

风流倜傥、潇洒清俊的世子爷，已经被边塞的风沙吹拂打磨成了另外一番模样，而且已经三年没有回过京都。

"虽然边关吃紧，但看你在大将军府的模样，不是没有时间回京，为什么不回去？"范闲问道。

李弘成握着酒碗的边缘，缓缓道："回去做什么？"

范闲不赞同地看了他一眼，道："都是过去的事情了，如果陛下疑你，怎么会让你执掌定州军？"

"我对定州军的控制力度比起叶家差得太远。当然，我也不想把西大营变成自己的家兵。你也看见了，我在府中只有四个可以信任的亲信，那个捉你们入府的校官是叶家的人，我可以信他，却不敢相信京都。这两年时间，陛下进行了四次轮换，燕京一属，南诏一属，其余的四路边兵竟都是到我定州城来玩了一趟……"李弘成抬起头来，盯着范闲的眼睛，"你未曾掌过兵，但也应该知道，名将用熟兵，这铁打的营盘还真是流水的兵，将不知兵，仗如何打？"

"这次你回京都，一定要帮我一个忙，向陛下进言……不能再轮转了。"李弘成语气沉重道，"兵力补充确实因为轮转而变得绰绰有余，可打起仗来完全不是那么回事，而且胡人十四部的攻势越来越猛，越来越狡猾……"

范闲截断他的话语："我知道你给枢密院发过文，你给陛下的密奏我也看过，但你应该清楚，陛下这两年间的轮换是为了什么。燕京和沧州一带处于胶着之中，陛下这是在用胡人磨刀，在练兵，为的是将来之事，陛下不会听你的。"

"我不管什么一统天下的伟业。"李弘成愤怒道,"若到了大战开幕之日,我也愿意为陛下做马前卒,拼死沙场,但眼下这边已经吃紧到了这种地步,如果西凉路真的被胡人打成了残废,还一统天下个屁啊!"

此时园内只有范闲与他二人,他说话也格外直接,竟是把皇帝陛下的国策批成了狗屁。范闲苦笑道:"我能有什么法子?军务这方面,陛下从来不允许我插手,你又不是不知道。"

李弘成叹了一口气,举起酒碗一饮而尽,随口骂了一句脏话,低声痛道:"十停新兵过来,回去七停,三停就死在草原上……而如果还是用原先的定州老兵,或者是大殿下当年带出来的征西军旧属,这些人原本是不必死的。"

范闲知道自己在某些方面必须点醒弘成,以免他将来不知不觉犯了忌讳:"只靠定州军和征西军旧属怎么打北齐东夷?两年前京都叛乱,秦家叛军死伤殆尽,军内不稳,陛下必然要做这些事情!这个事情不用再说,你也不要再向朝廷进言了,不仅没有效果,反而会惹得陛下不喜。"

李弘成摇了摇头,没有再说什么。

范闲忽然开口道:"你现在多少天洗一次澡?"

李弘成一愣:"没记过,大概半个月或者一个月?"

范闲抽了抽鼻子,骂道:"难怪身上这么臭。"

李弘成瞪了他一眼。范闲又道:"定州城有深井,根本不缺水,而且你可是大将军,难道洗澡都不行?"

"懒了。"李弘成摇头道,"如果你跟我一样,曾经在草原荒漠上与胡人周旋半年,也会习惯不洗澡的日子,再说身边都是一群粗人,谁会在乎这个。"

"下属们不在乎,府里的姬妾难道也不在乎?"范闲捡起一片胡瓜,塞到嘴里嚼着,含糊不清地说道。

李弘成愣了愣,片刻后微笑道:"府上没有姬妾,老叶家的人都已经回京了，我就留了几个下人。"

李弘成当年在京都便以风流闻名，暗中替二皇子掌管半个天下的青楼红粉，真可谓是枕边夜夜新人，如今单身在定州，居然身边一个姬妾都没有？猜到范闲在想什么，李弘成用食指轻轻敲着酒碗，轻声道："若若不喜欢，所以我戒了。"

半晌后范闲幽幽地说道："这件事情是我对不起你。"

"你做了什么对不起我的事？"李弘成不解道。

范闲没有应话，只是感慨道："当年第一次在一石居看见你时，你身周尽是门下清客，何其潇洒随性，没想到如今却成了这副模样。"

"这副模样没什么不好的。"李弘成想着这五六年来身边发生的事情，也有些感慨，"当日一石居上，还有郭保坤、贺宗纬一行人……"

如果不是李弘成提起，范闲或许已经忘了郭保坤是谁。

"你打了郭保坤一拳头，后来还把他弄得家破人亡。"李弘成看着范闲似笑非笑地说道，"贺宗纬如今却成了朝廷的大红人，世事造化难料，我能置身事外，相对而言还算不错。"

范闲笑了笑，没说什么。

"你小子够狠，在你入京之前，京都平静了十来年。"李弘成继续道，"可自从你一入京，便开始接二连三地死人，不过想必你也没有想到，贺宗纬那个杂碎居然能爬到现在的位置。都察院在京里掐着你监察院的脖子，他开始入门下中书议事，已经开始威胁到你……"

理所当然，李弘成与范闲对待贺大人的态度出奇一致。范闲微嘲道："爬得高，将来摔得也快，我倒不担心什么。"

"你当然不会怕他。"李弘成笑了起来，"我在定州都听说了三姓家奴这个绰号，肯定是你取的。"

范闲嘿嘿笑了两声。李弘成无奈道："你啊……还是那几招，先把人的名声搞臭，然后凭着陛下的恩宠，开始玩不讲理的阴招。不过我提醒你，贺宗纬与我不同，与老二也不同，他是陛下立起来的臣子，你可轻易动他不得。"

当年范闲就是用这招,将阴杀妓女的事迹,压在了二皇子和李弘成的身上,最终逼得二皇子出了险招,然后李弘成被靖王爷囚禁在王府大半年。

"不错,如今朝廷里有很多官员开始抱贺宗纬的大腿……三姓家奴?其实他一直跟的主子都姓李,而且官员哪里会忌讳名声这种事情。只是这些官员大概没有想到,不论朝廷的局势怎样发展,贺宗纬将来终究难逃死路一条。"

"怎么说?"

"陛下用都察院来制衡监察院,削监察院的权,事先就已对我言明。我很认可,监察院一家独大,对朝廷、对百姓都不是什么好事。但监察院凶名在此,陛下必须挑选一个敢和我作对的臣子出头……所以挑了贺宗纬,因为他知道,无论将来如何,我都不会放过他,所以他只有努力地往上爬。不过就算他再强,将都察院发展到可以与监察院对立的程度,那又如何?是都察院这个衙门起来了,并不是他这个人。当监察院真正变成检察院的那天,贺宗纬也就不再有利用的价值。陛下的儿子不多了,不论老三将来会怎样想,继位之初总要考虑一下我的态度……贺宗纬他压了我这么久,不付出些代价怎么可能?"接着,范闲冷漠地道,"他是根没有根基的草,只是被攥在陛下的手里,所以他的人生,取决于陛下还能活多少年。"

李弘成听得心头一寒,摇头道:"必须承认,我看事情没有你看得远。如今想来,是你救了我一命。如果我一直留在京都,只怕现在也已经死了。"他沉默了一会儿,又补充道,"就像老二那样。"

提到了死去的人们,气氛又变得压抑了起来。许久后,李弘成叹道:"那日抱月楼外你在茶铺里与老二说的话,他后来都讲给我听了。我知道,你也想救他一条性命,只是……他这人啊,其实和你一样倔,不怎么肯听人言的。"

"我很抱歉他们的离去。"范闲停顿了一下,"但世界上有太多事情,是我们无法解决的。"

"我一直很好奇。"李弘成盯着范闲的眼睛问道,"不论是老二还是太子殿下都在努力地进行某些事情,而似乎只有你,从一开始的时候,就断定他们的折腾会以很惨痛的失败告终,你是如何判断出这一点的?"

"这和自小的教育有关。"范闲回道,"小的时候,奶奶抱着我,总是不停地对我说,陛下这样,陛下那样,陛下战无不胜,陛下如何如何……我习惯了,也就接受了,而且……最后的事实也证明了,陛下确实……战无不胜。"

李弘成默然无语,只有摇头。

"还是回趟京都吧,我知道你怕触景伤情,去看看老二也好,他和承乾、皇后娘娘、长公主都葬在一座优美的山丘上,风景不错,再说……王爷的身体也有些不好。"

李弘成没有答应,只是诚恳地道:"父亲前年大病一场,全亏你照顾,柔嘉来信都说了,谢谢。"

"我们之间何必用谢字。"范闲看着他,看似不经意地说了一句,"年关的时候,若若要回京。"

李弘成眼睛一亮。

"叶灵儿来定州散心,怎么没有看见她?"范闲没有继续先前那个话题,问起另外一个自己很关心的人。

二皇子死后,婉儿陪了叶灵儿一阵,效果不甚明显,后来还是叶重请了旨,把女儿送回自幼生长的定州城,李弘成与二皇子情谊匪浅,由他照顾叶灵儿确实比较合适。

李弘成苦笑道:"王妃看见草原后,心情好多了,只是她哪是闲得下来的角色,现在正在青州。"

"青州?"范闲倒吸一口凉气,责备道,"那可是最边远的州城,随时要与西胡开战的地方!"

"我有什么办法？"李弘成瞪了他一眼，"西大营里有叶家无数旧人，那些将领看着叶灵儿像看着小祖宗一样，处处小心翼翼，她要去边塞打仗杀人疗伤，我能拦得住？"

范闲骂道："真是胡闹。"此时他忽然想到一件事情，赶紧说道，"还好，我马上要去青州，回来的时候把她绑回来。"

此话一出，轮到李弘成倒吸了一口凉气："你去青州？难道你想要出点儿什么事情，然后陛下把定州军屠了给你陪葬？！"

青州城是庆国最边远的州城，也是最新的一座州城，是大皇子西征的时候打下来的。此城位于草原边缘，三方空虚，如果让西胡知道范闲深入青州，只怕会不惜一切代价来攻。

范闲安抚道："我就是去看看。"

李弘成愤怒地提高了声音："你到了青州就会停下脚步？我太了解你这个人了，眼看着草原在前，你会舍得不进去？我能眼睁睁看着你溜进草原？门儿也没有！"

范闲没想到弘成竟是一下就猜出了自己的打算，但是他必须踏入青州，因为他的心里有邪火，必须解决。他望着李弘成认真地说道："我去青州只是要查些事情。"

李弘成盯着他的眼睛冷声道："你如果有旨意，我放你们过去，如果没有，你就不要再说了。"

范闲见他油盐不进，不由也愤怒了起来："不要忘了我是钦差！陛下允我便宜行事，我通知你是尊重你，我真要去青州，你拿什么拦我？"

李弘成冷着声音回道："我必须警告你，现在的边关和以前不一样了，很容易死人的……为什么先前你带着监察院官员进城，能被我抓住，是因为定州城现在混进来很多奸细，这种情况，西大营和西凉路总督府都很紧张。"

"确实有很多奸细。"范闲幽幽道，"过去三十年，胡人都无法往境内派奸细，因为咱们长得太不一样了……结果就这两年多了起来。我也很好奇,这些将咱们的情报卖给胡人的奸细,究竟是从哪里冒出来的。"

李弘成眼中闪过一丝异芒。

范闲摊牌道:"我此行最重要的目的,就是要挖出那个人,以及和那个人有关联的所有人,为了这件事情,我准备了整整四个月。你如果还要拦我,去向陛下请旨吧。"

李弘成举起双手,表示放弃,道:"但你想过没有,如果你出了事情,陛下怎么办?我西大营这些人怎么办?"

"你高估了胡人。"范闲微垂眼帘道,"低估了我。"

李弘成忽然把他拉了起来,行过后园,来到一处房间,点亮明灯,铺开一张极大的地图,将手掌拍在极西的一处。

"这两年胡人天天从草原跑出来,对青州后方的屯田进行扫荡……你知道死了多少人吗?这块,是胡人主攻的地方,两年就已经死了一千多名屯田军。一旦那些胡人杀得兴起,还管你是不是商人?你就算是个九品上的高手,可要是对着数百游骑,又能有什么逃生的方法?"

范闲仔细看着地图,这张地图他在京都已经研究了许多遍,此时观看依然感到了一丝寒意,往青州的道路紧贴着草原边缘,胡人们凭借着在草原上神出鬼没的能力,确实可以随时发起袭击,不由皱眉道:"没有办法解决这个问题?"

"你的问题,还是屯田的问题?"

"当然是后者。"

"我敢担保,我帐下的铁骑绝不输于胡人的游骑,但这就像两个人互捅刀子,刀子都很锋利,目标却有区别,他们不敢碰我的主力,我却抓不到他们的主力。胡人部落不停移动,我们的百姓却因为田地而被困死在土地上,他们对我们造成的伤害,自然要大于我们对他们造成的伤害。"

"所以我更要去青州,我要去看看发明了打草谷这种王八蛋战法的高人……究竟是谁。"范闲面无表情地道。

知道无法说服范闲,李弘成看着范闲问道:"为什么……监察院对于西凉的情况，如此注意？"

范闲的心情明显很糟糕，道："除了一些私下的原因，主要是我必须在明年之前，让西边的局势稳定下来。"

"明年之前？"李弘成不解地看着他。

"四顾剑顶多能撑到明年春天。"范闲低着头道，"四处放了一大半的注意力，用在观察四顾剑的伤势上。这位大宗师可真是能熬……居然比预想之中多熬了这么久。"

"四顾剑的死活和西边有什么关系？"李弘成恼火地问道。

范闲抬起头来，看着他回道："因为四顾剑如果死了，陛下会派我去东夷城……我再也没有时间解决西边的问题。"

李弘成冷笑道："你以为天底下的事情，你一个人就能解决完？我承认你的能力，但你不要将自己看得太高。"

范闲知道对方这句话没有恶意，回道："四顾剑之后的东夷城，总要倒向一边，不论是我大庆还是北齐，而最大的问题是……如何让东夷城平稳地过渡到我们的手中。"

"或者双方相争，东夷城依然保持中立？"

"四顾剑一死，城主府与剑庐的矛盾便会爆发，而且……那时候的东夷城哪里有资格中立？"

"你还是没有解释，这和你来西凉有什么关系？"

范闲沉默半晌后道："原因很简单，我必须证明给天下人看，我能解决西凉和东夷城的问题。"

"然后？"李弘成静静地看着他。

"我想向陛下证明，如果……如果真的要一统天下，不见得非要打仗，就算要打，也不见得一定是武斗，文攻也是可行的，即便一定要武斗……能小打就小打。"

范闲的声音越来越低，似乎他自己都不相信这句话。

李弘成忽然站了起来，在书房里来回地快速走动，似乎要消化自己刚刚听到的话。片刻后，他难以自抑地笑了起来，笑声中满是荒谬的意味，转身对着范闲破口大骂："你白痴啊！你以为你是神仙，不花一兵一卒就能解决胡人？不花一兵一卒就能解决东夷城，还有北齐！你真是被太学里的学生拍马屁拍得忘了自己姓甚名谁，难道你想当圣人？"李弘成猛地攥住范闲的衣襟，吼道，"你是不是疯了？证明给陛下看？你到底在想些什么？"

范闲轻声道："我想什么？如果我说希望天下太平，没有战争……你会不会觉得这个想法很荒谬？"

李弘成松开双手，看着范闲摇头半晌，震惊得说不出话来。他知道范闲绝对不是一个贪生怕死之人，那这到底是怎么回事？

"这根本就不能构成一个想法。"

范闲抬起头来，倔狠地说道："为什么不能？如果我能凭自己的力量一统天下，陛下何必再去南征北战，让那些上万、百万，甚至千万的平民百姓……因为这个光彩的目标而死去，我有这个本事，凭什么不能这样想！"

"好好好。"李弘成气得连连点头，"你可以这样想，但是你永远做不到，而且我劝你，最好不要让陛下知道你的想法，不然他一定会认为你疯了。"

"我本来就疯了。这两年我天天在想这个问题，似乎下一刻大战就要爆发，我想改变这一切，但却不知道应该怎样做……没有人能够帮我。没有人能够帮我！"他忽然愤怒了起来，冲着李弘成大声喊道，"陈萍萍不管事了，父亲归老，林若甫在梧州被陛下吓成了个老兔子！老大呢？他只怕就是去打仗，也不愿意在京都待着……"

五竹叔也走了，他在心里加了一句。

"荒唐！可笑！幼稚！"李弘成摇着他的肩膀，似乎想要把这个疯子摇醒，"陛下用了三十年的时间，才营造出如此大好的局面……你却想和陛下反道而驰？我告诉你，陛下不需要你替他做这些，他自己有足够的能力做！"

停了一会儿,李弘成继续说道:"两年里,你让监察院刻意被削权,以稳定朝廷,你让内库重新焕发当年的光彩,充实国库,补充军费……你如果真的替他平定了西胡,收回了东夷城,你便已经替陛下做好了大战的准备,却想在这时候让陛下放弃开战的念头?你认为陛下疯了还是你疯了?到底怎么了?这两年里,在你身上发生了什么事情?天下太平?这种事情从来就没有发生过。"

"至少在我活着的时候,我希望天下太平。从小在澹州的时候,我就在想自己这一世要做些什么,后来渐渐明白,天下如果能够太平,那便是最好的事。"范闲面无表情地继续说道,"两年前在京都,我看着老二吐血身亡,长公主自刺而死,那么多叛军、禁军,我的下属,就因为一统天下这个目标成为陛下道路上的祭品,这可笑吗?"

"我也看过死人。"李弘成瞪着他,"这三年在草原上,我看过的死人甚至比你还多,但又能如何?历史永远都是这个样子,你的理想本来就很可笑,知道吗?"

"可笑的理想依然是理想。"范闲双手交叉在胸前,平静地道,"人如果没有理想,那和咸鱼又有什么区别?"

"整个庆国,没有任何一个人会支持你的所谓……理想。"李弘成渐渐冷静了下来,看着他怜惜道,"包括陈院长,包括范尚书在内,没有任何人会支持你的想法。"

范闲沉默了一会儿,道:"我与世上绝大多数人本来就是不一样的,我只是想用事实来说服陛下。"

"陛下……永远不会被人说服!"李弘成加重了语气。

"没有发生的事情,谁知道?"范闲站起身来,说道,"不要忘记,我现在已经是两个孩子的爹了,你这两年总是要结婚生子的,我们总得给自己的后人留下一些什么,至少我希望不是一个战乱不止、途有死尸的动荡天下。"

"你不看好陛下?"李弘成皱眉问道。

"打天下易，治天下难。"范闲整理了一下被拉乱了的衣衫，缓声道，"当年北伐将大魏打散，却让战家继承了大祚，江南江北，山东燕京之民易伏，但大魏故民，却不是那么容易低头的。即便我大庆铁骑攻入上京城，可真要让那黎民百姓认可李氏皇族的统治，至少需要数十年。"

"准确地说，是数十年的镇压与屠杀。"说着，他向屋外走去，"我不希望小花和良子姐弟二人，将来看到的不是西湖美景、东海风光，而是血流飘杵、铁索横江，所以我想试着改变一下，至少改变一下方式。"

"可是数十年的铁血，会换来万世的太平。"李弘成依然无法接受范闲的想法。

"天下大势分久必合，合久必分，一统江山或许会给百姓们带来更多的好处，但是我顾虑不了那么远。我对言冰云说过，我只能考虑我活着的当下，我子女活着的当下。"

"你为什么要对我说这些？"

"我们是朋友，我的想法不会瞒着朋友。"

然后范闲想到了那个穿花裙子的朋友，心尖抽痛了一下。

数日后，行西凉路钦差、监察院提司澹泊公范闲入城代圣巡狩，西凉路总督并大将军出城相迎，全城共庆三日。三日毕，大将军府审羊肉铺奸细一案，查明江南商人暗通胡贼，走私盐铁，共斩十四人。

大宴毕，钦差离城，举城相送，谁也不知范闲已经扮成了商人，坐上了前往青州的马车，开始了自己的查案之旅。

此行西胡，不仅是他想摆脱咸鱼人生的一步，更重要的是，他要去解决一件令他十分愤怒的事情。

车队在屯田间前行，监察院官员警惕地注视着周遭，以防被胡人打草谷的队伍突袭。

范闲更希望有小队胡人能够前来，只是可惜，那夜之后，李弘成抢先发动了庆历九年的秋季攻势，将西胡的游骑杀回了天山脚下，青州空虚的后方顿时变得清静起来。

西大营的大动作，完全是为了保证范闲的安全，李弘成没有言明，却在用自己的行动帮助他。

范闲的目光落在手中的一把刀上。这把刀式样普通，但用料极好，绝不是胡人的工艺水平所能铸成——这把刀正是五个月前于青州城内缴获的胡人兵器。

青州城内的四处官员，极为警醒地将这把刀送回了京都。这把刀没有任何可以查到来路的记号，范闲却一眼便认了出来，因为这把刀是北海边上某处隐秘工坊做出来的。

他的眼中充斥着难以抑制的怒火，体内真气释出，啪的一声将这把刀生生折成两段。

这样停停走走，也不过用了六天，便来到了庆国最偏远、岁月最短暂的州城——青州。

他本以为青州不过是个比较荒破的边城，或者是座戒备森严的军营，没料到城里除了军士，最多的竟是商人。像范闲一样的商人，面色匆匆地行走在青州仅有的几条街巷中，着急地去调换出关的文书，大声地喊叫着苦力，小心地盯着自己带到边关来的货物。这一切让整座青州城少了几分铁血气息，多了几重金钱味道，显得颇为热闹。

范闲坐在车辕上，看着眼前的一个个场面，不知如何言语。说起来，青州的畸形繁荣和他脱不开关系，那些忙着进入草原的勇敢商人大半来自江南。

朝廷一直严禁与胡人通商，直到三年前范闲向陛下进谏，暗下放宽了这个规矩。盐铁粮食当然严禁卖给胡人，但珠宝、香水、烈酒这种奢侈品卖给胡人又怕什么？胡人部落里，几乎掌握了全部财富的王公贵族十分欢迎这些东西，也可以方便监察院往草原上派遣钉子。

他没想到自己的一个念头，竟让青州城发展得如此迅速，完全超出了最初的预计。

用并不特别值钱的小物事便能赚取胡人的宝石原料、好马、毛毯，如此大的利润确实让庆国的商人们兴奋到了极点，甘愿冒着双方不停交战的危险，深入草原行商——马克思那句话说得真好。范闲心里也有了定算，既然有如此多的同行掩护，那么草原应该还是去得。

驻青州的边军对商人的检查格外严格，纵使那些商行大力地往军官怀中塞银票，依然无法加快检查的速度。范闲一行人在城门口等了半天，只往前挪动了一点距离。

秋天草原的太阳挂在半空之中，炽白一片，没有洒落太多热气，但这种明亮让人们的情绪越来越烦躁。军士的情绪烦躁起来，对那些商人的态度就差了许多，而商人们虽然也同样烦躁，却只有低着头，赔着笑脸。

西大营始终想不明白，为什么朝廷会同意让这些逐利而肥的王八蛋通过青州进入草原，去讨好那些不共戴天的胡人仇敌。他们一边发着文书，一边在心里不怀好意地诅咒着，希望这些挣钱不要命、不要脸的家伙，最好就死在草原上，死在那些胡人的箭下，再也不要回来了。

查验衙门外，还有几名穿着黑色官服的监察院官员。范闲给沐风儿使了一个眼色，沐风儿明白了大人的意思，准备暗中与这些四处同僚接触。

布置完了这些，范闲不耐烦继续在车中等着，他跳下车辕，拍了拍臀下的灰尘，领着一个扮成仆役的下属，往青州内走去。

他扯开衣领，仰头眯眼望着天上缩成小圆的炽白太阳，心里也觉着烦躁无比，偏偏又没有什么汗，好不难过。

便在此时，不远处的青州城门忽然开了，一连串急促而整齐的马蹄声响起，惊动了正在等候验货的行商队伍。

众人好奇地往城门处望去，不知道是哪支部队归营，这个时候回城的部队，应该是昨天一夜未归，到草原上打兔子去了。

打兔子是一句边关黑话,和胡人的所谓打草谷是一个意思。庆国与西胡就是靠这种扫荡与反扫荡,来维系彼此的血仇关系。庆军虽强大,但敢于深夜出城作战的部队依然勇气十足。

范闲将目光从天上收了回来,望向了城门处。

不知道是不是天上的太阳太炽烈,在他的视网膜上留下了一个炽白的痕迹,当他望向城门处那队骑兵,看到最前方那个将领时,就像看见了一个太阳。

率领那支骑兵勇敢地夜袭草原的将领,身材并不高大,在盔甲的映衬下反而显得有些瘦小,但浑身仿佛都在泛着光彩,尤其是那对如远山青黛的眉下的……那一双眼。

那双眼依然如此明亮,没有一丝杂色,就像是玉石,但眉微蹙着,似乎多了些心思。盔甲上沾着血,身下的马很疲惫,看来昨天夜里经历了一场真正的厮杀。

似乎被那干净的目光刺痛,范闲低下了头——时间改变了很多人,改变了人们很多,不变的似乎只有他们的名字。

五年前,他从澹州到京都,便在城门处看见了这个眉若远山、眼若玉石的小姑娘。只不过当年喊自己师父的小姑娘,穿着一身浅色的襦裙,戴着俏皮的白鹿皮帽子,而今天的姑娘,穿着一身蒙尘戎装,一身凛然之气。

叶灵儿有些疲惫,没有注意到街上有自己的老熟人,而那些商人们发现骑兵领队是叶灵儿,也便收回了目光。

这些长年来往青州的商人们都已经习惯了这一幕。

京都叛乱已经过去了两年,在定州军的老地盘里,所有军士百姓,还是习惯称她为叶小姐,没有人习惯称她王妃。皇帝陛下感念叶家忠诚,特下恩旨,夺了她王妃的名分,便是默允了她可以改嫁。可叶灵儿还是一直倔强地以王妃自称,只是在一年前,拿了一把刀,逼着李弘成将她派到了青州。

范闲看着马上渐行渐远的消瘦背影,沉默良久。叶灵儿这两年在定州、青州的生活,他十分清楚,他更明白为什么叶灵儿坚持以王妃的身份自居,为什么会一身盔甲——只有在草原上,只有挥动着刀剑的时候,她才会忘记那些过去。

沐风儿终于办妥了一应手续,货物被集中在青州司衙,出城时凭手中的路条去领取,这也是怕查货之后,有些人会暗中再做手脚——挟带这种事情,不论在哪一个边关都相当猖獗,甚至有些军官也会入些小股。

当夜,范闲一行人在一个大通铺里歇下,屋里脚臭熏天。范闲凭借着"特权"睡到了靠墙的位置,虽然此处最冷,但也最清静,只有沐风儿在他的身旁连连轻声请罪,有些吵。

夜渐深了,大通铺窗外传来几声极轻微的异动,一直未睡的沐风儿马上警醒过来,准备通知小范大人,不料一转脸,便看见范闲那双明亮平静的眼眸,在夜里泛着光,像狼一样。

二人悄悄起身,与监察院四处官员碰了个头——正是那个暗中送刀至京都的聪明人。范闲压低声音问道:"这种刀还有多少把?"

那名官员极快速地回答道:"本来那次搜了三把回来,但是我拿了一把后,第二天便发现另外那两把不见了。"

范闲挑眉问道:"会不会……"

那名官员知道他的意思,摇头道:"不是西大营收的,这些战利品不起眼,都堆在仓库之中,没有人注意。至于那两把刀……应该是被人偷走了,但是谁偷的,我不清楚。"

"你那天晚上没盯着?"范闲注视着这名官员。

"盯了一夜,却什么都没有发现……"官员顿了顿,"如果有人能当着我的面偷走刀,一定是个高手。"

范闲很相信这名下属自信的判断,笑着道:"有多高?"

"有九品那么高。"这名下属回答得很可爱。

几句对话，范闲便发现自己很喜欢这名不知道姓名的四处官员，却不知道这种喜欢从何而来——虽是喜欢，但他手指微屈，随时准备出手将面前这名官员击杀。

"最后一个问题，你为什么对这把刀如此上心？"

那把在车厢中断了的刀，样式十分普通，如果不是范闲对刀身材质十分熟悉，断然不会发现其间隐藏的问题。

这名四处官员没有感觉到范闲隐而未发的杀意，恭谨地回道："大人，下官……是启年小组成员。"

官员单膝跪下，双手呈上一个东西。范闲接过那东西，在手掌中缓缓抚摩着，心里一片空虚。是的，这正是自己最忠诚的部属信物，只是对于这名官员的存在，自己却真的一无所知。他确认了对方的身份，不再怀疑什么，点了点头。

官员低声道："属下由王大人亲自挑选入队，一直暗中行事。前些年一直在三大坊，今年初才被处里调到了青州。看着这把刀便觉得有些怪异，这个刀坯应该是丙大坊出的乙种钢……往年内库所产兵器可能流失在战场上，但这种刀还没有配备给军方，属下觉得事态紧急，所以赶紧通知大人。"

范闲点点头，知道自己的好运气依然在延续，只是不知道那个偷走两把刀的九品高手是谁。如果那人是自己的敌人，只怕这时候朝廷内早就已经满是攻击自己叛国的言论。既然朝廷一片安静，说明那个偷刀的人也是想替自己遮掩。

"原来你是老王亲自挑的人。难怪说话如此……有趣。"范闲又道，"松芝仙令这个名字，你们查到没有？"

"胡人王帐这两年确实多了几个外人，但没有这个名字。"

"我让二处继续查，你在这里等着，一旦有消息过来，马上派人入草原通知我。"

"大人要去草原？"

"我要去找偷刀的人。"范闲拍了拍这名官员的肩膀,"这次做得很好,查完此案,你回京帮我吧。"

"谢大人提拔……"官员大喜过望,"有两年没有见着王大人了,也不知道他老人家现在好不好?"

关于王启年的下落,范闲一直瞒着,包括言冰云在内,所有人都以为老王头儿去执行提司大人的秘密任务了,没有人怀疑什么,外围的监察院官员更是什么都不知道。

范闲默然无语,心道王启年这老头子,人都走了,却还在不停地帮助我,叫老子如何不想他!

此行需要深入草原,自然不方便再乘坐马车,除了拉货物的车,其余行商都是骑马而行。沐风儿与那些商人们搭好了关系,说定了一路进发。清晨商队依次出城之时,再一次出城打兔子归来的青州骑兵恰好回城,两支队伍擦身而过。

有些疲惫的叶灵儿坐在马上,几缕青丝从头盔里露了出来,与汗水混在一处,有些黏黏的。她用手拨了一下,眼光下意识地在城门处的商队处晃了一眼。

只是一眼,却像是被一方磁石吸引住了。她有些疑惑地看着一个站在马旁的年轻商人,那个商人一身棉衣,普普通通,看上去毫不打眼,但她觉得有些古怪。

下一刻,她脸色骤变。

为什么叶灵儿能够如此轻易地发现范闲的身影?因为范闲是她的师父,曾经教过她一年的小手段,而叶灵儿也毫不藏私地将叶家大劈棺教给了对方。手掌相交,身体互战,彼此对彼此的动作习惯与身体特征到了相当熟悉的程度。

叶灵儿怔怔地望着那个身影,咬着嘴唇,压抑着自己的情绪,没有骑马上前,一鞭挥下,唤声师父,大哭一场。

范闲既然乔装打扮来了青州城，也没有来见自己，那么做的一定不是私事，而是朝廷有极其重要的任务。

如今的叶灵儿早已不是当年那个飞扬的小姑娘，已经成熟了许多，自然不会点破，深深地看了那个身影两眼，默默地一领马头，向着州府行去。

第三章 两年与三天

定州城突然多了许多外人。这些人有的用的是朝廷各部官员的身份，声称前来检查用度情况；有的则是来自各地的商人；还有一些是趁着战事将息之际，前来西方淘金的苦力。

这些人的身份很杂乱，所以没有引起什么注意，在城里渐渐聚成好些群，每群人都有一个领头的。就在范闲一行人离开青州往草原前行、去寻找那个叫作松芝仙令的人时，这些领头的人悄无声息地进入了大将军府。

望着堂下的十几个服色各异的人，李弘成不由苦笑起来，叹道："范闲这次的手笔还真大。"

进入定州城的这些人全都是监察院的官员密探，只有一人有资格坐在堂下的椅子上。此人已至中年，华发未生，眼神却有些疲惫，看来这三年在异国他乡确实过得异常辛苦。

那人望着李弘成行了一礼，道："院里以为，如果想要清空定州城内的奸细，必须动用雷霆手段。"

李弘成皱眉问道："可怎么也不能让你过来，你忽然离开上京城，朝廷在北边的事情怎么办？"

李弘成对中年人说话很客气，因为对方是监察院驻北齐总头目，更重要的身份则是启年小组头目、范闲最得力的亲信。

不错，这名统领定州除奸事宜的监察院官员，便是被范闲派到北齐三年的邓子越，而这次竟是调了回来。

"如果自己不回来，怎么能抓得住那些人。"邓子越在心里想着，却没有对世子言明，因为此事不仅涉及西胡与大庆之间的战事，更涉及另一方强大的势力。

范闲调他南下，没有准备让他再回上京，依靠的便是他这三年对北齐锦衣卫的渗透，以及他对北齐方面的熟悉程度。

"邓子越进定州已有三天了。按照约定的时间，我们必须得快一些，不然他们在定州城内动起手来，激怒了草原上的人，我怕会有些不妥。"

这件事范闲准备了四个月，但他心里也清楚，对方进入草原远在自己之前，在定州城的渗透也已经进行了一年多，监察院的动作慢了些，如果不能把对方拖住，只怕会出岔子。

沐风儿看了长长的商队一眼，说道："这些人走得太慢，而且沿途会在各部落停留，真要到王帐还不知道是什么时间。而且就算我们到了王帐，也很难见到对方。那人明明知道是庆国来的商队，应该不会把模样露在咱们面前。"

马儿缓缓前行，蹄踏秋草无香。

"定州方面已经准备好了。"沐风儿再次提醒。在他看来，就算胡人王帐里有所谓的高人，但只要把定州城内的奸细一网打尽，对方也掀不起太大的风浪，何苦冒险？

范闲的大拇指轻轻在缰绳上移动，道："如果对方是我猜的那个人，那只把定州城内的奸细一网打尽是不够的。"

他没有听说过松芝仙令这个名字，也不知道这名字在胡语中代表什么含义，但下意识里认为拥有这个名字的是个女人，这也是他一直愤怒的原因。

远方有几只白鸟，正在没膝长的秋草上急速飞掠，范闲举目望去，隐隐可见更远处是一大片荒漠，而在荒漠的更远方，是什么呢？

"荒漠之东，就是北海。"沐风儿看着大人微皱的眉头，知道他在想什么，轻声道，"浩荡北海那边，就是北齐。"

"我去过北海。"范闲看着那边，似乎是要看到北海里的芦苇，"这片荒漠连绵千里，据说没有人能够活着通过。那片北海横无际涯，若欲横渡，难上加难，我一直在思考这个问题……要从北齐到西胡，究竟应该怎样走？"

范闲继续说道："先向南入国境，再从京都西北直掠定州，再至青州入草原，便到了我们现在所处的地方。要花很长的时间，但是很方便，比起强渡北海穿行荒漠来说，更加可行。

"但西胡王帐绝对不会信任一个从庆国来的中原人。要取信看似热情，实则多疑的胡人，这本身就是一件极难的事情，所以我很好奇，他们究竟是怎样做到的？"

商队继续向着草原深处行进，偶见游牧人群放着牛羊，似朵朵白云，飘荡在微微起伏的草甸上，美丽安宁至极。已经不是交战之地，渐渐透出一些塞外桃源的感觉。

途中经过两个大部落，商人们卖出许多货物，商队轻快了许多，速度也快了起来。但没有商人原路折回，因为真正值钱的货物都在身边，还要去王帐卖个大价钱。

范闲注意到胡人对于这些庆国商人的态度依然有些不善，眼底经常能够看到仇恨——千年来的血债，根本不可能用宝石和茶水洗清。但部落里的头人、祭师还有贵族们，对中原商人的态度则要好很多。

从商人们口中得知，这种态度的转变是从一年多以前开始的，西胡王帐终于明白了通商的重要性，对各部族发话，严禁他们骚扰进入草原的商队，甚至在某些危险地带，还要出动族中精锐，为这些商队保驾护航。

一年前，有个穷困的小部落，没有忍受住商队的诱惑，暗中偷袭，抢劫了许多货物，惹得王帐大怒，直接派兵剿了，或者说是屠了，那个小部落竟是一个人也没有活下来。

也正是这个鲜血淋漓的例子，让草原上的所有人清楚了王帐的决心，也从根本上保证了中原商队的安全。

范闲暗自佩服。如今商队卖的是奢侈品，但无商不活，只要保证草原上的商路畅通，谁知道庆国以至东夷北齐的商人们，会不会不顾庆国禁令，暗中向草原输入生活及军事物资，长此以往，边禁松弛，胡人便会一天比一天更强大。

这一日，王帐终于到了。看着孤山下的月牙海，海子旁的沙漠以及大片青翠的草原，范闲有些恍惚，王帐所驻之地果然不一般，在天地间自有与众不同的格局。尤其是那些青青草原，让范闲感觉十分怪异，这是秋天，为何草儿还是青的？

无数的牛羊散落在宽阔的草原上。胡族少女们在月牙海畔洗着陶罐用具，准备迎接来自中原的客人。

此间的天穹似乎也要比别的地方低许多，甚至要接触到了草原地面，秋风微作，草儿低伏，好不清爽。

胡人将辛苦的中原商人领到月牙海畔的帐篷中，让他们稍事休息，择日大王会亲自设宴款待贵客。

这算是秋天里最大的一批商队，所以对方招待十分用心。但范闲总觉得有些古怪，西胡人的态度似乎好得有些过头了。

用了些吃食，范闲揉揉肚子，走出帐篷，来到月牙海旁的草甸上。除了王帐近处不能窥探，西胡并不禁止这些中原商人闲逛，看着眼前美景，他的心情有些轻快，下意识道：

"天苍苍，野茫茫……"还没有说完，身后便传来了一声叫好，范闲回头望去，只见一个年轻人快步走来，神色有些匆忙。

"我只说了六个字，哪里好了？"范闲笑道。他在草甸上已经站了好一会儿，看着这个年轻人从王帐里走出来，靠近这片草甸，才说出那六个字。

是的，他是故意的，他要给这个年轻人一个搭讪的机会，因为他知道对方一定很想和中原来的商人说会儿话。而搭话的手段，是范闲最擅长的一项功夫，想当年海棠最终也是败在他的口舌功夫之下，更何况是这位年轻人。

"当然好。"那个年轻人笑道，"虽然只是六个字，但草原气势顿时被这六个字逼了出来。"

这是借口，这是在草原上寂寞已久、急需要与中原来人聊天、解思乡之愁的年轻人寻找到的一个很蹩脚的借口。

范闲很快下了决断——这个年轻人面貌不是胡人，却是从王帐里走出来的，一定和自己找的人有些关联。

"中原人？"范闲故作狐疑道，"一路没有见过你。"

年轻人解释道："上回来的，有些货物没有出手，大王待客人极好，所以我便留了下来，看看有没有什么好处。"

"我是第一次来。"范闲指着月牙海和草原感慨道，"没想到草原上的风光竟是如此迷人。"

"看久了，也会腻的。"那个年轻人苦笑着说道。

"噢？你在这里待多久了？"范闲好奇地问道，"都说胡人凶蛮可怕，你在这里住着，难道不怕他们忽然发疯？"

乔装后的范闲拥有一张清俊而诚恳的面容，加上自在的谈吐和诚恳的态度，很容易获得旁人的信任，于是他与这个年轻人的谈话很自然地进行了下去。

这个年轻人姓魏名无成，应该是个假名，按他的说辞，他也是入草原经商的一员，只是被迫无奈滞留在了草原，在这里已经待了三个多月。

范闲自然不会相信，商人怎么可能如此轻易地进出王帐？而且年轻人那双已经被磨出痕迹的皮靴，暴露出他在草原上已经待了很久。

通过谈话他获得了很多有用的信息，比如长期停留在月牙海王帐的中原人至少过十人,又比如一些看似琐碎的消息。

"终究是胡人的地盘,这次货物清空之后,魏兄还是回中原吧。"范闲诚恳地邀请道,"跟着我们商队一起走,路上安全也有保证。"

魏无成不知如何接话,看着范闲诚恳的表情,心里竟有些歉疚之意,勉强应道:"我要请示一下族中长辈。"

范闲也不会傻到点破这一点,道:"那我们晚上见。"

魏无成犹豫片刻后,解释道:"晚上设宴是招待你们,我们不会来。"

"魏无成没有口音,但肯定不是商人。"范闲喝了一口羊奶酒,皱了皱眉头,对沐风儿道,"他在草原上至少待了一年,与他一道可以随意进出王帐的还有十来个人。"

沐风儿压低声音问道:"是不是我们要找的人?"

"应该有关。"范闲也觉得自己运气很好,"这个魏无成不是职业间谍,不管他们在帮西胡做什么,西胡王帐如此信任他们,肯定是因为松芝仙令,我们还是要找到此人。"

"我打听了一下,没敢直接说出姓名,怕引起注意。"沐风儿禀道,"这两年多的时间,西胡单于并没有纳过妾妃,甚至除了正妻,连别的女人都没有。"

范闲认为松芝仙令是个女人,沐风儿才会从这个角度着手去查,此时听到沐风儿的回禀,他不由微嘲着笑了起来:"如果真的是她,怎么可能去当单于的宠妾。"

没过多久,一个胡人通译前来相请。中原商人纷纷走出帐篷,怀中应该是揣着献给单于的贵重礼物,鼓囊囊的。

沐风儿的身上也带了一些,具体的安排范闲不是很清楚,他走在人群最后,尽量不引人注意。

孤山下有座最大的帐篷,那杆高高耸立的王旗,标示着里面人的尊贵身份和强大的力量。

看着这一幕，范闲的心里也不禁有些异样的感觉。庆国军队与西胡进行了无数年的厮杀追逐，却没有一次能够找到这杆王旗。西胡王帐踪迹极为神秘，不论是当年庆帝亲自领兵西征，还是后来的叶家与大皇子都没有找到其人。

数万铁骑都无法靠近的王帐，居然就在自己面前，这种吸引力和诱惑力实在是无比巨大，不过范闲很快就冷静下来。

进入王帐才发现这顶帐篷更像是一个式样独特的宫殿，高高的篷顶上用涂料绘着奇怪的图案，流光溢彩，让范闲顿生几分熟悉的怪异感觉，像是在哪里见过一般。

范闲的身份是沙州第一商行的二主事，比其他的商人地位要低很多，因此随着沐风儿坐在了最靠近门口的位置。

草原的主人则坐在最深处的主位上。

帐内昏暗，看不清那位单于的面容。范闲眯着眼睛往那里看了一眼，只约莫看清是个三十多岁的中年人。然后他发现自己的冷静确实十分有必要，因为那位单于的身侧，有六七个胡人高手正在冷眼看着席下。

那是真正的高手，有三四人的实力甚至还在胡歌之上。范闲暗自估量，即便自己发挥出极致水准，顶多也只能应付四个人，而那位面容隐在阴暗中的草原之王，坐姿稳定而有狼虎之姿，实在不知实力高低。

虎穴之中还想擒虎王，这不是勇敢，而是愚蠢。范闲此行也没有充当敢死队的觉悟，所以低头拿着羊腿啃着。

羊肉很好吃，倒酒的胡族婢女也充满了健康的美感，但商人们的歌功颂德与左右大当户热情的敬酒词，实在让人听着有些厌烦。那位草原之王也不像范闲想象的那般充满了草原的粗犷味道，整整一个多时辰的宴会下来，竟总共才说了三句话。但正是这三句话，让范闲感到了一丝寒冷，因为单于的语气虽然客气，内里却满是慑人的感觉。

监察院的情报中对这位单于的记载并不多，一方面是王帐向来隐秘，二来也是因为这数十年来，西胡连年战败，王庭的控制力与影响力已经远不如前，左右二贤王的声威渐高，前任单于死亡的时候，甚至有过从两位贤王中择其一继位的传言。后来现任单于艰难继承王庭，草原上却隐以两位贤王为尊，监察院的情报收集难免对单于这边有些忽视。

没有想到三十出头的单于居然很好地控制住了草原上的局势，开始大力削弱左右二位贤王的势力，尤其是力排众议接纳来自北方雪原的蛮族，将逾万北蛮精锐纳入王庭亲卫，实力顿时猛增。更何况王帐中还有那么多的中原人，他究竟想做什么？范闲一面喝着酒，一面思忖那位单于的心思。

便在此时，那位单于感觉到了一丝异样，抬起头来，两眼中露出鹰隼一般的目光，在席上扫了一遍，却没有发现什么。当他的目光落到门口处时，范闲正醉眼偷看着西胡姑娘鼓囊囊的胸部，带着一分拘谨，一分向往，将一个商人跟班的角色饰演得十分到位——还是那句老话，他和庆帝这对父子，本就是世上实力最强的演技派演员。

宴罢，不知多少商人被灌醉，油膏灯高悬于帐中，冒着丝丝黑烟，单于和左右蠡王都去休息了，剩下两位大当户和胡族里的好汉，依然不依不饶地抓着中原商人灌酒。

范闲和沐风儿早已醉得不省人事，被人抬回了帐篷。好在胡人行事并不像中原人诋毁的那般荒唐无耻，这些中原商人的帐篷中并没有身材诱人、如野花一般漂亮的胡女陪寝。

灯灭后，沐风儿有些困难地坐了起来，一回头便看见了范闲那双明亮的、像狼一样的眼睛，不由心头一凛。

在青州城的大通铺里，沐风儿也看见过这种眼神，全不似大人惯常的温柔清亮。不知道是不是草原上的如刀秋风，让范闲心里某些厉狠的东西重新浮现了出来。

范闲递过一颗解酒丸，走出帐篷，趁着黑夜掩护穿过营地，来到了月牙海后方的孤山下，将衣衫系好，向山上爬行。

将要爬上山顶的时候，他找到了一块突出来的岩石，坐到岩石的侧后方，从怀中取出一个小筒，认真地拨弄了两下，将小筒拉长，凑到了自己的右眼上——这是内库出产的新式望远镜，由他亲自设计，也是第一个使用。

繁星闪动的夜空令人心悸，淡银的光芒散播在月牙海中，倒映出无数眨动的眼睛。无数的帐篷从月牙海四周向着草原深处铺开，灯火与天穹上的星辰相映。

范闲拿着圆筒的手微微一僵，因为他看到那位单于走出王帐，拐向了右后方的一个小小帐篷。

单于走进那个帐篷后很久没有出来，黑暗中应该有高手护卫，但整个防御体系显得有些松散，大概是单于不愿意王庭高手们离那个帐篷太近？

帐篷里住的是什么人？范闲的手指轻轻摩挲着圆筒望远镜，安静地等着，一直等到单于从那个帐篷里走了出来。

单于一身薄氅，佩刀却不在身旁，回头微微欠身一礼，看他的神情，似乎并不愿意就此离开。

范闲的唇角露出一丝讥讽的冷笑。

此后数日，中原商人开始就此行所携的相关货物与西胡王庭的贵人们讨价还价，而且为了等待从两大贤王帐赶过来的人，时间还多拖了两日。

王庭对中原商人示好，为的是将来的物资输入问题，但这次秋季贩卖本身也是极盛大的奢侈品交易会。西胡的王公贵族们拥有着整个草原最丰富的资源出产，手中不知有多少黄金宝石，用来购买中原的奢侈品根本不眨一下眼睛。

饶是如此，中原商人将所有存货卖出也花了四五天时间。沐风儿代表沙州第一商行与胡人套着近乎，赚着小钱，范闲则是绕着月牙海散步，或者说打望，或者说被人打望。不得不说，以他的真实身份，在西胡王庭的中心地带做出这样的举动，真是一个非常狂妄甚至是愚蠢的行为。

他的眉心被拉近了些，眉梢被胶水粘得向上了一些，肤色略有些变化，不变的是那张依旧英俊的脸。所以当他在月牙海附近散步时，总能迎接到无数炽烈而火热的目光。

胡族的女子虽不像中原人诋毁的那样放浪，但她们对感情和美男子的态度，绝对要热烈得多。但他不想在胡族里发展一段不可能有结果的情事，在月牙海四周散步，只是与魏无成聊天而已，当然，他有没有什么别的想法，谁也不知道。

和魏无成的谈话进行得很好，这个来自北齐的年轻人大概在草原上待得久了，难得遇见范闲这么好的交谈对象，时不时便来找他倾诉。从交谈中，范闲渐渐摸清楚了一些事情，只是最后两天，也许魏无成受到了警告，在言语上注意多了，同时范闲也发现自己身周多了些监视的目光。

好在王帐里的王公贵族们主要的心思，还是放在那些中原商人上，范闲依然每天深夜，按时爬上陡峭的孤山，拿着望远镜，窥探着月牙海畔的一切。

中原商人带来的货物渐渐卖完了，各部落领着子民归家。王庭附近的帐篷已经撤了许多，月牙海四周变得空旷安静，更加方便观察。单于不是每夜都会离开王帐去那个小帐篷，但频率也格外高。范闲已查清楚，王帐侧后方那几个小帐篷是一般的胡族婢女居住之地，可他为何要去那里？

"敕勒川，阴山下，天似穹庐，笼盖四野。天苍苍，野茫茫，风吹草低见牛羊。"

"有谁知道敕勒川在哪儿？阴山是不是海子后面这座山？"一个安静的帐篷内，一年来，已经成为西胡王庭内库收核人员的魏无成，拿着手上的一张纸，问着身边的同伴。

这些人来到草原已经有一年了，他们帮助单于处理政事、收集情报。如今庆军的秋狩已经结束，草原上准备迎接寒冬，没有什么战事需要准备，魏无成便开始犯起了老毛病。

"你以为还是在上京城？你以为你还能去参加科举？"一个同伴的心情明显不是太好，嘲讽道，"一天到晚抱着诗词歌赋读，也不看看这是在哪里。"

魏无成也不气恼，呵呵笑道："这首小诗是一位友人所赠，对草原风光描写得极好，所以我便记了下来，只是对其中两句不是很明白。"

这些人回神一想，发现诗句看似简单，却大有恢宏之气，着实不是一般人能够写得出来。就这样，这首"天苍苍野茫茫"，开始被人记住，然后流传到王庭四周的胡人那里，又被译成胡语，被胡女们挥着皮鞭轻唱。

一个端着羊奶瓮的婢女行过帐篷时听见了，她站在帐篷外发了一会儿呆，将沾着奶水的手掌在衣裳上抹了抹。

单于当天夜里也听到了这首小诗，但他并没有在意，只是受人之托，随意问了两句。得知是魏无成从那些商人当中听来的，便也不再去管。那些中原商人已经离开王庭好几天了，难道还为了一首小诗，就去把对方追回来？

结果第二天，那个端着羊奶瓮的婢女忽然消失了，单于勃然大怒，就像是被人从心里挖走了一个极贵重的珍宝。

好在那个婢女留下了一封信，劝他少安毋躁，她去去便回，单于这才止住了派出骑兵追缉那些中原商人的念头。

草原秋草茫茫，掩住了王庭通向四面八方的道路。当然，草原上本来也没有什么路，马儿踩得多了才有了所谓的路。

王庭往青州方向有一天多的行程处于一大片平漠广原，一路上安静无比，秋日低垂，肃杀之意十足。

那个身着婢女服饰的女子就这样从长草中走了出来，然后她看见了对面的那个年轻男子。

范闲看着她的面容,看着那双比月牙海更清丽洗练的双眼,看着她插在身旁的双手,轻声道:"你晒黑了。"

海棠朵朵望着范闲,不知在无声地述说着怎样的话语。

范闲盯着她道:"我在这里等了你两天……还是说,你已经在草原上等了我两年?"

那年在江南杭州,叶流云一剑倾楼,不久海棠便接到北齐太后的旨意,飘然返北,自那以后,范闲与她便再也未曾见面,只是偶有书信来往。

然而庆历七年秋天的那一场惊天剧变,让二人的书信来往也就此断绝,苦荷大师真正的关门弟子、北齐圣女海棠就这样莫名其妙地失踪,消失在众人的视线里。

就连北齐人都不知道她去了何处,范闲让监察院与抱月楼在天下各地打探她的消息,依然一无所获。她消失得如此彻底,以至给人一种感觉,世上从来没有过这样一个人。但范闲清楚,这个女子曾经存在过,而且必将存在于世上的某一处,在看着自己,在做着什么。

可他万万没有想到,她竟然会在庆国西边的草原上出现,而且在这片草原上待了两年之久,换了一个松芝仙令的名字。

"你没有什么需要对我解释的吗?"范闲看着海棠朵朵的双眼,缓缓地开口道,"比如你为什么在这里,比如刀的事情,比如一切有关速必达的事情。"

西胡单于的大名从范闲嘴里说出来,带着股莫名的讥讽味道,并不浓重,却格外刺心。海棠抿了抿飞发,道:"你既然已经来了,想必查清楚了所有事情,何必再来问我?"

今日的她是胡族婢女的装扮,头上戴着皮帽,看着倒有几分俏皮可爱,尤其是发丝从帽檐里探了出来,更显稚美。

范闲的语气依然那般冰冷:"有些事情,我查出来是一回事,你亲口告诉我,是另一回事。"

海棠微微一怔,将双手从衣服中抽出来,搁于身前,极为认真地向范闲半福行了一礼,道:"抱歉。"

范闲看着她,没有丝毫动容。

"我们走一走吧。"海棠轻声道。

范闲沉默片刻后,道:"好。"

秋日高悬,四野安静,只是一眼的青黄。二人双手插在衣服内,就像是天地间的两个小点,缓缓向着天的尽头进发。

如果,如果没有这天与地之间其他的所在,或许这二人愿意就此永远走下去,不要去谈论那些会让彼此远离的故事。

海棠望着远方悬于草原之上的日头,眯着眼睛说道:"两年前,师尊逝去之时给了我一个任务。"

"什么任务?"

"帮助单于一统草原,建国。"海棠轻声道,"胡人虽然善战,但各部落只是名义上受王庭的控制,整体却是散沙一盘。如果无法一统草原,建立真正意义上的国家,怎么能够拖慢你们庆国一统天下的脚步?"

"为了阻我庆国,居然不惜让草原上崛起一个新兴的王国,你有没有想过,如果胡人势盛,会给这天下带来什么?"范闲注视着海棠,寒声道,"在杭州的时候,你提醒过我,胡人狼子野心,凶残成性,千年以降均以杀戮为乐……如今你却要给这群豺狼穿上盔甲,难道我大庆对你们的威胁,竟然大到你们天一道要放弃道门的宗旨?"

海棠迎着他的目光,没有一丝怯意反驳道:"草原建国,岂是一朝一夕便能完成,先师所策之谋,定算当在二十年后。"

范闲挑眉道:"你们就这么怕?"

"当师父重伤回到青山时,我确实害怕了,因为我从来没有想到,你那位皇帝陛下居然厉害到了如此地步。"她又道,"庆军铁骑踏遍天下已成定势,大齐怎么甘心成为刀下的鱼肉,当然要想些方法,拖缓你们的脚步。"

"这计策确实毒辣，而且眼光极远。如果草原王庭真的能够建立真正意义上的国度，我大庆只怕终生难以安枕，即便想打北齐，也要时刻担心西边的局势。但是……我只远远看过速必达一眼，就知道这位单于不一般，所以苦荷临死前才会挑中他，这样的人物，你又怎么可能让他相信你的布置，听从你的规划？北齐人已经进入西胡王庭，为速必达操持政事，定策谋划，想必除了民事官员，还有一些了解我大庆军情的军事参谋……你怎样说服胡人，接纳这些北齐人？"

"你说的是魏无成这些人？"海棠应道，"他们并不全部是北齐人，也有东夷城与你南庆的子民。"

范闲微感吃惊。

海棠继续道："这些人只是单于重金聘来的能者，我所需要做的，只是说服单于，一位心胸如海天般的王者，应该擅于接纳所有外来的智慧，宾服四海，则需用四海之民。"

"可你还是没有解释，为什么速必达会对你言听计从……要知道在胡人部落中，女人向来没有什么地位。"

海棠微微一笑，那张平实的面容上骤然现出几丝趣味，看着范闲问道："你是不是以为我用美人计？"

范闲一窒，不知如何接话。

海棠笑了起来，继而又叹息了一声，道："我生得又不如你美丽，想用美人计，也没有这个资本啊。"

说完这句话，她的手臂似乎不受控制一般抬了起来，指尖微颤，触到了范闲的脸，在他的脸上滑动了一下。

然后海棠愣住了，范闲也愣住了，下一刻，他举起左手，握住了脸旁的那只手，握住，便再也不肯放开。

"我发现我们两个人走路的姿势很难如以前那般和谐。"范闲牵着她的手，"或许是摆动时的幅度不大一样了，如果牵着手，会不会好一些？"

"可是脚步迈得仍然不一样。"

"总得试一下。"

"你是不是吃醋了？"过了一会儿海棠忽然问道。

此时他们并排坐在一块草甸上，草甸下方是一小泊湖水，湖水的对面是渐渐西落的太阳。金色的暮光照在水面上，划出一道金线，偶尔有几只野生的水鸭，在水面上怪叫着掠过。

此情此景，何其熟悉，就像还在江南，还是那两个人。

"我吃什么醋。"范闲挑眉道，"速必达此人，能在短短几年时间内就将左右贤王压在身下，虽然有你的帮助，但也确实厉害。不过要和我比起来，也就那么回事儿。"

"你终究还是吃醋了。"海棠微笑道，却没有一般女子的小得意，也没有一丝不自在，似乎只是在阐述事实。

不等范闲开口，海棠轻轻靠在了他的肩膀上，二人的手牵得紧紧的，似乎都怕对方忽然间放手。

海棠自幼便承担了太多，虽然从来无人知道她多大年纪，生于何方，但是北齐圣女，天一道传人的身份，让她不得不承担这一切。她也会有累的那一天，她也希望卸下肩上的重担，然后靠在一个可以倚靠的肩膀上，就如此时。

"我从北边来到草原，我叫松芝仙令，我是喀尔纳部落走失的王女。"海棠怔怔地望着小湖对面的暮日，"我带领着最后一批南迁的部落来到了这片草原上，那些提前过来的蛮族勇士，认可了我喀尔纳族王女的身份，所以单于必须重视我，至少从一开始的时候，就要重视我身后的实力。"

"喀尔纳？"范闲感慨道，"为了不让速必达动疑，居然绕了这么大一个圈子，苦荷真是费尽了心思。"

海棠说得简单，但范闲清楚，北蛮难抵天威冰寒，被迫南迁，途中死伤无数，但在草原上仍然留下了逾万铁骑，海棠能被北方部族公认为领袖，一定付出了极为艰辛的代价。

单于王庭能在短时间内扫清草原上的反抗力量，其中重要的原因，是由于他力排众议，接收了来自北方草原的蛮族，从而获得了北蛮铁骑的支持。如今看来，这也与海棠有关。

"你是北齐圣女，忽然变成蛮族的圣女，难道不担心被人揭穿身份？"范闲又道，"我相信你的智慧与能力，单于肯定离不开你的帮助，但你的身份总是极大的问题。"

海棠轻声问道："揭穿什么身份？我是天一道的传人？"

即便单于速必达知道了她的真实身份，也不会对他的选择起任何影响，但是北方部落的逾万铁骑呢？那可是海棠进入西胡最大的力量，如果让他们知道这位喀尔纳部落的王女是假冒的，该怎么收场？范闲不明白她的意思。

"你对喀尔纳有什么了解？"

"以前北方部落中的王庭部族，不过在几十年前就已经被战清风大帅扫荡干净，从此以后北方部落群龙无首，加之上杉虎镇守北门天关，所以再也闹不出什么大事。"说到这里，海棠忽然问道，"你以前最喜欢问我什么？"

范闲不知道这两个问题有什么关联，半响后有些不好意思地回道："我最喜欢……问你究竟多少岁了。"

"我一直没有答你，是因为我也不知道自己究竟多大。"

她是个孤女，自幼由苦荷大师细心照料，抚养长大成人。

范闲知道。

她认真地盯着他的双眼道："我也是两年前才知道，我今年十九，我的母亲，是当年喀尔纳王庭逃出来的一位王女。"

范闲心想那自己在北海边给她下药之举动是不是有些过分……慢着，王女？母亲？喀尔纳王庭？

他霍然站起身来，不敢置信地看着海棠。海棠抱膝坐着，平静地望着湖上的水鸭子飞舞，似乎没有意识到自己说了什么。

"你……真是喀尔纳族的王女？"

关于草原上的一切，范闲盘算得清清楚楚，对苦荷留下的谋划也早有应对，在合适的时机揭穿海棠的身份也是他的计中一环。但他怎么也没有想到，海棠能影响单于，靠的根本不是假身份，她本来就是……位王女！

海棠抱着双膝，将头轻轻地趴在膝上，双眼现出迷惘之色，轻声道："你果然比我镇定，两年前从师父口中听到自己的身世时，我的反应比你要大多了。"

范闲看着她，一个字都说不出来。他终于明白了人世间哪有什么命中注定。所有这些都不过是苦荷大师数十年前偶一动念罢了，只是这一个念头却缥缥缈缈地落在了后世，落在了这片草原上。

至于海棠如何能够让北蛮相信自己的身份，苦荷留下喀尔纳王庭的一支血脉，临终前抛了出来，怎么可能不留下些信物之类的东西，关键是……

"你的父母……？"范闲轻声问道。

海棠感受到了这个男子的情意，他没有问草原上的事情，没有问自己，却是第一时间想到了自己最关心的事情。

"在我很小的时候就过世了。"

范闲没有继续问，至于海棠的父母、那对喀尔纳最后的贵族怎样离开这个世界，是不是苦荷暗中下的黑手，已经无从得知了，想必海棠也不愿意将自己的师尊与那种角色联系起来。

"师父临终前对我说了这些话，让我自己选择究竟应该怎样做。"海棠看着湖面上的水鸭子怔怔道。

范闲望着海棠怜惜道："如果你要复仇，也应该向北齐进行报复，何必针对我们大庆？"

"复仇？我很少想这些几十年前的事情，就像你一样。"海棠深深看了他一眼，继续道，"我只是去看看，那些与我同根同源的人在怎样生活……安之，胡人也是人，这一路万里南迁，部落里的女人孩子不知死了多少，难道他们就不该活下去？所以我想帮助速必达一统草原，结束内乱，给这片草原带来和平，仅是让他们能够生存而已。"

"和平？"范闲的声音一下子寒冷起来，"草原的统一与和平，必将导致日后与大庆之间的全面战争，这就是你所期望的将来？"

"我会制衡速必达。"海棠微微低头。

"幼稚。"范闲斥道，话语里的腔调像极了定州城内的李弘成，"君王的野心，永远不是你我所能制衡得了的。你只想着胡人如何生存，有没有想过我庆国在西凉路上的屯军百姓？一路西行，我不知看见多少房屋被焚，妇孺被杀。如果这就是你要的和平，那我会把这一切毁掉。千年而成的仇恨，我们这一代人根本没有办法消除……放弃吧。"

海棠沉默了一会儿，问道："那你还在这里等我做什么？"

"我要确认你所起的作用。也许你自己都没有想过，其实你一直还是将自己看作北齐子民，根本没有把自己看成喀尔纳的王女。美其名曰替草原寻找生存的空间，其实还是为了北齐的后方安全，替北齐拖住我那位皇帝老子的脚步。"

不等海棠开口，范闲看着她怜惜道："这是下意识里的行为……说到这点，我不得不佩服苦荷大师。你的一生其实也和我一样，都被一个高高在上的人物控制着，你的任何一步选择都落在他的计算之中，不论是主动还是被动。"

苦荷太了解自己的女徒了，对于海棠知晓身世后的决定早已计算得清清楚楚，知道不论海棠怎样选择，都会按照他的布置给予庆国沉重的一击。

海棠的脸色有些不好，这两年在草原上协助单于速必达着实耗损了太多心神，今日在湖畔被范闲直接揭破了皮袍下她一直回避的心思，更是令她疲惫万分。

"苦荷真的很厉害。"范闲缓声道，"虽然他最终败于陛下之手，但即便死了，也给我大庆带来了这么多麻烦……不得不说，战家这两兄弟实在是人世间最顶尖的人物。"

庆帝一生南征北伐、难得一败，唯一一次完败，便是当年惨败于大帅战清风之手。没有想到战清风死后数十年，苦荷临死之前，又在庆国的西边埋下了一颗地雷。

海棠道："你以前说过，我们不是圣人，不可能将全天下的子民放在平等的位置考虑。如今南庆剑指天下，北齐东夷都在风雨飘摇之中，你要我什么都不做，是不是有些荒谬？"

"荒谬？几年前在上京城的酒楼上，我身为庆国监察院提司与你达成那个协议，是不是也很荒谬？"范闲自嘲地一笑道，"也对，我大庆铁骑将要踏遍天下，我这个权贵却要和异国圣女达成什么协议……太平？说什么太平，确实荒谬，我这个人存在于这个世界上本来就是很荒谬的事情。"

种田、喝酒、聊天便定了这天下二十年。忆当年上京城中二人把臂同游，楼中共醉，园中瓜架下共话，于无人知晓处，北齐南庆最出色的两个年轻人，定下了一个在世人看来十分幼稚，在他们看来却是格外动人的目标——天下无战。

这样幼稚的协议，却因为缔结协议的两个人真有可能变成现实，因为他们在各自的国度拥有极大的影响力，如果时势不变，老人渐渐退场，日后的江山本就是他们的掌中之物。

如今数年时光一转即过，天下大势早已因为大东山之变而发生了急剧的变化。世界在变，人也在变，二十年远远未到，这两个年轻人便似乎再也无法种田、喝酒、聊天了。

"我不甘心。我离开澹州已经五年，这五年里，没有人知道我想要做什么，只有你知道……你知道我为了这个协议冒了多大的险，吃了多少亏，帮了你们北齐多少。"

他目不转睛地看着海棠，沙哑着声音道："我不惜冒着千年以后被人指责为卖国贼的风险……而你，却不声不响地跑了，来到了草原，开始在我的背后捅刀子。"

海棠看着范闲的脸，听着他的话语，心像被刺了一刀，抽痛了起来，瞬间脸色发白，她解释道："我没有想到这件事会牵连到你。那些刀我也不知道是从哪里来的，知晓此事后，我去了一趟青州城，可是还有一把被人偷走了。"

范闲早已猜到那个偷入青州帮自己消灭证据的九品高手就是海棠，但脸色还是有些难看，道："你还在瞒我……这些刀的出现，本来就是很怪异的事情。你和小皇帝的联系从来没有断过……这次他在阴我，你还想替他遮掩什么？"

海棠道："这件事情我真的不知情，我也不知上京城那边出了什么问题，为什么陛下会做出如此愚蠢的事情。"

确实愚蠢，北齐在庆国最大的助力便是范闲，虽然自大东山之后，范闲逐渐将自己与北齐的关系割裂开来，但如果北齐皇帝真的想有将来，离开了范闲的帮助将十分困难。

其实范闲十分清楚北齐小皇帝是如何想的，他嘲讽道："他可一点儿都不愚蠢，这是想逼我反。两年前在京都，他想借长公主之手杀死我之后扶老大上位，这笔账我还没有和他算……我怎么可能反？"

海棠心生寒意，这是她第一次知道两年前庆国京都之变中居然还有北齐的影子，那么这件事情的脉络便十分清楚了。北齐小皇帝知道范闲是一个十分记仇的人，当然不敢将希望继续放在他的身上，加上海棠这两年一直在草原，无法充当北齐皇帝与范闲之间的桥梁，双方渐行渐远。为了北齐的安全，小皇帝必然会极力破坏范闲与庆帝之间的关系。

"陛下也是没有办法。这两年你帮助庆帝整顿吏治，治理民生，打理内库。你是庆国人，你是庆帝的儿子。大战眼见一触即发，谁会相信，你会站在北齐或东夷的立场上考虑问题？陛下他不信你，也是很正常的事情。"

"我不管他信不信我。"范闲的手在海棠微凉的脸庞上摸了一下，又说道，"你给小皇帝带个口信，就说我范闲，将会因为他赠予我的两件大礼，回报他一个永生难忘的教训。"

这个世界上，敢说教训一国之君的人，除了大宗师，大概也就只有范闲了。海棠沉默了一会儿，道："你在草原上究竟布置了什么，肯定不会告诉我。但我会尽力阻止你。"

"除了我那位皇帝老子，现在这世上，没有谁能够阻止我，你也不行。"范闲将她的帽子摘下，摸了摸她的头发，把她拥进了怀里。过了一会儿，他的眼神渐渐平静，看着天上一只苍鹰正在暮色之中飞翔，湖中那些水鸭子被苍鹰所慑，躲进了水草中。

"陪我三天。"他看着她轻声道。

距离这片湖泊约莫十里地外的草原上，数百西胡骑兵正拱卫着他们的王、这片草原的主人。单于速必达冷漠地看着远方，看着苍鹰在空中划过的痕迹。

松芝仙令离开了，虽然说会回来，但单于总觉得有人正要将自己生命中最重要的女子带走，所以带着骑兵跟了上来。

她并不美丽，他却将她看得比任何人都重要，因为她为他带来了逾万铁骑的效忠，带来了草原上新的气象，更重要的是……她为他带来了安宁，难得的安宁。每当和这位喀尔纳王女在一起时，单于速必达便觉得是自己生命中最欢喜的时刻，哪怕只是面对面坐着，对望着，也欢喜无比。

他知道她是北齐圣女，那位大宗师苦荷的关门弟子，长生天在人间的行走，也是自己的同族。若将来能够横扫六合，攻入中原，能有她坐在身旁，这个天下一定会美丽许多。

苍鹰渐渐降下，单于速必达的眼睛眯了起来，如鹰隼一般，闪耀着慑人的光芒。她追着一位男子去了，那男子是谁，能让她如此动容？难道是那个传闻中的南庆小白脸？

"冲过去杀了他。"大当户看着单于阴云密布的脸色，大声喊道，"杀了他！"

速必达没有接话，松芝仙令离开的时候说过她会回来，那么她便一定会回来，虽然他并不介意用刀剑来宣告自己的强大，但他不愿意用这种方式去获取一个女子的心。

"跟着他们，不要去打扰。"单于速必达闭上眼睛，话语里却隐藏着令人心悸的寒意。

他握着缰绳的手愈来愈紧，表情依然一片平静，他注定要成为天下的主人，当然不会因为南庆的一个权臣便乱了方寸，但他也不会让对方来了草原，还能活着回去。

苍鹰传讯，西胡骑兵开始调集，只要等松芝仙令与那个年轻男子分开，便要开始进攻。王庭高手如云，如果数千骑冲将过去，范闲即使有天大的本事，只怕也难逃一死。

然而这一跟便是三天。

三天里，范闲和海棠在草原上漫步，在某个部落买了两匹好马，纵情驰骋了一番，又去某处海子捞了两网小银鱼烤着吃了。最后一夜，他们却是停驻在一处较大的部落里，围着火堆，与那些胡人吃着牛羊肉，喝着烧刀子酒。

海棠知道这三天意味着什么，三天后，或许二人将从相伴漫步成为彼此不共戴天的敌人，所以这三天需要珍惜。

范闲也知道这三天意味着什么，海棠带着自己在这草原上随意行动着，是要借这鲜活的事实告诉自己，胡人与中原人是可以和平相处的，胡人也不是天生就野蛮好杀。

火光映照着二人的脸庞，红通通的，就像两个在冬天里贪玩的小孩子。海棠递了两件东西给范闲："给你孩子的。"

范闲接了过来，发现是一串红宝石珠子，还有一把胡人孩童喜欢玩的小佩刀，很可爱。

"珠子给小花，小刀给良子？"范闲挑挑眉头，"小花估计喜欢，良子还小，只怕不会喜欢……不过，谢谢你。"

"师父以前说范夫人的身体很难生孩子，如今范良出生，也算是了了她一个心愿。"海棠道，"想必你也很开心。"

三个月前，十月辛苦怀胎的林婉儿终于诞下了一位麟儿，赶在宫中乱赐名之前，范闲急着取名为范良，加入族谱中。这件事情，惹得庆帝大怒，好在范闲还是给皇帝老子留了个取字的机会，才算把这事糊弄过去。

听着海棠的话，范闲苦涩一笑，这两年间，除了帮陛下处理国事，其余的大部分精力都放在替婉儿治病上。为了生孩子，婉儿真是付出了极多，而他为了研制药物，也是吃了不少苦头，要说开心自然是有的，但更多的是疲惫。

"为什么取名范良？"海棠问道。

"闲妻乃良母。"范闲笑道，"很有趣吧？"

部落里的族人渐渐睡去，火堆边就只剩下范闲与海棠，二人都没有睡意，安静地等着黎明的到来。

"天就要亮了。"海棠靠在范闲的肩膀上轻声说着，到了离别的时刻，终于透露出一分姑娘留恋的情思。

范闲笑了起来，道："天亮之后，你一走，那位多情的单于，便会将我碎尸万段。"

以他们二人的修为，自然清楚在身后不远处，草原上的主人正强行压抑着怒气，等待着给范闲致命的一击。

海棠闭着眼睛，懒懒地道："不要担心这些事情，我来处理好了。"

"我是男人，我不习惯让女人来处理事情。"火光映着范闲的笑容，显得格外亲切与自信，"你很强，那位单于也很强，但我会证明，我比你们更强大。"

海棠睁开眼睛，静静地看着他，不知道他还想说什么。

"我不喜欢小说中被族群分开的情侣故事，你在草原上谋划了两年，我准备了四个月,我会彻彻底底地击败你,断了苦荷留下来的所有心思。我留你三日,也是要留你一辈子。"范闲站起身来,看着黎明前的黑暗草原,轻声道。

黎明之前尽是黑暗,火堆噼啪作响,偶有几颗火星跃出来,在空中划出一道须臾即逝的红痕,这些红痕映在海棠的眼眸里,显得格外怪异。

她站起身来看着范闲,道:"你究竟想做什么?或者说,在这三天时间里,你究竟做了什么?"

海棠知道自己被范闲骗出来三天,王庭高手们也在他俩的身后跟了三天,王庭那里一定出了问题。

海棠是个拿得起放得下的人物,她转身向部落后走去,脚步不见得如何急,但速度极快,瞬间掠出三丈。

"你回去也来不及了。"范闲静静地看着她道,"你和北齐皇帝骗了我一次,阴了我几道,王庭内的那些中原人都是北齐人,你却依然在骗我……这些人在王庭做事,对于我大庆来说,是很危险的人物,我必须除掉他们。"

海棠停住了脚步,知道范闲说的是真的,如果这三天之内,王庭处有何异变,即便自己这时再赶回去也来不及了,她问道:"月牙海防御极严,你既然没有亲自动手,动手的是谁?"

她知道监察院有一位天下第一刺客,现在她和单于都不在那边,王庭高手尽出,那位刺客动手,谁能抵挡。

"你的心果然越来越坚硬了。"她转身看着范闲,并不如何愤怒,只是有些落寞,"世上还有谁是你不愿利用的吗?"

范闲没有回答这个问题,双臂一振,向着海棠扑了过去,体内的霸道真气在一瞬间发散到极致,震得夜空中的草原空气一片混乱,如一道龙卷风般卷了过去。海棠双手从皮袍内伸了出来,在身旁画了一个半圆,于电光火石间稳住了身体周遭的气流变动。

前一刻还是情意绵绵,离愁别绪,下一刻却是暴风骤起。

范闲就像是月夜下的杀神，挟着身周所携草渣火星，一拳击出，拳风如雷。海棠朵朵身形一晃，便在这阵暴风前消失，下一刻又出现在风眼之中的范闲面前，并指为剑，斜斜地刺出，像要挑落天穹中的月亮，洒脱至极地直刺范闲的咽喉。

第四章 监察院在草原

月牙海映着天上的月亮，十分美丽。海子周围的人们正在沉睡，只有早起的婢女们往海子行去，准备盛水给那些王公贵族们洗漱。

一个婢女看着那个佝偻着身体的哑巴仆人，笑了笑，从怀里掏出一块胡饼递了过去。这个哑巴仆人是四个月前被大当户从草原上捡回来的，身体有些残疾，力气却很大，用来做粗使活计最是方便不过。只不过因为这人不会说话，又是个奴隶，经常在王庭四周被人欺负，看上去很是可怜。如果不是好心的胡女们日日周济，只怕他根本活不了几天。

哑巴仆人接过胡女递来的胡饼，讨好地笑了笑，喉咙里呵呵作响，似乎是要表达自己的谢意，然后往草甸后方行去。每天天亮，他都要去捡羊粪，人们早已经习惯了这一幕。

不过今天，这个哑巴仆人走过草甸时却根本没有看密集的羊粪一眼，平日里，他一定会高兴能够碰到这么多羊粪，但今天他不用表演高兴，因为他再也不用捡羊粪了。

走到一片长草，哑巴仆人从怀中抽出一根铁钎，戳进了泥土中，右掌一振，只听得扑哧一声，这根带着血迹的铁钎竟被生生震入到泥土之下数尺，再也找不到任何痕迹！

哑巴仆人闭着眼睛回思了一下行动的过程，确认没有任何遗漏，这才重新抬步，依旧佝偻着身子，向着草原的深处缓慢地前行。不知要走到何时,他才能走回中原。

月牙海四周一片平静,没有人察觉到一个哑巴仆人已经离开了他居住四个月的地方。王帐四周死气沉沉,尤其是那些被单于极为重视的中原人,那些负责与青州城、定州城联络的重要人物居住的帐篷,格外死寂。

魏无成身子瘫软,根本说不出话来,连手指也动不了一下,牙齿却在不停地发抖,咯嗒咯嗒地响着。他负责王庭的账目以及贸易,但他知道这些同僚都是来自大齐的厉害角色,如果没有这些人帮助单于,王庭根本不可能壮大到现在这种程度。现在这些人都死了,就自己活了下来。

他看着身周的满地死人,恐惧得无以复加,那个影子,那个死神如幽灵一般制住了自己,然后缓慢地屠杀了帐内所有人,没有让任何人发出声音,没有让任何人有丝毫反应。

魏无成不知道那个人是谁,不知道对方为什么没有杀死自己,他陷入无穷无尽的恐惧,眼瞳紧张地缩着,觉得这片黑暗似乎永远无法转换成光明。

一指挑月,那指尖如此纤细,如此平凡,却像是蕴含着天地间的光华,破风破意,挑到范闲的喉咙处,他的拳头已经击空,擦着海棠的右肩轰到了草地上,震起一大团泥土草屑。

借天地之势而行自然之事,没有哪个流派比天一道更强大,此时月影渐没,草原上视线模糊,海棠竟像是能够细微地察觉到草原上的每一缕风,每一粒草屑。

范闲从姑娘这里学得了天一道的内门心法,但对借势一道的修行,却远远不是对手。他的眼睛眯了起来,左指一弹,一把小刀在指尖转了两圈,甩脱了鞘尖,寒芒顿现,一道斩月记,砍向了离自己咽喉不远的翘立指尖。

以他二人的修为境界,一指一动,只要接触到对方的身体,真气借桥而入,便会重创对方,所以范闲要拦住那抓不住痕迹的一指。然而为了隐藏身份，他身上没有带袖弩，靴中没有黑色的匕首，这把刀是从哪里来的？

正是先前海棠送给范闲家小公子的礼物！

海棠眼神一暗，手指没有缩回，没有任何应对，依旧向着范闲的咽喉点了下去，就像是没有看到这把刀。

范闲左手微微一松，刀芒顿敛。令人意想不到的是，他也没有管海棠点向自己咽喉的这一指，翻掌向着海棠的胸口拍了下去。

海棠手指轻轻一散，就像是这草原上随着夜风飘浮的秋草，一根根搭上了范闲的手臂，禁锢住了他的右臂。

双方各有一次杀死对方的机会，而这个机会甚至是对方刻意留出来的，但他们都没有动手。

一字记之曰心。

这是北海之畔二人初次相见，范闲用某种手段动其心魄，海棠应对之后，北齐南庆年轻一代两位强者，连绵数年心战的继续。看似动的是手，实际上动的却是心。

海棠赌范闲斩向自己手指的一刀斩不下去，范闲弃刀。

范闲赌海棠点向自己咽喉的一指点不下去，海棠回指。

海棠赌范闲拍落的一掌不忍吐劲，所以缚住了他的右臂。

都不舍得，何必动手？

范闲依然动了手。他手掌印着的地方很妙，很柔软，很温柔。所以这一动很销魂。

海棠很恼怒，心头微乱。

范闲弃刀的左手，便在对方心头微乱的那一刻，悄无声息地拂了上去，拂中了海棠的耳畔。

一枚金针，扎进了海棠耳下的穴道。

他要把海棠绑回中原，他要让苦荷设下的局就此分崩离析，所以他冥思苦想，不惜冒险，也要擒下对方。

一代天骄，北齐圣女海棠朵朵终于败了。

庆历四年她走出青山，大小数十战未尝一败，声名之盛一时无两，直到后来庆国出现了一位诗仙，一位年轻高手。从那时起，世人便在猜测，如果二人相遇，究竟谁会获胜？

在北海畔二人第一次相遇。那时的范闲根本不是海棠的对手，只能凭借着五竹叔亲授的身法勉强躲避，凭着毒针毒烟苦苦支撑。今天海棠朵朵终于败在了他的手上。准确来说，是败在了他更进一步的无耻与阴险之中。

那枚金针在海棠小巧的耳垂上微微颤动，范闲指尖拈着，不停灌注真气，右手疾点，务必要将她完全控制住。

范闲比谁都更清楚天一道真气的恢复能力，金针扎穴，只能让海棠的身体僵硬片刻，要真正地制住她，又不能伤害她，便只能用霸道真气强行封住她体内的经脉关口。

然而……范闲的手指渐渐缓了下来，表情凝重，甚至带着一种难过的痛楚。终于他的右手停了，左手缓缓离开了金针。

啪的一声脆响，海棠耳下的金针寸寸断裂！如此细柔的金针，竟被她体内的真气震断，这是何等样强悍的反弹。

海棠吐出一口鲜血，面色苍白，眸子依然是一片明亮。她静静地看着悲伤的范闲，擦了擦嘴角的鲜血，道："我已伤了内腑，不是你的对手，你可以试着把我留下。"

范闲用霸道真气强行封脉之时，她的天一道真气开始反击，甚至是不惜生死地反击，强行冲击着他每一指落下的地方。

如果范闲强行继续，顶多是大耗真气也能将海棠制住，但海棠的反击却会让她经脉爆裂，成为一个废人。

范闲看着她喃喃道："即便是死……也不肯跟我走？"

海棠轻声道："若非我的心乱了，你怎能制住我？如果不是你的心乱了，你又怎么会放过一举擒住我、祸乱草原的大好机会？我不想死，我也知道，你不会让我死。"

范闲沉默片刻道："谢谢。"

谢的是海棠对自己的信任，谢的是对方知晓自己的心、自己的情，二人虽然从未明言，但早已心知肚明，就如草原上的夜，夜线边缘的月，十分清晰，难以忘却。

"难道你真的就想留在西胡，与我成为沙场上的敌人？"

"我有我的坚持，你有你的坚持，不是吗？"海棠平凡的容颜上绽放着一股莫名的光彩。

范闲问道："你为什么要老老实实地听从苦荷的安排？"

他这一世最厌憎的便是被那些老怪物们控制人生，他坚信人生应该是自由的，这是比草原、北齐更加重要的事情。

海棠静静地看着他，像是在看一个孩子，回道："如果听你的话离开草原，岂不也是听从了你的安排？"

范闲道："你留下来已经没有意义。"

海棠道："我不知道你在这三天之中做了些什么，也许我已经来不及阻止你，但我要想办法让草原上的动乱停止。"

"如火燎原，谁能止住？"

"你究竟放了什么火？"

"昨天夜里，左贤王应该已经被人刺杀。"

海棠很震惊。她在草原上两年，当然知道左贤王的死亡会带来怎样的动荡，只怕刚刚平静了一年多的草原，又会因为复仇和权力之争重新陷入无尽的兵火之中。

"你怎么做到的？"

左右贤王在草原上拥有极强的实力，单于有了海棠、北齐以及北方部落逾万铁骑的支持，才勉强将这两位贤王压制下去。

这两年左右贤王一直对王庭极为警惕，戒备极严，海棠根本想不到，庆国有谁能够潜入草原深处，刺杀左贤王。监察院的影子或许有这种实力，但他不是应该在王庭吗？

远方传来急促的马蹄声，看来王庭骑兵终于忍不住了。

"我三天前就说过，不论是苦荷还是北齐那位小皇帝，他们不信任我，这本来就是极大的错误。不论将来的天下会朝哪个方向走，我都一定要把处置这些事情的主动权掌握在自己的手中，因为我拥有比你们更强大的力量。"范闲看着海棠继续说道，"十三郎跟着商队一起进了草原，我等你的时候，他跟着从王庭回去的左贤王部属去了……如果连这位天下第一猛士都杀不死左贤王，那只能说我的运气不好。"

说完这句话，他对着身后无尽的黑暗处打了一个呼哨，安静无比的草原深处渐有蹄声响起，似有一群野马在自由奔跑。

天边露出一抹白，淡淡的晨光笼罩在草原之上，并没有让人们的视线变得好起来。昨夜狂欢之后的小部落民众还沉浸在酒意与睡意之中，应该感受不到晨日的召唤，但是渐渐帷帐中隐有声音响起，似是有不少人醒了。

惊醒部落民众的不是初升的朝阳，而是如雷般轰鸣的马蹄声，四面八方，似乎有无数骑兵正靠拢了过来。

晨光中，范闲从脚边拾起海棠送给良子的小刀，郑重地放入怀中，道："再见的时候，我不希望又要等上三年。"

海棠不知道他准备如何走，因为四面八方都是马蹄声，王庭骑兵似乎已经将这片草原包围了，她担心地看了范闲一眼。

这一眼如一记重锤，击在了范闲的身上，让他的身体斜斜地向着身后的草甸飘了过去，飘得轻松怡然却又黯然销魂。

也不见脚尖蹬地，就像是腰上系了一根细绳，他如风筝般渐渐加速，化作了晨光中的一个模糊身影，随后渐行渐远，渐渐变小，融入部落左前方的一大片烟尘之中。

那片烟尘看上去是横行草原的野马，马群旁有十几个汉子执着套索，像是跟踪了这群野马数天数夜。

海棠知道这都是假象，一定是范闲事先安排好接应自己的队伍。三年不见，范闲已经成功地融合了天一道心法与霸道真气，稳稳地站在了九品巅峰，快要触摸到人类的极限。难怪他敢深入草原，以这样的境界，除非大宗师再现，谁能胜得过他？但他毕竟不是大宗师，真能战胜千军万马？

范闲落在了野马群中，奇妙的是，那些狂野而热爱自由的野马，竟没有排斥他的进入，当范闲坐到头马上时，那匹凶狠的头马只是无奈地摇了摇脖颈，却没有试着把他摔下来。

急促的马蹄声从海棠的身边掠过，带着风声，带着草屑，带着一往无前的气势。王庭骑兵毫不留速，掠过草甸，向着远方的野马群杀了过去。一匹骏马长嘶一声，从奇快的速度中停了下来，马上那人借着惯性转身而起，啪的一声落在海棠的身旁，双脚稳定如山，显露了绝妙的骑术。

来人正是草原主人——单于速必达。他看了海棠一眼，眼神中渐渐浮现出愤怒与恚恨："受伤了？"

海棠轻轻嗯了一声。

"南庆范闲？"

"是他。"

单于速必达从来不会轻视任何一个敌人，更何况是范闲这样的狠角色。他忍了三天，也是准备了三天，调集了附近所有精锐，务必将这位南庆权臣留在草原上。

对方敢深入草原，靠近王庭，挑战自己的尊严，必然要付出代价。王庭准备得很充分，确认没有庆国骑兵接应范闲，却没有注意到那群野马，因为草原上的野马群随处可见。

四面八方烟尘大作，逾千名王庭骑兵杀了过来，向着那群野马冲了过去。眼看着便要合围，将那群马以及马旁的十几个汉子，还有隐藏在野马群中的范闲包围，但是一阵长嘶冲天而起，野马群似乎受到某种力量的驱使，从一片混乱中惊醒过来，舒展着它们身体上的肌肉，奋然扬起四蹄！

晨光熹微，野马长嘶，数百匹骏马反衬着微弱的光芒，在草原上纵情驰骋，赶在王庭骑兵合围之前冲了出去！

单于看着这一幕，将心头的震骇掩藏得极好，跃上骏马，开口道："我把这个小白脸捉回来，给你出气。"

他这时候已经承认了，这位可以与松芝仙令相提并论的南朝年轻权臣，绝对不仅仅是个小白脸，单看这神乎其技的操纵野马本事，只怕整个草原上都找不到第二个人。

"王庭昨夜被袭，左贤王遇刺，生死不知。"海棠缓慢地说道。

单于微微一怔，双脚一夹马腹，向着草甸下方冲了过去。

虽然范闲利用野马群出乎众人意料地杀出了包围圈，但在这苍茫草原之上，没有人相信他能摆脱王庭骑兵的追杀。

由此地至青州城，就算是不惜马力，纵情狂奔，也要十来天的时间，况且身后还有王庭骑兵的追杀，谁能抗得住？

晨光渐盛，变形的朝日在草原东边的地平线上探出来一半，照亮了秋原上的一切。

海棠眼里闪过一丝担忧与黯然，只见草原上如洪流一般的王庭骑兵合围未成，然后又凭借着胡人精妙的骑术，迅疾汇编成队，千骑化作一个扇面，疾速向着东方追去。

前方两三里处，数百匹黑色野马正在奋蹄狂奔。蹄生烟尘，如万缕轻烟向着朝阳进发，红日之前，那些骏马和马上的身影，显得如此精神，如此嚣张。

西胡追兵在判断上犯了一个大错。他们本以为论起骑术，自家天下无双，根本没有人能够比得上，而且野马虽强，终究比不上战马听话耐劳，所以他们自认为在平阔的草原上，顶多需要小半天时间，便能追上那些庆国人。

单于速必达也是这样想的，他甚至已经在想将这些庆国人包围住后，是不是应该抢先把那个叫范闲的庆国权臣箭杀，不给松芝王女任何求情的机会。

然而事情的发展与西胡骑兵的判断完全不一样，小半日过去了，一天过去了，他们依然无法追上那些庆国人，甚至连拉近一些距离都做不到。

原因很简单，因为这些野马根本不是野马，而是庆国监察院蓄养已久的军马！之所以能在草原上瞒过无数人的双眼，瞒过特别知马的胡人，伪装成徜徉在水草间的野马群，全部是因为这些马被人下了一种掺和麻黄素的药物。

服药之后，这些监察院的军马要比正常马匹更加活跃，更加狂野。而且这群马没有钉铁，没有打烙，连鬃毛都未曾整理过，奔跑起来，真有长发飘飘的狂野，无论谁看到都会认为是一群野马，所以那个夜里，才会在王庭骑兵的警惕下，悄无声息地靠近了范闲所在的地方。

范闲单手持缰，细心地感受着坐骑的状况——实验了不少次，麻黄素的药力对于马儿的影响不如对人类的效果大，不至于让这些军马不听使唤，速度却能提升不少。

兴奋剂的药力无法持续太久，但他也不需要太久，一百个人轮流换骑数百匹马，他不认为有谁能追得上自己。

好马终须人来骑，这也正是西胡追兵在判断上犯下的第二个错误。他们总以为天下再没有谁比自己的骑术更为高超，在远程奔袭中更为强悍，但他们忘记了一个名字——

黑骑。

庆国骑兵本就极强，黑骑更是精锐中的精锐，在陈萍萍的精心挑选和训练之下，单兵素质之高令人瞠目结舌。尤其是在胡骑引以为傲的千里奔袭、长途追杀上，黑骑更是拥有世间最显赫的战史。

当年庆国北伐惨败，庆帝被困于穷山恶水之中，陈萍萍闻讯率黑骑救援，六日内突进千里，救了当时还是太子的庆帝。

又一年，陈萍萍率黑骑深入大魏国境之内，生擒一代枭雄肖恩，又闪电般撤回庆国，一进一出，跋山涉水数千里。

历史早已证明，黑骑的千里突袭，天下最强，没有之一。

黑骑以千里突袭成名，成制后最常演练的也是这等本事，对军马的药物刺激药性维持更是下了极大的功夫。突进如风，退亦如风，突进，天下第一，疾退，也是天下第一，西胡王庭骑兵，又如何能追得上这一群如飞鸟般的骑兵？

草原上的秋风扑打着范闲的脸，他的眼睛眯了起来，看了眼身旁荆戈脸上的银面具，不由笑了笑。如果不是对部属有绝对的信心，他怎敢如此行险，深入草原王庭，引出海棠和单于。

追到第三天的时候，王庭骑兵终于发现了诡异，他们没有减缓速度，胯下的草原骏马已经累到了极点，却依然无法追上对方。那些庆国人竟似还留有余力，只是压着速度在钓着他们。

听到大当户的回报，单于满是风尘的脸上闪过一丝寒意。他早就察觉前方那群野马确实有些不对劲，但由此往青州的草原上，没有大部族可以从中拦截，他也没有什么办法。

左贤王遇刺身亡的消息已经传来，整片草原一旦知晓这个消息，都会将怀疑的目光投向自己或者是右贤王，而左贤王帐下的那些儿郎一定已经开始叫嚣着替贤王报仇。

为了稳定王庭，这时候他应该马上持缰而返，自己离开得越久，左贤王帐对自己的疑心便越大。他自然不惧左贤王部属的报复，但想要成为草原上真正的君王，便必须阻止血腥的内讧发生，就像松芝王女说的那样，草原建国绝不是仅仅靠铁血厮杀便能成功的。

单于看着远方渐行渐远、似乎永远不会感到疲惫的那群野马，在内心深处叹了口气。

王庭骑兵都停了下来，将目光投向单于，不知道接下来应该怎样做，究竟是继续这样徒劳无功地追，还是回去？他们知道草原上发生了情况，但是如果就这样回去，眼睁睁看着庆国人来草原上耀武扬威一番，又实在是于心不甘。

单于当然也不甘心，但是身为草原主人，有时候他必须压抑住心头的愤怒，从利益出发，选择最正确的道路，他挥挥手，示意众人调转马头，准备回王庭。

然而就在此时，他的眼眸中忽然升腾起极盛的怒火！因为前方暮色下的那些庆国人居然也停了下来，就停在浅浅的草甸上，回头望来，似乎是在等他们！

这是何等样的屈辱，单于眯着双眼，半晌后似乎释然，面无表情地道："回。"

"他们不上当。"荆戈看着远方道，"应该不会再追了。"

范闲吐出嘴里的沙尘，心情放松了些，眼下的局势看似轻松，但只有他们这些被追的人才能感觉到胡骑的可怕。

这些西胡王庭的精锐骑兵，给了黑骑巨大的压力，王庭骑兵确实是天下最强大的一属，远比当年大魏的骑兵还要强大。黑骑逃得看似潇洒，实际上早已辛苦不堪。

后方数里处，王庭骑兵渐渐整队，向后方撤去，单于速必达落在了最后方，夕阳照耀着他身上的轻甲，反射出淡淡的光芒，看上去依然是那般冷酷。

范闲吐出嘴里最后的沙子，道："这次我给他留下了一个极为深刻的印象，将来草原再战，他肯定不敢随意野战。"

"吓退固然好。"荆戈有些遗憾道，"只是大将军在红山口布置伏兵十几天，却等不到单于，只怕会有些失望。"

"拜托，这位可是草原的主人。"范闲看着远方草甸上单于孤马而立的身影，笑道，"哪里这么容易被我阴死。"

很多年前，庆国最大的一次拓边行动也是在监察院的暗中领导下进行的,那个叫作陈萍萍的人,直至今日在草原上还拥有恶魔般的名声。范闲今次西胡之行,算是延续了监察院的优秀传统,在接班后嚣张地巡视了一次领地。

西胡王庭意欲一统草原,与庆国抗衡,却留不下深入草原腹地的一行人,想必会让他们对自己的实力有更清楚的判断,也会在出兵的决策上更小心谨慎。但那位单于确实厉害,退得如此坚决,勇于放弃,并且能够压制住胡人骑兵们好战的性情,实在是草原上的另类。如果此人在海棠的帮助下真的一统草原,只怕会成为庆国的心腹大患。

王庭骑兵已经退走,黑骑依然不敢放松,不敢减缓速度,支撑着疲乏的身躯,催动身下渗着药汗的军马,向东行驰,七天之后进入红山口,这才真正将心放了下来。

红山是草原东方一处怪异的地形,完全由土石自然堆砌而成,经历了无数万年的北风吹拂,被割裂成一片片孤立的山峰。山峰全部是褚红色,看上去就像御书房内的御笔朱批一般震人心魄,杀气十足。

入关的道路便在这些红山的下方,如羊肠般的小路,曲曲折折。范闲行走在队伍前方,接过荆戈递过来的皮囊,喝了一口水,润了润发痛的咽喉,沙哑着声音道:"把这边的事情了结了,回京一定要躺两个月。"

山中传来簌簌响声,似乎是谁踩落了山上的沙石,荆戈忍不住皱了皱眉头。范闲知道他在想什么,笑了起来,只是因为嗓子的问题,笑声显得特别难听——埋伏在红山口的庆国征西军,看样子也疲惫到了极点,居然弄出了声音。

马蹄声从前方山谷中响起,李弘成带着定州军从那处迎了过来,他一夹马腹,来到范闲身前,看着范闲狼狈不堪的模样,忍不住摇了摇头,道:"我早说过,速必达实乃枭雄人物,怎么可能被你激得上当?"

范闲道:"我把他带出来六天,足够做些事情了。"

"为了杀王庭里的那些北齐人,需要如此小心?"李弘成不赞同地看了他一眼,确认这小子毫发无损才放下心来。

为了遮掩消息，防止有人向西胡王庭报信，这一路埋伏在红山口的庆国精锐共计八千人，全部是大将军府的亲属部队，以及青州城的前线军人，没有通过定州调动。

"我们在这儿等了七天，结果什么都没等到，你们监察院是不是得给些交代？"李弘成抿了抿生出水泡的嘴唇。

"免了吧。"范闲轻夹马腹，浑身上下无一处不酸痛，瞪了他一眼，此时他关心的是定州城内的情况，问道，"动手了没有？"

"动手之前我就走了，你手下那些人全部由总督府进行配合，我下了军令，你放心吧。"李弘成又道，"连日有情报过来，行动应该很顺利，北齐在定州的钉子基本上拔光了。"

经此一役，草原重陷混乱，而最关键的是，监察院成功地将北齐人埋在这里的间谍一扫而光。苦荷临死前发动的手段，北齐小皇帝与海棠用了两年时间构织的大好局面，就因为范闲更加狠辣的应对，变成了一片泡影。

四天后，近万的庆国骑兵从草原上撤了回来，进入了青州城。他们没有与西胡骑兵进行一场战斗，完完全全充当了监察院行动的背景画板，自然士气也不像出兵时那般高昂，加上在红山口里熬了太久，看上去倒像是败兵残卒一般。

监察院黑骑的精神面貌也好不到哪里去，如果不是要给范闲挣面子，只怕这些人会马上倒地便睡。

入城后，黑骑也不能马上去洗澡进食，他们首要要照顾好那几百匹监察院特训出来的骏马，马儿体内的药力开始返逆，如果不赶紧治疗，只怕紧接着会逐渐死去。大家都清楚，这一次千里狂奔之后，这群黑马就算救回来，也无法恢复最初的神骏，不免情绪有些低落。

范闲和李弘成刚刚进入军衙，叶灵儿便匆匆赶了回来，一把推开了房门，恼怒道："你以为你是神仙？居然带这么几个人就敢深入草原，也不怕胡人把你活吞了！"

范闲此次深入草原，虽然未曾折损什么，实际上是冒了大险，如此不爱惜自己的生命，让叶灵儿怒上心头，如果范闲死在草原上，林婉儿怎么办？两个孩子怎么办？

她身为林婉儿的手帕交，有充分的理由对范闲鲁莽的举动，进行批评。当然，她生气还有另一个原因，那便是范闲来到青州城，要办这么大的事情还瞒着自己。

范闲愣了愣，透着丝丝雾气，看着破门而入的叶灵儿，心头微微感动，知道对方确实是在关心自己的安全，只是……

"看你这模样，倒比胡人更想活吞了我。"范闲愁苦道，"王妃，我和弘成没穿衣服，你不至于急成这样吧？"

进入青州军衙后，浑身风沙、全身酸痛、无比疲惫的范闲与李弘成立刻跳进了早准备好的两大桶热水里，此时正泡得舒服至极，哪里想到会有女子闯进房里来。

叶灵儿自幼在定州军长大，性情泼辣，较诸一般女子大有不同，听到范闲的话，才发现范闲和李弘成二人已脱得赤条条，此时正缩在大木桶里，尤其是这两个人的脸上还挂着刻意露出来的羞怯神情，十分可恶。

叶灵儿见状，反而不羞，也不怎么恼，只是往脚边啐了一口，然后潇潇洒洒地转身而出。

左贤王遇刺，王庭出事，草原必将陷入混乱之中。李弘成身为朝廷驻西凉路军方统帅，必须快速将此事禀告京都，同时回到定州坐镇大营，调配军力部署，以应对草原上最新的局势，所以第二天的时候，他就离开了青州。

范闲却留了下来，不是因为青州风光好，不是因为叶灵儿，而是要等几个人回来后，才能真正放心。

过了好几天，中原商队终于风尘仆仆地回到了青州城，算了算时间，商队的行进速度还真是极快。回程时走的道路与范闲走的道路不是一条，幸运地错过了那场惊心动魄的追杀。

看到这行商队平安归来，范闲放松了下来。他一直很担心，因为监察院的动作，这些中原商人会成为胡人报复的目标。没想到胡人在盛怒之下依然能够忍住不对商队动手，看来海棠这两年在草原上的教化，已经产生了很大影响。

紧接着，一位失去牛羊、在草原上活不下去的孤苦牧羊人也进入青州城——影子也平安归来，范闲的心放下了一大半，只是王十三郎那小子一直没有音讯。

此行草原所谋甚大，虽然监察院习惯了以阴险手段对付敌人，但任何手段都需要强大的执行人。

王庭处的北齐人由影子处理，而一定要死的左贤王则需要另一位强者，范闲一直头痛于此，实在没办法，他才试探性地通过抱月楼向王十三郎发出了邀请。

大东山事后，王十三郎一直在东夷城剑庐服侍重伤将死的四顾剑。两年前范闲与他曾经有过协议，但是他不知道，这个协议现在是否有效，所以这个邀请只是一次试探。

王十三郎没有回复，直接离开了东夷城，来到庆国京都，找到范闲。他的身份特殊，范闲不想让宫里生出猜忌，所以刻意掩盖他的身份，带着他进入商队，便即分开。

直到现在，范闲也没想明白，四顾剑被皇帝老子打成了残废，为什么王十三郎还愿意继续当年的协议，而现在他只希望王十三郎在刺杀了西胡左贤王后，能够平安归来。

数日后范闲终于等到了他盼望已久的消息，准确来说，是所有人都知道了王十三郎的归来。因为与影子的悄然归来不同，这位剑庐十三徒的归来，惊动了整个青州城。

那天烈日高悬于空，照耀着青州城，城门处的青砖都似乎要冒烟了，而一个血人就这样走进了青州城的城门。

这个人穿着一件胡人的皮袄——如果说被划了三十几道口子的皮袄还算皮袄的话，滴滴鲜血从那些皮袄的洞口里渗了出来，糊住了他的全身。

不知道这个血人在草原上走了多久，嘴唇上全是血泡，身上的伤口更是已经开始溃烂，苍蝇蚊虫正在他的身边飞舞，看着异常凄惨。

青州守军不知道这个人是谁，但只知道，受了这么重的伤，还能从草原走出来，一定不是普通人。他们警惕地看着那个血人，手持长枪将其团团围住。

那人睁开眼睛，对着围在自己身边的军士们开口道："告诉范闲，我答应他的事情做到了。"

第五章 把风景看透

收到消息的范闲疾奔而至。

此次草原上的行动,他负责引出单于与海棠,海棠终究不可能对自己下杀手,影子悄无声息行事,风险也不大,真正困难的一环,便是王十三郎刺杀左贤王。

范闲不知道王十三郎是怎样在连绵胡营中杀死左贤王的,他只知道,对方承诺自己的事情,已经非常完美地完成了。

他抱着昏过去的王十三郎回到了军衙,沉默地开始替他治伤,叶灵儿在他身后递着针刀,满脸震惊与好奇,心想这个被砍了三十几刀的监察院官员究竟是谁?身受如此的重伤,还能活下来?

盆子里是血水布巾,散发着浓厚的腥味,将那件皮袄脱下来便费了极大的劲——皮袄内外的血早就凝结成了一块块,混着草原上的风沙,就像是胶水一般。

挑破王十三郎的伤口,挤出内里的脓液,然后重新缝好,待做完这一切,范闲累得不行,坐在床边,怔怔看着这个家伙,寻找不到一个合适的字眼来形容自己此时的心情。

不知道为什么,王十三郎从那个雪夜第一次出现开始,便很信任他,不然此时也不会在房间内睡得有如一个婴儿。

虽然吃了麻药陷入最深的昏迷之中,可是痛楚依然让十三郎的眉头皱了起来。他的面相极为清秀，尤其是那双眉，此时皱得格外好看，就像是在沉思人生问题的哲学家雕像。

救治的过程中范闲细细数了数，十三郎身上一共有三十八处伤口，全部是刀伤，而且全部集中在身体前半部躯干。

关于伤口在身体正前方，军营故事里有很多说法，十三郎用自己的勇猛与强悍，完美地印证了这些说法。

他是一个人对着无数把刀，正面冲了出来。

范闲没有亲眼看见十三郎刺杀左贤王、冲出胡营时的画面，但这一道道凄惨的刀口都在讲述着十几天前的那个故事。

上一次看到如此多的伤口是什么时候？应该是在北齐上京撕开言冰云的白袍时，可是今天王十三郎受的伤比言冰云更重，而且这两个人与他的关系也大不一样。

言冰云是他的下属臂膀，更是庆国的忠臣，而十三郎三年前投靠自己却是基于东夷城的利益。他看着昏迷的十三郎，感慨万千，心想承诺二字，对于世间某些人来说真的这么重要，甚至比自己的生命更重要。

叶灵儿接了一盆热水走入屋内，将毛巾打湿少许，坐到了床边，想替王十三郎擦去身上的血污，然而由于身上伤口太多，竟是半天都找不到下手的地方。

"三十八刀啊……"她咬着下唇，感觉自己都在替这个不知名的监察院官员感到疼痛，"也不知道你让他进草原做了些什么，竟然受了这么重的伤，居然还能活着回来。"

先前给范闲打下手的时候，叶灵儿是真的被惊呆了，不是因为范闲出神入化的医术，而是震惊于这人的伤势。

范闲牵动唇角，无奈道："他不是监察院的官员。"

其实叶灵儿已经猜到这个伤者的身份肯定不一般，不然范闲也不会把消息封锁住，让自己来帮忙。

范闲从叶灵儿手中抢过湿巾，擦了擦额头上的汗，继续道："他叫王十三郎，东夷城的人。"

"他就是王十三郎？"叶灵儿的眼睛一下子亮了起来，"难怪会如此壮勇。"

范闲一怔，问道："你听说过他？"

叶灵儿点了点头："过不了两天，陛下就会知道他在草原上插了一手，你好好想一下怎么解释吧。"

东夷城要往哪边倒，是四顾剑临死前的一句话，自己与王十三郎把关系搞得好一些，陛下想必也不会太生气，但让范闲好奇的是，为什么叶灵儿对王十三郎这么熟悉。

"虽然没有几个人知道他曾经当过你的属下，但军方很多人知道，监察院曾经有过一位厉害人物。那年大东山叛乱，陛下被围困在山顶，上杉虎率领亲兵大营攻山，杀得禁军节节败退，如果不是这位王十三郎一夫当关，只怕山门早就被破了。听说他后来还挡了叔祖一掌。"说到这里，叶灵儿耸耸肩，然后又继续说道，"当日这个人给禁军留下的印象太深，大家极为佩服，这两年里说得多了，这人自然也就出名了。"

她说的叔祖就是大东山之变后复又失踪的大宗师叶流云。

"这等气魄精神，放在军中，必成难得一见的猛将。"

范闲看了昏迷中的十三郎一眼，感慨不已，却不知道两年前，北齐一代名将上杉虎，对这个年轻人便有此评价。

过了数日，王十三郎醒了过来，也不知道这位剑庐幼徒体内蕴藏着何种力量，伤势竟是恢复得极快。

范闲压下心头的喜悦，直接问道："你是东夷城的将来，这般替我卖命，图的究竟是什么？"

王十三郎离开东夷城，重新来到范闲的身边，自然是因为雪夜里的那个承诺，但绝对不仅仅是因为那个承诺。他沉默半响，苍白的脸上，那双浓如重剑的眉显得格外惊心动魄，许久后才缓缓道："师父已经挺不住了。"

范闲默然，四顾剑的死亡是所有人都意料到的事情，事实上，这位大宗师两年前便应该死了，结果谁也没有想到，这个传闻中的白痴竟然拖了两年，拖得所有人都心力交竭，难堪其荷，甚至天下人似乎都在期盼着他的死亡。

只是这话由王十三郎说出来，范闲便知道四顾剑时日无多，东夷城必须马上决定将来的道路要怎样走。十三郎此次替范闲立下如此大功，自然也是四顾剑的安排。

"你师父是个大白痴，我觉得你很有可能继承他，成为天底下第二大的白痴。"范闲看着王十三郎憔悴不堪的脸，感慨道，"你和海棠一样都是孤儿，何必为了守护这种无谓的字眼，抛了自己的头颅，洒了自己的热血？"

王十三郎有些困难地笑了笑，知道范闲这句话看似嘲讽，实则却藏了几分关切，他望着范闲，认真地说道："如果不是为了守护什么，那你为什么会在这里？"

范闲无言以对。

王十三郎又道："师父临终前想见你一面。"

范闲心头一惊，马上冷静下来，沉思片刻后摇了摇头，道："陛下不会让我接手东夷城的事情。"

如今他主持西凉路之事，如果日后连东夷城也是被他收的，功高虽不至于震主，却也让皇帝陛下有些难办，为了防止君臣失衡，皇帝应该不会让范闲处理东夷城之事。

"不要想多了。"王十三郎明白他的意思，"剑庐明年春天开庐，师父只是请各地来的宾客观礼。"

按照王十三郎的话来说，四顾剑大概没几天了，庆历十年春天剑庐开庐，或许便是这位剑圣最后一次在人间展现风采。

范闲挑眉道："各地来的宾客？"

"是的。"王十三郎应道，"包括……北齐来的客人。"

范闲笑了起来，知道四顾剑在想什么了。大宗师去后，东夷城根本无力自保，必须择良木而栖，请自己和北齐人前去观礼，自然是要看双方谁开的价更高，谁的诚意更足。

当然，东夷城早已向范闲展现了诚意，是王十三郎三年前那个雪夜里字字如铁道来的约定，是他用鲜血写就的契书。

"如果你师父要求太多，我也帮不了什么忙。"范闲很认真地向王十三郎道，"你知道我说的是真心话……"

他发现王十三郎有些走神，像是没有听见自己在说什么，目光透过窗子，投向院内的某处。范闲顺着他的目光望去，看见了一身淡黄衣衫的叶灵儿。

叶灵儿坐在暮色中，望着院外孤零零的秋树。

十三郎的目光很柔软，很寂寞，或许是草原上的风沙血雨，让这个温柔却壮烈的男子开始体味到生命的另一个侧面。

他轻声道："这位姑娘很寂寞。"

"她是叶灵儿。"范闲沉默了一会儿，"她的寂寞，是我和她所有亲人一起犯下的错……这几天都是她在照看你。"

王十三郎久久没有回头，静静地看着窗外远处叶灵儿的侧影，像是在欣赏一幅画，或是美丽如画的风景。

范闲忽然想到，雪夜里与十三郎第一次相遇，他用的是铁相的名字，号称自己要去抱月楼看尽南庆的美人，唇角不由泛起了一丝笑意，想起一些词句，一些人。

  你静静地看着窗外，我默默地看着你。
  暮色牵着你我，体味温柔的寂寞。

范闲摩挲着腕上的珠串，仿佛又回到了草原。

海棠轻轻倚靠着他的臂膀。

范闲和言冰云用了四个月时间，凭着影子和王十三郎的超强实力，完满地完成了监察院的计划，但是一想到海棠还在草原上，而且有可能永远停驻在秋草碧海中，范闲便有无来由的恼怒，这种恼怒，更多的是针对北齐那位小皇帝。

北齐的小皇帝已经不小了，虽然因为庆帝的震慑力，内库与北方的联系已经弱了很多，但北齐皇帝这两年间极快速地收拢着朝政，展现手腕，在南庆咄咄逼人的气势下，竟没有呈出半点败象，反而是开始伸出手脚，意图反攻。

比如西凉路这边。

范闲把邓子越从北齐上京城里调了回来，便是要针对北齐对西凉路的渗透。随着王庭中那些北齐人的死亡，定州城以及青州城内，监察院的肃清行动也轰轰烈烈地展开，因为准备得久，加上主持此事的又是深知北齐锦衣卫行事风格的邓子越，所以进行得格外顺利。

在大将军府和西凉路总督府的全力配合下，只用了十天时间，监察院便在定州及青州城内抓获了四十几名北齐奸细，死在监察院六处刺客手下的北齐间谍更是已经过百。

为了破坏北齐对西凉的渗透，范闲舍了大本钱，不惜暴露了在北齐朝廷内发展多年的几个官员才拿到了名单，因为他清楚，草原上的胡人眼下看似可以压制，但如果任由这个势头发展下去，真会成为庆国的心腹大患，所以他不惜一切也要把胡人兴盛的苗头扼杀。他更明白，监察院在西凉路每抓一个北齐奸细，每杀一个间谍，自己与海棠之间的距离便会更远一步，更何况埋伏在西凉路那里的还有几名天一道弟子。

西胡左贤王的死亡，为草原带来了太多的不安定因素。以王帐第一高手胡歌为首的强硬派，要求单于必须就此事给出一个交代，未经王庭册封，便自行推举了左贤王幼子为新任的左贤王，向着草原上的各方势力举起了复仇的刀。

左贤王之死，最大的怀疑对象当然是单于以及右贤王，虽然王庭方面说，这是庆国监察院暗中下的毒手，但是没有几个人相信，更何况胡歌还在内部不断地挑唆。

为了稳定局势，单于被迫认可了新任左贤王的地位，并且派使者前去安抚，保证一定会给左贤王部将一个满意的交代。

什么是满意的交代？自然是凶手的脑袋以及屠尽凶手所属部落。问题是那个凶手早已经逃走，谁也不知道他是哪个部落的。于是乎，草原上的气氛异常紧张，时刻都有大战爆发之势，加上王庭方面骤然失去了埋伏在庆国西凉路内部的所有眼线，好似人失明，一时间竟有些慌乱失措。

草原上有很多烦恼，这些烦恼需要单于和海棠去解决，制造这些烦恼的范闲，却只需要在青州城内冷眼看戏。

依照他与胡歌的约定，胡歌将在明年春天向单于投诚，毕竟以他现在的实力，哪怕是有了左贤王部将们的全力支持，也不可能掀翻单于的地位，既然如此，还不如改换门庭，想必单于一定会十分欢喜地迎接胡歌的到来。

有了单于的支持，再加上庆国暗中的支援，用不了太长时间，胡歌的部族便会发展壮大起来，到时候，单于就该真的头痛了，草原将迎来真正困难的时期。

关于这件事情，范闲只是挖了两锄头，扔下颗种子，便开始等着那颗种子发芽生长，占据牧草生长的地方。但必须承认，他这两锄头，尤其是王十三郎的那一锄头确实太狠。

但青州城内的戏还没有看完，范闲接到抱月楼送来的一封关于大皇子的密报，有些无奈地感觉自己又要登场了。

如今的抱月楼，已经铺就了一张遍布天下的大网，虽然在情报方面的收集还远远及不上监察院专业和强大，但给范闲提供了另外一个信息来源。监察院终究是庆国的官方特务机构，如果某日皇帝让他把监察院交出去，他应该怎么办？

就像这次，如果不是有抱月楼通风，范闲都不知道京都又要上演一幕好戏。当然，他也清楚这件事不能怪监察院和启年小组，毕竟涉及皇族的颜面和天子家的家事，又被内廷和都察院御史盯着，他们确实不好向自己报讯。

抱月楼不在乎这些——这封密报里提及大皇子要纳侧妃的消息，只是京都刚起的流言，便直接送了过来。

空穴来风，未必无因。

如果只是大殿下纳侧妃，他不用紧张，但抱月楼的情报里说得清楚，这是宫里定的，大皇子事先并不知情，得知此事后，大皇子已经入宫与陛下吵了两次。

大皇子识大体，但在某些方面却是非常倔强，加上他与大王妃感情和睦，怎么可能同意宫中再次指婚。

宫中要大皇子纳侧妃，明显带着更深层次的考虑。

南庆与北齐的蜜月期已经结束，而将来的北伐，很明显大皇子是先锋大帅的最佳人选，皇帝陛下的意思当然是不愿意与北齐的联姻继续下去，先让他纳侧妃，然后再寻个时机、觅个由头将大王妃废了，如此处理最为妥当。

可惜的是陛下的儿子们都不怎么听话，大皇子已经暗顶了两年时间，陛下没办法，才只好直接挑明。

范闲心里对大殿下有些意见，心想陛下既然逼得这般凶，你暂且应下又怕什么？能拖得一时便是一时，难道非要皇帝下旨，然后你再去宫里玩一招宁死不屈？

皇族子弟，哪里有当情圣的资格，只是大皇子与大王妃这一对和亲而成的夫妻，倒着实有几分细水长流、相偕至老的模样，让范闲大感敬佩，自叹不如。敬佩之余，更多的是头痛——抱月楼的情报里说得很清楚，皇帝陛下与宁妃商议之后，暂时忍住了怒气，准备让范闲回京劝说大殿下。

不得不说，在京都叛乱，太子、二皇子死了之后，庆帝对剩下的三个儿子态度要温和了许多，如果换成以往，大皇子敢如此强硬地抗旨，只怕早就被幽禁在王府之中了。

皇帝陛下的密旨估摸着还有些时日才会传到范闲这里，抱月楼收到的风声要快上许多，范闲心想这究竟是什么事？当年北齐大公主千里南下嫁给大皇子，是自己出任的主婚使，四年过去了，难道自己又要当破婚之人？真是世事难料啊。

打东边洒过来的天光，透过青州军衙内的孤单秋树，割成了几大片清光，耀得房间纸窗一片清楚。这时一个婢女端着盘子从窗外经过，在窗上映下一道影子。

影子站在范闲身后，看着一脸忧愁的他，一言不发。这位天下第一刺客已习惯在陈萍萍或是范闲的身后安静地站着，融于建筑或是景致的阴影之中。他看惯了监察院前后两任主人无时无刻的烦恼，依然没有习惯与他们交谈、为他们出谋划策，因为他的任务只是杀人，而不包含这些动脑子的可怜事。

从草原上回来后，影子脱掉了牧民的衣服，重新回到范闲的身旁，就如以前几年那般安静，只是时不时会看两眼院内休养的王十三郎，那目光有些复杂，有些怪异。

"我现在还不能回京。"范闲知道影子不是言冰云，不是邓子越，更不是话痨王启年，等着他开口是件不可能的事情，他揉了揉眉心道，"一来西凉路的事情还没有结束，二来京里既然没有消息出来，我这样急着赶回去，有些不妥。"

"这只是小事情。"影子知道他只是想找自己说话，略顿了顿后又道，"不用太多操心。"

"不是小事，你不知道老李家的这些男人，一个比一个倔，就说承乾和老二吧，宁死也不肯向陛下低头。大殿下虽然性情豁达许多，骨子里却有股东夷人性好自由的味道，陛下这般逼迫于他，谁知道他会做出怎样吓死人的应对。"

等不到影子开口接话，范闲满脸忧郁地道："咱们庆人都相信那句'非我族类，其心必异'。若非如此，也不至于因为大皇子一半的东夷血统，便没有任何人相信他会继承皇位。他有一半东夷血统，娶的王妃又是位北齐人，在当前这种局势下，陛下要他废妃，对他倒是有回护重用之意。"

京都平叛一共有三位大功臣，范闲、叶重、大皇子。大皇子其时手握禁军，控枢要害，坚决地执行了陛下遗诏，成功地将叛乱的形势控制在可以接受的范围之内。因为此事，皇帝陛下对他的态度有了极大的改变，不再像往年那般冷淡。

"准确来说，陛下对大殿下有歉疚。"范闲揉着有些生痛的眉心，"以大皇子的平生志向，最好的弥补，当然是任他为先锋，替南庆一统天下，所以陛下必须要废了大王妃。"

想到这里，他对皇帝陛下也生出了一些怨气，大王妃是北齐大公主，确实对大皇子出任北伐主帅有些影响，但是何至于要用纳侧妃这种不入流的宫斗手段来解决？

他忽然觉得自己这两年有些忘形，似乎低估了皇帝陛下强大的权力欲望，以及身为帝王天然的多疑与冷酷。

做儿子难，做皇帝的儿子更难，做庆国皇帝的儿子更是难上加难。范闲回京后，与其夹在陛下和大皇子之间难过，还不如先不去想这个问题。但他有些好奇，不知皇帝陛下指给大殿下的侧妃是谁家的女儿，又是哪位王公大臣，竟然如此不怕死，敢把自己的女儿，送到大王妃这只母老虎，大皇子这只公老虎，以及宫中宁妃这只老母老虎的嘴里。

京都平叛后，皇帝陛下将宁妃提了位份，在迟了二十几年后终于封她为贵妃。只是这位当年的东夷女奴，在成为贵妃之后，依然没有改变她那泼辣的性情，虎性十足。

大皇子一家，那便是虎林啊。

反正不可能是若若，这点范闲倒不担心。他站起身来，推门而出，迎接满院的秋色，不再去想京都那处的烦心事。此时已是深秋，军衙处满眼望去，尽是一片干净的疏离之色，天空极高，云色极淡，令人一睹便生出心胸旷达之感。

青州城地近西胡，颇有草原之风，或许只有在这种地方，才能让人们养出开朗明媚的心情，比如那位皇族中的异类大皇子，比如这位贵族中的异类叶灵儿。

范闲望着那个姑娘心想，人世间总是有些好事会发生的。

王十三郎恢复得极快，如今已经能坐着轮椅在青州军衙内四处闲逛。因为叶灵儿的那句话，范闲也懒得再做那些无用的遮掩功夫，唤了几个丫头负责推车，另派了几名六处下属跟着，保护他的安全。

这十几日范闲十分忙碌，没怎么注意王十三郎的动静，但也瞧出了这座孤清冷寞的青州军衙，因为王十三郎的醒来渐渐发生了一些改变，秋园中偶有春意透出。

王十三郎坐着轮椅在园内偶歇时，不远处总有个姑娘做着旁的事情，比如绣花，比如扮呆头鹅看风景。那个时候，王十三郎也会变成呆头鹅，怔怔地看着她。如果用美一些的词句说，便是那句什么风景，什么风景里的人，什么看风景的人，对于互相倾慕的两个人来说，彼此便是对方的风景？

有时候范闲扪心自问，如果自己是个女子，只怕也要被那三十八道刀痕震得惊心动魄、铭心刻骨，更何况十三郎沉默且英俊，如此人物，怎能不让生于军中的叶灵儿动心。

虽然叶灵儿的身份有些麻烦，他却不担心这个，皇帝陛下两年前便暗中下了恩旨，允许叶灵儿改嫁，自己挑选夫婿。

问题在于王十三郎的身份，他虽然暗中替监察院做事，皇帝陛下也知道此事，但毕竟是四顾剑的关门弟子，叶灵儿曾经是二王妃，却要嫁给他，不知道过不过得了宫里的这一关。

当然，如果东夷城最终选择倒向庆国，这些障碍也就不存在了，不过还有一个问题——这两个人眼下还处于一种奇妙的状态中，总要有人揭破才行，而且最关键的是，王十三郎究竟是怎么想的呢？他知道王十三郎为什么被叶灵儿的侧影吸引住，但他更知道真实的叶灵儿并不是这个样子。

尤其是……绣花。

范闲打了个寒战,叶灵儿绣花？如果这事传回京都,传到婉儿耳朵里，只怕会让她笑得昏死过去。

他决定告诉王十三郎一个真实的叶灵儿。正当他走下石阶时，影子问了一句话，又让他停下了脚步。

四顾剑与影子有不共戴天之仇，对于四顾剑的生死，影子比任何人都更加关心，因为他不愿意让四顾剑死在别人的手上，哪怕是老天爷的那双无情之手。

很多年前，东夷城大乱，四顾剑仗剑成狂，屠尽家族长辈亲人，只跑出了当时只有十六岁的影子。

四顾剑被称为大白痴，这与当年屠杀自己族人时的手段太过血腥、大有疯癫之态有关。

关于影子如何逃出东夷城，如何遇到陈萍萍，又如何被陈萍萍收入监察院中，那又是一个很长的故事了。

"他不会这么早死，明年春天我们就去。"范闲认真地说道，"我知道你一直想问他一句话，放心吧，一定能问到的。"

影子消失在范闲的身后，没有让园内的王十三郎和叶灵儿察觉到一点痕迹。范闲沉默片刻后，往园中行去，不一时便来到了那对沉默无言的男女之间。王十三郎抬头看了他一眼，微觉诧异。此时庆国正在西凉路与草原胡人及北齐的支援力量进行致命搏杀，接连十几天，范闲因为此事忙得焦头烂额，为什么此时却有闲情逸致出来游园？

叶灵儿低头绣着绷紧了的绣布，察觉到范闲的到来，顿时便从先前那种恬静无言却又安乐的氛围中跳了出来，微生幽怨，本就极慢的落针速度变得更加缓慢，不像是绣花，倒像是在用细细的针尖替紧绷的绣布挠痒痒。

范闲负手于后，摆出一副万事皆了然于心的模样，望着园外孤寂秋树的净梢，故作风雅之态。

见范闲如此做作的模样，王十三郎眼神有些散乱。而叶灵儿看了他一眼，深深埋下头去，轻轻咬了咬嘴唇。

火候已至，范闲问道："王妃啊，这青州的景致虽然不错，但天天在园子里绣花，有院墙挡着目光，怎么也看不清吧？"

听着王妃二字，叶灵儿以为范闲这小贼是在提醒自己什么，脸色略显苍白，没有应话。

王十三郎也如叶灵儿一样，猜错了范闲的意思，心想罢了罢了……对方毕竟是南庆王妃，这身份差得实在太远。

范闲转头看着他道："虽然你身受重伤，需要有人照顾，但男女大防不得不慎，这园中又无旁人相看，你们二人就这般相对而坐，总要想想我回京后，怎么向宫内交代。"

这话便说明白了，王十三郎眉梢一挑道："我马上出府。"

叶灵儿愕然抬头，狠狠瞪了范闲一眼。

范闲也不理会她的怒视，手掌一翻，便向叶灵儿身前的绣布抓了过去，轻柔无风又极快速，正是他赖以成名的小手段。

叶灵儿下意识里指尖一挟，那枚绣针带着破空风声，向着范闲的手腕扎了下去，角度极其刁钻。

这也是小手段，只是这些手段本来就是范闲教给她的，又如何能够阻止他。只见光影微动，范闲已自她手中夺过绣布，递到王十三郎身前道："十三，你可不要被人骗了。"

王十三郎微怔，然后便看见那张绣布上绣着……半个水鸭子？叶灵儿在园内、在王十三郎眼光所及之处，整整绣了七天，结果……只是绣出了半个水鸭子？

范闲哈哈大笑道："男女之悦，天经地义，谁也拦不住你们，只是你得仔细想想。"

叶灵儿霍然起身，怒目看着范闲，却又窘得说不出一句话来，眼中雾气渐起，看上去煞是可怜。

此事终于点明，王十三郎微微赧然之余，不免有些感激，却又无法像范闲这样厚脸皮多说些什么。

范闲向前庭行去，姿态悠闲，像是办了件天大的好事，得意得厉害。叶灵儿看着他的背影嘲讽道："师父，我是不会绣花，但这水鸭子只怕比你家那位绣得还是要好些。"

范闲闻听此言，马上想到婉儿当年手指头上的点点针痕，以及那幅水鸭图，哪里还能应话，赶紧落荒而逃。

叶灵儿笑了起来，笑声有如银铃般在青州的秋园内回荡着，然而旁边那人却未笑出声，只是静静地看着她。

叶灵儿一窘收住了笑声。王十三郎有些紧张，面上却遮掩得极好，望着她道："在下王羲，曾用名铁相，乃东夷城剑庐十三徒，这些日子多亏王妃照料，感激不尽。"

叶灵儿不曾想到对方会忽然开口，而且会说得如此认真，心里一乱，然后又平息心神，回了一礼道："王大人客气了。"

她不明白，已经相处十数日，加起来总共也不过说了十几句话，为什么对方却偏在此时要如此认真地道谢。难道他真准备离府，这一切只是场梦？如果换成一般女子，或许在此时会因为心头的这一抹幽意而选择离开，但叶灵儿毕竟就是叶灵儿，她不会绣花，只会舞刀弄枪，她虽是个寡妇，却依然像十来岁时一样，野丫头劲儿十足……

她盯着王十三郎的眼睛道："有话就直说，看你行事，也是个直爽人，莫学范闲那般啰嗦虚伪。"

王十三郎微微一怔，认真地说道："我不想出府。"

叶灵儿明白了他的意思，忽觉一阵秋风吹来，拂上脸颊却没有丝毫肃杀之意，只是那百般的温柔。

王十三郎与叶灵儿并没有如范闲想象的那般，被自己挑破后，"金风玉露一相逢，便胜却人间无数"，这对年轻男女依然是那般相持以礼，隔石径相坐，只是话多了些。

范闲也不着急，人世间的事总是千模百样，不可能要求所有有情男女都像自己一样，爬墙翻窗眠花般急不可耐。他也没有时间去关注这些美好的东西，因为在西凉路还有些不美好的事情需要他处理。

苦荷大师临终前布置的妙手与北齐小皇帝的手，在西凉路与草原的接壤处轻轻握了一下，便让南庆朝廷备受考验，边关吃紧，不得不放缓了对北齐的压迫。

监察院用了四个月的时间准备，范闲亲自领队，终于在庆历九年的深秋寒冬，将这两只握在一起的手斩断。

草原局势在单于速必达和海棠的控制下，不会败坏到难以收拾的程度，但北齐小皇帝再想做什么就不容易了。范闲在草原上也布下了自己的手段，明年春暖花开时便会看到。

庆历九年冬月十五日，监察院结束了在西凉路的行动，提司大人范闲经由定州踏上了回京的道路，定州雄城外，前来相送的官员将军无数，密密麻麻地排了两列。

临别时，李弘成深深望了范闲一眼，范闲知晓他的意思，也没有应话，轻声道："我在京都等你。"

车队驶上官道，范闲下意识里回头望去，看着定州城门上的那一排木架子——此次行动一共处死了四十几个奸细，这些死尸被高高地悬在城门之上，任由秋风吹拂，秋日曝晒。

有些尸首已经十分腐烂，连屯田里的恶鸟都不愿再去啄食，露出下方隐约可见的白骨，透着一股恐怖和血腥的味道，迎接着每一个从中原来的人，发出无声警告。

范闲对这些奸细没有什么同情心，从定州往青州沿途所见，已经让他明白，民族间的延绵仇恨，不是仁义道德能解决的问题，草原与中原之间的仇恨，自己这一代人没有本事和平解决，那就留给更有智慧的后辈们吧。

只是不知道海棠在草原上还会做些什么，这片草原，这座雄城，那道边关，自己此生还会再来吗？范闲默然想着，车驾已经来到了定州城外最近的一处驿站，正是当日窥见他人私密的地方。他与那个驿丞调笑了两句，这个好不容易才从牢里放出来的驿丞哪里敢笑，苦着脸自去烧水。

范闲对身旁的邓子越道："你要在西凉路熬上两年。"

监察院八大处俱有要员来定州会战，邓子越更是被范闲千里迢迢从北齐召了回来，如今范闲走了，西凉路的事情便全部交给他。邓子越点了点头回道："听大人安排。"

范闲交代了几句，然后看起了京都来的邸报。片刻工夫后，他的眼睛眯了起来。邓子越知道出了事，轻声相询。

"宫里禁军统领换人了。"范闲道。

邓子越心头一惊，暗想大殿下主持禁军一向稳妥，怎么会忽然换人？

邸报里说得清楚，大皇子不再担任禁军大统领，换成了宫典。宫典在京都平叛之后便重新拾起大内侍卫统领的老职司，如今又兼了禁军统领，倒也不出奇。

现在的问题是，陛下会将大皇子放到什么位置。邸报上没有说，京里也没有风声，范闲忍不住摇了摇头。

京里最近有几个非常重要的人事任命，都集中在军方，很明显是陛下在为大殿下挪位置做准备。最令范闲注意的是，京都守备统领萧金华被除职，调往南诏边军任副都督。征北营权知大都督史飞则被陛下召回，接任了京都守备统领一职。而史飞之上的燕京大营都督王志昆则是原地不动。

范闲深知陛下对这几人不同的态度。萧金华当年在京都叛乱时，还只是十三城门司的东华门统领，因为他的立场站得稳，硬生生将太子所属秦家残兵堵在了京都内，立下大功，陛下才会让其连升三级，出任京都守备统领。

但他早就猜到，陛下肯定不会让萧金华担任京都守备统领太久，一方面此人根基太浅，难以服众，难以承担京都守备如此重要的职责；另一方面，萧金华毕竟出身十三城门司，而陛下对十三城门司在京都叛乱中的表现颇为寒心。

皇帝最信任张德清，张德清偏偏投向了长公主，虽然事后皇帝将其凌迟致死，诛其三族，可还是没有发泄完心头的怒气，萧金华也算是受了池鱼之殃。不过这人想必应该清楚，此去南诏任副都督，也应该能接受。

征北军的情形比较复杂，因为牵涉谋叛，两年来不知遭受了多少次清洗，朝廷也一直没有让史飞正式接任征北营大都督，只是让他权知，还要受燕京大营王志昆的管辖。

大将史飞这十几年来一直都是王志昆的副将，这个安排没有问题。但如今陛下既然让史飞回京接任京都守备统领，征北营大都督的位置便空了出来，这是留给谁的？

所有人都看得清楚，沧州与北齐国境交接，处于风口浪尖之地，这征北营大都督的位置当然是留给大殿下的。

皇帝陛下休养生息了两年，尤其是这两个月，监察院与定州军稳定了西凉及草原上的局势，他终于开始剑指北方。

不过大殿下如果要成为权重一方的征北营大都督，掌管前线十万大军，就必须接受皇帝陛下另一方面的安排——纳侧妃。

待他出兵之日，便是大王妃下堂之时。

皇帝陛下已经替大皇子将所有道路都铺垫好了，就等着大皇子能够体谅他的苦心，走上这条道路，问题在于……

"老大可不是这样的人。"范闲想着回京后便要在皇帝的压迫下去做这等事情，大感烦闷，认真地问道，"你一直长驻上京城，知不知道北齐人怎样看待史飞这个人？"

这两年里史飞率着征北营与上杉虎抗衡，虽然吃了些小亏，但胜在不急不躁，把局势稳定得极好。邓子越道："史飞将军往年一直在燕京大营里任王大都督的副手，名声并不如何显耀，也就是两年前去征北营后才渐被齐人所知。这两年虽无大的战事，但在上杉虎的压力下依然能够不慌乱，光凭这一点，至少证明了史飞此人阴柔能持。"

"阴柔？"范闲不赞同道，"如果仅仅是阴柔能持，两年前陛下怎么会让他担下这么重的担子。"

庆历七年深秋，大东山事发，京都叛乱，所有人都忽略了被燕小乙丢在沧州附近的北大营，没有想到那里的重要性。但范闲没有忘记，皇帝陛下被困在东山上时，已经暗中下了密旨去燕京，让他们接手沧州北大营，以防北齐人趁乱而入。

这是一个无比重要的任务，燕小乙一死，数千亲兵大队被俘，如果没有得力大将坐镇，只怕北大营真的要哗变。而当时负责执行这道重要旨意的将领，便是史飞。

史飞收服北大营的具体过程没有多少人知道，但身为监察院提司的范闲知道，在他看来那个过程实在更像是一段传奇。

史飞只带了十几个亲兵便进入了沧州北大营中，手里拿着一封轻飘飘的圣旨便顺顺利利地控制了北大营！

面对十万大军，这位将军是哪里来的胆魄，又有什么样的能力，竟能让燕小乙经营多年的北大营如此老实？

如此人物，绝非阴柔而已。范闲的眉心愈来愈痛，皇帝属意让大殿下领兵北伐是意料中事，但史飞这样的厉害人物不在前线待着，却调回京都任守备统领，又究竟针对的是谁？

早在前太子出使南诏的时候，范闲便推断过，一旦长公主方面的势力如冰雪般消融，紧接着迎接自己的便是皇帝陛下毫不留情的削权，以及对老一辈人物的打压。

这两年里，监察院被削权不少，好在陛下对自己宠信不减，而范闲担心的长辈们，也从京都叛乱中取得了最宝贵的经验，不等陛下动手便自动从舞台上消失。

父亲大人早已经辞去了户部尚书之职，老老实实回了澹州养老。陈萍萍虽然还担任着监察院院长，但早已不再视事，将所有的院务都交到了范闲和言冰云的手中，而且早已向陛下提出了辞官的请求，只是陛下着实不舍与他之间的情分，坚持着没有允许。当然，最惨的还属梧州的岳父大人，在京都平叛中，林若甫一着算差，将埋在朝廷里的所有人都交在了自己的好女婿手中，本以为可以东山再起，谁能料到，皇帝陛下安然归京，一切都成了泡影。

不只是泡影，皇帝陛下恼怒于前任宰相大人的不老实，这两年里把林若甫当年的门人整治得够惨，虽没有用什么阴狠手段，却也将他最后的实力拔得干干净净。

在这些事件的前前后后，范闲连说话的余地都没有，只有苦笑地看着岳父大人在梧州惶恐害怕，接连暗中上书陛下，恳切请罪。好在皇帝看在范闲和林婉儿的双重面子上，没有继续追究。

如此看来，陛下意图扫清的三位老家伙，都已经自觉退场，庆国朝廷已如铁桶一般，史飞调任回京都，究竟是为什么？

难道是自己？范闲微感紧张，不再想这些问题，抬起头对邓子越轻声道："京都的事情你莫要理会。"他顿了顿之后又道，"不论你听到什么，知道什么，都不要管……你要记住，你是监察院的官员，陛下的臣子，我现在放你在西凉，是为了庆国亿万百姓的性命，你把这件事情办好，一切便好。"

监察院接连三任北齐总头目言冰云、王启年、邓子越，都是范闲最得力的助手。邓子越更是启年小组的第二个人，在老王头儿之外，便是范闲的头号亲信，此时听着提司大人语有不祥之意，不禁怔然无语，眼中满是忧虑。

范闲静静地看着邓子越道："四处主办的位置你也先兼着，这样和其他七大处要起支援来比较简单。但其余的辖区你暂时不要管，还是让言冰云领着，明白我的意思？"

"明白。"邓子越点了点头，"谢大人恩典。"

"莫让胡人踏入我疆域一步。"范闲盯着他的眼睛，坚定地说，"我舍了这么多人，将最信任的你放在这鸟不拉屎的地方至少两年，为了什么，你也清楚，莫要让我失望。"

邓子越单膝跪下，郑重地道："定不负大人寄望。"他迟疑片刻后，又道，"关于松芝仙令……"

松芝仙令是海棠，这个消息总会慢慢地传出去，但至少眼下，除了范闲便只有他知道这个秘密。听到这个请示，范闲沉默了起来，许久没有应话……

十多天后，钦差范闲的车队抵达京都。三天前，范闲便把所有仪仗以及刺眼的东西都撤了。此行奉旨巡视西凉只是走过场，暗中的计划才是重中之重。他不希望太过招摇，于是钦差仪仗摇身一变，便成为监察院四处的车队。

监察院的通行文书自然没有问题，城门司官兵也不敢去惹这些大爷，车队在西城门外并没有等多久，便往城内行去。范闲掀起车帘一角，下意识里往外望去，不禁想到当年第一次入京时，曾经惊鸿一瞥叶灵儿驰马而入的模样。

叶灵儿应该已经到了定州，王十三郎肯定要在年节前来范府报到，只是不知道她会不会跟着过来，范闲的脸上浮起一丝欣慰的笑意。忆当年春重时节，那女子身着浅色襦裙，头戴一顶白鹿皮帽子，眉若远山，眸子清亮……

忽然一道灰影从车队旁边冲了过去，险些擦着范闲所乘的马车。这道影子速度极快，惊了监察院车队的马匹，情况有些惊险，六处剑手们握住了铁钎的手柄，随时准备出手。

范闲看清了那道灰影是个骑马的小姑娘，只是那个骑马的小姑娘冲得如此之快，完全不在意城门处等着的那些百姓菜农的安全，让他忍不住皱起了眉头。

应该是哪位权贵家的小姐，不然不会如此嚣张，范闲眯眼看着冲进城门的女子，看着被她那匹马惊乱的队伍以及一位被吓得跌倒在地的老农，心情有些糟糕。

令他心情糟糕的原因很多，其中很重要的一条，是因为那位权贵小姐骑马居然着裙，和叶灵儿一样，头上也戴着一顶白鹿皮的帽子，还是……和叶灵儿一样。

"这是谁家的小姐，行事如此不堪。"范闲问着车旁的沐风儿，沐风儿一家都在一处做事，对京都权贵十分清楚。但今日他竟是没认出来，摇了摇头。倒是旁边有一位出城迎接的启年小组成员低声道："应该是王家的小姐。"

"王志昆？"范闲眉头轻挑，心想除了燕京大都督王志昆家的女儿，整个京都还有哪个王家敢如此嚣张。燕京大营在平叛中表现得格外出色，不仅替陛下扫清了整个东山路，还控制住了燕小乙的征北大营。如今王志昆远在燕京，史飞却已经调回了京都，所谓燕京派正是圣眷隆重之时。

"正是王大都督家的小姐，据说是大都督感念圣恩，心怀京都旧宅，便让这位小姐回了京都。据说这位王小姐最是喜爱当年京都叶大小姐的风采，所以……"那名启年小组成员低声解释着，确保提司大人了解足够的信息。

"我第一次在城门外见到叶灵儿时，京都百姓会自动给她让路，却未曾见过她胡乱挥鞭赶人……"范闲已经明白了宫中拟定的大皇子侧妃究竟是谁，脸色渐渐沉下道，"先不进宫，去和亲王府。"

第六章 天子之雷

监察院车队顺利进入了西城门，在新街口便散了，打头的两辆马车并不怎么起眼地汇入了京都街道的人流中，向着西南方向拐了过去，不一时便抛却了身后的热闹，进入东城。

远远能看见自家范氏大宅的宅兽，马车并没有停，而是向北边拐了过去。越靠近皇城的地段，越是安静，行过国公府一带，又经过了如今闭门已久的靖王府，便来到了和亲王府。

马车离王府大门还有一段距离，车中的范闲便隐隐听到了王府正门口的嘈杂之声，他揉了揉发痒的鼻子，知道自己猜对了，那位王家大小姐满脸怒气，果然是来了和亲王府。

关于皇帝陛下的心思，范闲在城门处看到那位正在扮东施的王家大小姐后，便猜到了一些。既然大殿下纳侧妃是为将来废王妃做准备，那么这位侧妃必定要出身不低才是，而且日后大殿下领兵北上，有自己的老丈人领着燕京大营在旁协助，沙场之上，主将副将无碍，对大局也有极大的好处。

至于日后王家小姐真的成了王妃，皇帝会不会担心大殿下和王志昆控制太多兵马，那则是以后的问题——有二皇子的教训在前，范闲并不认为王志昆和大皇子会犯同样的错。

和亲王府独占半条长街，没有什么人来看大殿下的笑话，所以除了监察院的两辆马车，没有其余的人窥视。

"大人，这时候过去似乎有些不方便，要不要先回府？"范闲此行西凉用的钦差名义，实际上办的却是暗旨，用不着回京便入宫回旨，沐风儿看着王府门口变成了菜场，心道王爷脸上肯定有些挂不住，便提醒了一声。

从这就可以看出，他始终不如王启年那般会猜忖范闲的心意。范闲此时来和亲王府，为的就是看这一场热闹。

他已经听明白了和亲王府门口那场热闹由何而来，那位王家小姐的声音如此之大，想听不明白也很困难。

陛下让大殿下纳侧妃的旨意还没有明发，但已经在暗中做了些工作，当事人更是心知肚明，昨日新任京都守备统领史飞亲自宴请大殿下，席上便营织了一场关于大皇子与王家小姐的"偶遇"……不料大皇子也真是位妙人，一见着王家小姐，便像见鬼一样落荒而逃，根本没给对方说话的机会。

王家小姐世居燕京，身为大都督之女何时受过此等委屈，尤其想着自己入府后还要可怜兮兮地做个侧妃，更是一口气憋在了心里。明明是宫中的旨意让我嫁给你，你对我使气做什么？当然她对这位领兵征战西陲数年的王爷也颇有倾慕之意，今儿个白天不知是受了丫鬟的挑唆，还是自己钻进了牛角尖里，竟是浑然不顾礼数，单骑入京来闯王府了。

史飞知晓此事后不敢大意，赶紧派人来追，可是追到王府也奈何不了这位小姑奶奶，谁也没办法把她拉回去。

王家小姐用的名义居然是来拜见王妃。当然，这个名义虽然有些荒唐可笑，但权贵女子之间交流也算是平常。

只是谁都没有想到，王妃居然和自家男人一样干脆，大门紧闭，拒不纳客，连一句主家出门在外的托词也没有，直接便说今日王府有事，恕不待客。

王家小姐便更委屈了，心想自己宁愿跌了身份，主动前来拜见你这个外邦女子，你居然还给我吃闭门羹，便在王府外闹了起来。这个女子有叶灵儿的野劲儿，却根本没有叶灵儿的分寸，大吵大闹起来，真是让人头痛不已。

那些亲将校卫看着这个场面实在是又臊又不安，心想这可是和亲王府，小姐在燕京可以横行，在京都怎么也如此行事？真惹恼了亲王，谁知道他会做出什么样的事来。

范闲看着远处的这一幕，却在想如果宫里和史飞真的有心，又怎么会拦不住一个娇蛮女子，只怕是某些有心人刻意放纵，不是要大殿下心里不痛快，而是要把此事闹得满城皆知，最后再由陛下发话，让大殿下吃个哑巴亏。

比如到时候，皇帝陛下淡淡说一句，王家小姐对你情深义重，已经追上门去了，你还不负责？再比如说，百姓都知晓此事，你身为皇族长子，怎能不顾及天家颜面，朕给你半月时间了结此事，将那女子纳入门来便不怪你，如此等等。

都是一些小手段和见不得人的混蛋办法，偏偏这些手段却极难对抗。好在这些事情范闲最熟悉不过，知道今天这事得自己去处理了，便对沐风儿吩咐道："过去叩门。"

两辆黑色马车向王府门口驶了过去，车轮咯吱咯吱作响，就像是为王府门口那位小姐不依不饶、不曾口干的泼辣声音做了一个并不和谐的伴奏。

那位王家小姐一脚踩在石狮之上，指着王府大门，噼里啪啦骂个不停，旁边围了好些人，都是王家从燕京带回来的家将，还有些管家仆人。一位老管家正哭丧着脸，乞求着自家小姐给老爷留些颜面，不要再在王府门口闹了，不然等自家成了整个京都的笑话，叫王家如何在京都待下去？

待这两辆马车靠近王府正门，那位管家赶紧住了嘴，那些家将则警惕地盯着两辆黑色马车，心想小姐正在撒泼，若让人瞧见还传了出去，只怕大是不美。

就在这时，马车里传出一道声音："这是谁家女子？当街撒泼，还有点儿礼数没有？什么家教！"

这声音还很年轻，语气则是老气横秋，听着这话，众人脸色骤变，要知这话听似寻常，实则异常狠毒，一开口便把王家小姐此时的行为带到了家教，明显冲着她身后的人来的。

一位家将盯着马车强压怒气问道："不知是哪位大人？"

除了那位小姐，王家、史家都没有傻子，来人敢在和亲王府门口如此说话，自然有背景，有人已经发现了马车上刻意露出的标记，知道了对方是监察院官员。

整个庆国，如今敢不买军方燕京派面子的官员极少，但监察院当然敢，因为他们头顶上有一个极为护短的老祖宗，虽然老祖宗渐渐隐退。紧接着又出现了一位更为护短的小祖宗，而且这位小祖宗行事更狠，背景更深，入京不过五年，已经弄死了好几位尚书，甚至连太子、长公主都倒在了他的手下。

有这样一位小祖宗护着，监察院官员怎么嚣张都有道理。这位家将回京前得过都督大人的密令，在京要隐忍做人，尤其是切切不可得罪监察院。此时听着车中人暗讽王家家教，他只能强行压抑下怒气，状作平静地询问。

没人回答他的问题，范闲从车中下来，于众人中走到王府紧闭的大门口，扭头看了眼踩在石狮上的那个女子。

王家小姐狠狠地瞪了范闲一眼，骂道："看什么看？闭上你那双狗眼！"

此言一出，全场一片安静，监察院部属冷冷地盯着踩着石狮的王家小姐。沐风儿的面部表情一阵扭曲，似乎随时可能上去把这个女子暴打一顿。

那位家将及管家发现情况不对，赶紧拦了上来，隔开了范闲与自家小姐，低着头连连道歉。

范闲愈发确定了自己的猜测，王家小姐此番前来闹事，定是被人挑弄着来的，只怕这些管家与家将都不知道原因。

范闲看着那个管家问道："你们是哪家的？"

那个管家看他气度不凡，虽不知是几品官员，但监察院官员在朝职外往往兼有爵位，不敢怠慢，赶紧回道："老奴是王家管家，刚刚从燕京回来不久。小姐久在燕京，不知京都规矩，若有得罪处，请这位大人多多见谅。"

王家小姐将脚从石狮子上收了回来，骂道："这人又是个什么东西，用得着给他说软话吗！"

老管家嘴里发苦，老爷一直吩咐在京都要夹起尾巴做人，可小姐今天不知患了什么失心疯，居然会摆脱家将的阻拦，冲到了王府，还骂了这位年轻官员……京都可不是燕京，水太深，街上随便一个人都可能有什么可怕的背景。

"燕京？"范闲挑眉问道，"王大都督的家人？"

王家小姐盯着范闲问道："你知道我家？你是什么人？"

范闲却是根本不看她一眼，对管家道："把你们家小姐劝回去吧，宫里还没有发旨，她就这般来闹，传出去怎么见人？"

管家和那位家将连连称是，然而互望两眼，却不敢上去扶自家小姐。范闲微微一怔，这才发现老管家的脸上有几道鞭痕，虽然受力不深，可还是渐渐渗出血来。

范闲转头一看，便看见那个王家小姐的左手拿着一根马鞭，不由脸色微沉，对这女子的印象更是差到了极点。

王家小姐被关在王府外半天，她已经丢了大脸，此时见一个不知姓名的年轻官员也敢给自己脸色，哪里还忍得住，心头怒火大作，左手一挥，一鞭子就抽了下去！

马鞭呼啸挥下，将要触到范闲的鼻尖，这时嗤嗤数声，几道寒风闪过，马鞭在范闲身前断成四截，垂落在地。

监察院六处剑手哪里会让一个女子伤了自家的提司大人，只见寒光大作，六七把铁钎便将这个王家小姐围了起来。

管家与那位家将哪里想到这位年轻监察院官员身边居然有如此多高手，心中大惊，担忧小姐安危，迅速护在了小姐的身前。放在往日，他们应该能猜出范闲的身份，可是全京都都知道，监察院的小祖宗还在代陛下巡视西凉归来的路上，一时间没有想到此点。

双方剑拔弩张，随时可能在王府外动手，监察院的剑手虽然可怕，但是王志昆派来保护自己女儿的家将也不是闲手，奇妙的是，和亲王府的大门还是那样紧紧关着。

范闲也不动怒，平静地说道："你继续骂，我不拦你，只是日后我要去问问王志昆究竟是怎样教的女儿，也得去问问史飞，他这个做叔叔的是不是没空教你，要不要让我来教。"

闻得此言，场间大哗，庆国朝野敢直呼王大都督与史统领姓名的年轻人，绝对不超过三位，除了两位皇子，便只有那位年轻人。管家与那个家将对视一眼，看出彼此心中的震惊与悔意，嘴唇都发起抖来。偏那位王家小姐却是个愚钝之辈，听到对方直呼自己父辈姓名，大怒道："你是什么东西，居然敢对父亲大人说三道四，还敢说要管教我！"

"我连叶灵儿这匹野马都能管得服服帖帖，更何况是你这头跛脚驴子。"范闲不再理会这些人，径直登上台阶，啪一声捶响了王府大门，恼火地喊道："看够了没有？给我开门！"

王家小姐再蠢，此时也终于知道了对方的身份，一时间心里大乱，又是紧张又是茫然，竟莫名其妙地流下泪来。

王府的大门终于被拉开了一个小口子，却没有人露面。范闲眉头微挑，忽然对王家小姐问道："你喜欢大殿下？"

庆国民风再开放，当众问出这等男女之私也太过分了。那个管家和家将一咬牙也顾不得范闲的身份便准备出言训斥，不料那位王家小姐咬着牙大声道："我就喜欢，不行吗？"

范闲似笑非笑道："我只是想告诉你，这事我说不行就不行，行也不行……骂了半天了，要不要进来喝杯茶？"

王家小姐觉得这位年轻权贵实在是诡异，下意识里便想逃回史叔叔家里去，但终究还是有些不甘，于是将心一横，扔下断鞭，跟在范闲身后进了一直想进的王府。

王府大门在二人进入后立即紧闭，不论是监察院的下属，还是王史两家忧心忡忡的家将管家，都被挡在了外面，不知道范闲带着王家小姐进王府，究竟是存着什么样的念头。

这小姐居然勇敢或者说莽撞地跟着自己进王府，范闲也有些诧异，心想这女子虽然刁蛮成性，一点都不体恤下人，与叶灵儿相较差得太远，但至少还有一桩好处，那就是直接。

"宫里的旨意还没出来，你跑这里来闹，有没有想过你父亲和史统领的心情？"范闲看着她冷冷地说道。

此时王家小姐知道了他的身份，也知道了他的能耐，更清楚自己最喜爱的叶家小姐便是他不记名的徒弟。可她依然没有想到，进王府后，对方第一句话便是像自己的父亲一样开始给自己上课，随即两眼一红，哇的一声大哭了起来，还抽噎道："王爷……王爷他骂我不知耻……"

范闲对迎上来的王府下人们使了个眼色，让他们退得更远了一些，低声道："难道你认为，今天这般闹很有道理？"

"我就是不知道，我和王爷只不过在叔叔府上见了一面，我怎么就不知耻了！"王家小姐双眼红通通的，像一只时刻准备扑出去咬人的兔子，"昨日我在宴上大气不敢吭一声，话也不敢说一句，结果却落了王爷一个不知耻的评语，今儿便要来让王爷看看真正的不知耻是什么模样。"

范闲微微挑眉，忽然想到一个看似不错的出路，想得有些认真，便忘了自己一直在看着这位王家小姐。

王家小姐被他漠然的冷眼看得有些害怕，再也不复先前脚踩石狮，痛骂王府的气势，头渐渐低了下去。

范闲醒过神来,把她训斥了一通,包括西城门处的所见所闻,先前王府前的丑态,以及老管家脸上的鞭痕,越说话语越是冷淡,语气越是严厉。说完这番话后,他心情舒畅了许多,此时看到王家小姐低着脑袋,问道:"知错了没有?"

王家小姐不服道:"你是叶姐姐的老师,不是我的老师!"

"说到叶灵儿,我便要提醒你一句。她在京都纵马驰行,可从来没有伤过人,更不会用鞭子去抽一位老人家。她当初确实是个刁蛮的小姑娘,但她的刁蛮都针对着特定的对象,而不是对着可怜的平民百姓……想学叶灵儿,你就得把身上这些令人讨厌的习气给我全部去掉!"

"叶姐姐只对谁刁蛮?"王家小姐睁大眼睛,没有注意到范闲最后的那句话。

范闲心想除了对我刁蛮,还能对谁?旋即将脸色沉了下来,刻意沉默片刻后道:"想嫁给王爷,不是件容易的事情……你不把身上这些毛病改掉,门儿都没有。"

王家小姐知道自己的脾气实在是太差,如果能改得了,宫里这些天派来的教习嬷嬷也不会头痛成这副模样,她有些难过地说道:"我愿意改。"

"拜我为师吧,我来教你。"范闲道。

王家小姐心想你虽然是陛下的私生子,但毕竟只是个二十几岁的年轻人,怎么好意思当我的老师。但她马上想到,眼前这人做过三皇子的先生,做过叶姐姐的师父……

范闲不给她任何思考的时间,将手负在身后,往王府深处行去。王家小姐将牙一咬,将裙子一提,便跟着跑了过去。

她知道陛下准备让小范大人回京后说服王爷纳侧妃,她能不能进这座王府,大部分希望都要寄托在范闲身上。

范闲听到她的脚步声,也不回头,径直道:"要做我的学生,可得做好被我打的准备。"

王家小姐心想自己活了这么大,哪里有人敢打自己?旋即想到自己的幸福,不由得难过地闭上了嘴。

"给你家管家赔礼道歉,去寻那些入城时被你的马撞伤的人,付医疗费,道歉。"

"是……先生。"

"不要让我知道你道歉之后,心存报复之意,事后再行报复,以后这种事情也不要再发生。"

"是,先……生。"

"明天让史将军派人把你送到范府来,领十鞭子,这第一档子事便算了。"

王家小姐傻了。

范闲满意了。

"你无耻!"在和亲王府幽静的书房内,大殿下用手指着范闲的鼻子,颤着声音愤怒地骂道。

在他的对面,范闲毫不示弱,满脸怒意,一把将大皇子伸着的手指头扇了下去,骂道:"你才无耻!"

大殿下说范闲无耻,自然是指他居然将王家小姐带进了府,并且将她送到王妃的居处,而且——范闲居然收她为学生,拉近与王家之间的关系,让他好生愤怒,十分不解!

这些天,宫里一直催着他纳侧妃,他虽然强行抵抗了数次,但是终究无法正面挑战陛下的权威,心情正异常暴躁。尤其是昨天,新任京都守备统领史飞专程宴请他,这个面子他无论如何要给,但怎么也想不到,宴未过三巡,这位史飞居然像媒婆一样请出了羞答答的王家小姐。大皇子马上知道这是怎么回事,大怒之下拂袖而去,一点面子也没给燕京派留。

这些天大皇子一直烦闷,但总以为等范闲回来了,这位能耐惊人的兄弟,一定能够想出一个两全其美的法子,既退了这门婚,又能让皇帝陛下高兴。

最开始王府门口那一幕让他十分愉快，心想王家小姐这种刁蛮人，确实需要范闲这种家伙来对付，但他怎么也想不到，范闲的态度骤变，将王家小姐带入王府，还收了对方为徒！

"我哪里无耻了？！"他对范闲吼道。

"你不无耻？"范闲一脸怒容，"你自己府上的破事，把我折腾进来算什么？一个黄毛丫头，以你们两口子的手段，什么时候不能轻轻松松地打发了？还要屁颠屁颠地快马传迅给我……你们两口子强行拖我下水，难道不是无耻！"

大皇子与王妃商量了十几天后，觉得在当前的情势下，也只有范闲才能解决这个问题，确实存了拖他下水的念头。他咳了两声后歉疚地说道："反正父皇也是准备让你来府上当说客，我先把你拉到自己这边，将来吵架也好吵些。"

"呸！我又不是媒婆。"范闲没好气地骂道。

大皇子正色道："但你是太常寺正卿。"

范闲无可奈何地摇了摇头，太常寺正卿掌管皇族宗室事宜，关于各皇子、郡王、国公的婚配，还真得由他处理。

经历了两年前的京都叛乱，兄弟二人再也不像当年，只是依靠陈萍萍和宁才人的关系才并肩站在一起，而真正拥有了一起杀敌、同生共死的情义。大皇子盯着范闲问道："你收王瞳儿做学生是个什么意思？你知道我不想纳什么侧妃。"

"原来她叫这个名字。"范闲摆摆手道，"先不说这个，昨天宴上，你为何要骂她不知耻？"

大皇子一怔道："虽然这女子风传性情不好，但只见过一面，我怎会妄做批评。"

"我就知道你不是这种人。这些话是宫里的教习嬷嬷透过王家丫鬟们传到王小姐耳中，所以她今天才会来闹这一场。很明显，宫里就是想让她来闹,闹得满城尽知。这件事情如果闹成了丑闻,陛下直接指婚,只怕满朝文武都会支持。"

"满朝文武?"大皇子反驳道,"她的名声可不大好。"

"她名声再不好能有北齐人不好?"范闲冷笑道。

大皇子沉默无语。其实自大东山事变之后,庆国百姓对北齐的态度更加仇视,对王妃的态度自然也不如以前,王妃这两年不怎么出府,也是不愿意承受百姓们敌视的目光。

范闲继续道:"你是要领军北伐的皇族长子,是我大庆的骄傲,甭说是王小姐了,只要能让你的王妃从北齐人变成庆人,就算是母猪,大臣们都会给你抬进府里来。我在路上已经想明白了,这件事情不论是你还是我,都阻止不了,因为我们只是两个人,怎么对抗整个朝廷?"

听到范闲的这番言论,大皇子心头大寒,颓然地坐了下来。

"如果你不想把事情闹大,哪天陛下震怒,以嫉妒无后之类的混账理由直接废了你家王妃,那么纳侧妃是必然之事。"范闲宽慰道,"看朝中大臣谁不是三妻四妾,即便是舒芜那老家伙,也有几个二十多岁的姨娘在府里搁着。"

"三妻四妾,怎么不见你多纳几个进门?"

最关键的是,纳王瞳儿为侧妃,这是为废王妃做准备。大皇子与王妃虽是两国蜜月期间的政治联姻,但是二人琴瑟和谐,感情极佳,若要废王妃,他无论如何也不能接受。

"用她先拖段时间吧。"范闲拍了拍他的肩膀。

大皇子道:"那你收她做学生做什么?"

范闲笑道:"当然是担心王府在已经有了只母老虎之后,再来一只小猎豹。如果我能把王家小姐教得知情达理,规规矩矩,你把她收入门来,又怕什么?"

大皇子又怒道:"我为什么要娶她?!"

范闲敛了笑容,正色道:"她是王志昆的女儿,你如果将她纳为侧妃,与军方的关系肯定会更加亲密。不要忘记，虽然你在军方威信高，但是当年的征西军早已经打散，你不可能再回定州，禁军大统领的职司也被除了。"

"这也是父皇的意思。"大皇子的神情冷了下来。

范闲挑眉道："陛下的意思很清楚——总是要有女子入王府，如果你不想王妃被废，王曈儿入府总比别人要好些。"

大皇子不明白，要知道王曈儿有燕京派为她撑腰，加上陛下默允，一旦此女入府，肯定会威胁王妃的地位。

"为什么？"

"因为她是真喜欢你。"

大皇子沉默了一会儿，生气地骂了一句。范闲也沉默了一会儿，重复着回了他一句。

大皇子死死地盯着范闲说道："你收王曈儿做女学生，当然不仅仅是因为我的缘故。"

范闲有些尴尬地笑了起来，说道："你都看明白了，还问什么？要知道我和你不一样，手头除了黑骑什么都没有，和军方大佬把关系搞好一些，总不是错，我可不希望以后又出现第二个恨我入骨的老秦家。"

大皇子叹道："叶重家的丫头一向听你的话，如今连王志昆的女儿你都不放过，真是……"

"这话听着别扭。"范闲揉了揉鼻子，恨恨地回道，"我又不是禽兽，这两位可是你们兄弟的房内人，可不能瞎说。"

"可也都是你的女学生。"大皇子看着他似笑非笑地道，"加上弘成在定州，虽然父皇一直严禁你参与军事，但你很快就要和三路大军挂上关系，这算盘……打得不比父皇差。"

"尽管以前言冰云那家伙曾经说过，我这辈子似乎在通过征服女人而征服世界……但两路边军加上叶家，我不会愚蠢到意图用两个女学生就妄想影响什么。"说着，范闲笑了起来，"不过把和军方的关系搞得好一些，我当然愿意。"

来到京都影响天下大势已经五年，可是他往庆国军方伸手的努力无一例外都落到了空处。陛下对他的防范之心似乎淡了许多，让李弘成出任了定州大将军，但如果他真的想将自己的手伸进军方，依然是无比困难。

比如胶州水师，范闲通过许茂才逐步安排了自己的亲信入内，准备等着老秦家叛变之后暗中接手水师。没想到陛下根本没有放过这一处细节，直接将许茂才打落凡尘——虽然看在范闲的面子上，陛下仁慈地留了许茂才一命，但胶州水师再没办法落在他手里。范闲留在胶州的侯季常，也因为这件事情做了两年的无用功，浪费了不少时间，在官路上前进得有些困难，如今远远及不上在工部的杨万里，甚至比起已经出任苏州知州的成佳林，都要差了许多。

侯季常是范门四子中范闲最欣赏的一个，因此才将胶州这一要害地托付给了他，没有料到他一着棋错，却害得这个当年与贺宗纬齐名的京都才子，如今只能在偏远胶州熬着官名。

皇帝陛下如今对范闲恩宠信任到无以复加，可依然防范着他与军方的接触，这让范闲心里有些打鼓，不知道皇帝是不是知道了什么，还是说皇帝陛下因为二十几年前的那件事情时常会做噩梦，所以对这个儿子依然警惕有加。

"你需要与军方搞好关系，我并不需要。"

大皇子的话把范闲从沉思里拉了出来。他沉默了一会儿，道，"可你需要保持与陛下的良好关系。至于我，只要陛下不阻挠，不仅我想与军方搞好关系，王志昆他们也想与我交好，我收他的女儿为学生，他半夜都会笑醒了。"

大皇子知道范闲说的是真话，如今的庆国，纯以权势地位而论，已经没有人比范闲更风光。加上世人皆知，他是皇帝陛下的私生子，所有的大臣大将谁会不去巴结他？

"说说西边的事情。胡人究竟是怎么回事，这两年实力大涨，总要有个原因。"大皇子在西边征战多年,对草原无比熟悉,也非常关心。

"过两天邸报发下来你就知道了。"范闲道。

大皇子见他不肯答,无可奈何地摇了摇头。

范闲认真地问道:"我庆国与西胡打了几十年仗,每每看上去都是大占优势,眼看着便可以彻底解决问题,可为什么每次胡人的势力总如春风后的野草,又生长了起来?"

大皇子对于这个问题极有发言权,回道:"因为草原太大,由天脉南缘往西方去,根本不知边界,一旦我大庆占了绝对优势,他们便会往西边遁去,哪里能够彻底解决。"

"可这次我发现西胡王庭离定州城并不是特别远。"

"胡人的王庭不是京都,也不是上京,等我们打过去的时候,他们早已经搬进了草原深处……只是如今胡人势盛,他们才敢把王庭搬到离边境不远的地方。不说我那些年,只说二十几年前,父皇发大军远赴草原,意图一举扫净胡人,可惜最后仍然是功亏一篑。"大皇子惋惜地道,"举国之力,王师亲伐,以父皇天才般的军事才能,依然不能将胡人一举征服,更何况是我们这些人。"

范闲听到二十几年前庆帝率王师亲征时,脸色凝重起来,没有接话,因为他清楚,那次西征父亲范建也随侍在旁,而就在那段日子里,京都发生了一场惊天之变。

这场惊天之变结束了一个女子的生命,也让自己获得了第二次生命,在瞎子叔的怀抱中,坐着马车去了澹州。

大皇子没有注意到范闲的神情,道:"其时老单于初丧,胡人内乱,正是我大庆最好的机会,着实可惜了……而且最令人不解的是,当时叶帅出任大军先锋,精锐骑兵已经追上了西胡王庭,只要大营再坚持三日,便能将西胡王公贵族们一网打尽。可就在这个时候,大军却忽然停止了西进的步伐,转而退回了国境之内,这才给西胡人留下了一口气。"

范闲沉默半晌后,道:"大军撤回的原因很简单,想必那时候陛下知道了我母亲身亡的消息。"

大皇子这才想到已经被封存多年的那件大事,看着范闲强自微笑的面容,转了话题道:"纳侧妃真的不能阻止?"

"所有敢和陛下对着干的人,都没有落得好下场。"

"王瞳儿真是一个不错的选择?"

"至少眼下我看不到更好的选择。"

"那……我怎么向王妃说?"

范闲笑了起来,道:"这个问题就不需要你考虑了,王妃自然有办法收拾一个小姑娘。"

正说着这话,外间有人通报,王妃和王小姐过来了。王妃依然如往常般平静雍容,王瞳儿脸上却是羞怯微红,浑不似先前的模样,似乎是得到了某种承诺。

范闲心想王妃果然厉害,笑了笑。

王妃看着他也笑了笑。

两个人心知肚明对方在想什么。

京都叛乱中,北齐皇帝属意大皇子接位,通过王妃身旁的锦衣卫间谍向长公主透露了范闲的行踪,险些害死了他。

这件事情与王妃的关系不怎么大,范闲也没有对大皇子说这件事情,但是心里还是不太顺畅,有些疙瘩。直到今日二人相视一笑,才将那些过往化成了春风,了无痕迹。

半个时辰过去了,御书房内仍然没有动静。太监们无奈地守在房外,姚太监看了一眼小太监端着的羊奶与小点心,发现都快凉了,忍不住皱了皱眉头。

那个小太监也很紧张,心想陛下这是和谁在说话,居然这么久。除了新来的他,旁人对眼下的情况并不奇怪。陛下日理万机,极少单独召见臣子超过一刻钟,但小范大人是例外。

这两年小范大人入宫，陛下总是会与他在御书房内聊上一刻，也不仅仅限于国事院务，甚至有几次姚太监还听到陛下与范闲在争执范家两个小孩子的姓名问题。

有此殊荣，得此恩宠者，整个天下只有范闲一人。

范闲进入御书房已经很久了。开始的时候当然拣着最紧要的事情说，关于西凉路的局势，以及四个月前陛下让监察院准备的计划，究竟落实到了什么程度。一路侃侃而谈，皇帝陛下安静地听着，没有一丝不满意，甚至还难得地宽慰了他几句。

感觉环境适合，时机恰好，范闲眼珠子一转，便说了几句大殿下纳侧妃的闲话，竟与他在王府中议定的应对完全不一样，将王家小姐用言语好生羞辱了一番，同时表达了自己身为臣子，不愿意掺和到皇族家事中的强烈意愿。

如范闲所料，陛下一听此话便勃然大怒，劈头盖脸地一通训斥，点明范闲太常寺正卿的身份，又在王爷纳侧妃一事上下了狠话。这一通疾风暴雨，没让范闲有些许害怕，他与这位深不可测的皇帝老子相处久了，虽然始终无法看到对方的心底最深处，但至少对其人的性情喜好摸了个清清楚楚，但凡如此轰轰烈烈的训斥，往往表明事情并不严重。

果不其然，范闲趁机提出，自己既然是太常寺正卿，陛下又要将王家小姐配给大皇子，所以总得替天家颜面着想，是不是应该教王家小姐一些事情——这些事情惯常应该是宫里的老嬷嬷做的，范闲这个年轻男人要抢过来，不免有些滑稽。

"你莫要管这些闲事……"

只怕皇帝陛下早就知晓了王府门口处的故事，也早猜到了自己这个儿子先前为何坚持不允，所要求的又是什么好处，话锋一转道："说到婚事，前些日子言冰云已经娶了那个女人，招商钱庄的事情，你准备什么时候向朕交代？"

正在范闲心下稍安之时，又听到了"招商钱庄"四字。这四个字就像是烙铁，一下子烫着了他的心，让他无法言语。

他知道皇帝为什么会选择在此时让自己交代招商钱庄，这两年他已经习惯了这种突如其来的天雷——如果不是他脸皮够厚，只怕这两年里早就被雷得外焦里嫩了。

这便是所谓的圣心难测？范闲在心里想着，皇帝虽然对自己宠爱得无以复加，却依然没有忘记时不时来敲打自己一下。

是的，这就是一位君王对最亲近之人的敲打，要把他打醒，免得此人忘乎所以，反而误了君臣或父子间的情分。

京都平叛之后，每逢范闲立下大功，陛下都会轻描淡写地丢出一些事情或名目让范闲惊醒，明白自己的位置。

皇帝在朝中用来敲打范闲的棒子是贺宗纬那一派官员，私下真正敲下的焦雷，却是范闲暗地里做的那些事情。

屈指算来，这两年间充当过天子之雷的事情包括夏明记的底细，夏栖飞与江南水寨的关系，范思辙那小子在北面的走私，还有关于许茂才心思不纯的第一记雷，以及王十三郎为何投奔范闲，诸如此类，等等。

他的这些秘密都没能瞒过皇帝。

这些罪名若真翻了出来，都是杀头的下场。

他当然知道皇帝老子舍不得用这些罪名来对付自己，只是在提醒自己，纵是如此，依然浑身寒冷。

幸好范闲也不是一般的臣子，面对天子之雷，他的应对方式也是举世无双，厚着脸皮，该认的罪绝对认，但该做的事情继续做，反正皇帝老子不杀他，他就继续这么混着。

但今天混不下去了，因为招商钱庄对范闲太过重要，不论是监察院的用度，还是大江修堤的银子、婉儿主持的杭州会，甚至包括陈园的奢华生活，全都来自招商钱庄。最关键的是，招商钱庄曾经藏着北齐小皇帝几百万两银子，一旦被发现，这个卖国的罪名，范闲再如何扮孝子号丧也掩不过去。

几行冷汗从他后背滑落，三年前收服明家老爷子时，招商钱庄被迫走上前台，他就猜到一定会引起皇帝陛下的疑心，因为户部根本没有调出这么多银子来。

以往皇帝也曾经询问过招商钱庄银钱的来源，那时范闲以最出名的那个传闻搪塞了过去——所有人都以为，招商钱庄的神秘股份，是当年北齐锦衣卫指挥使沈重经营数十年后存起来的秘密财富。但今天皇帝陛下当面问了，而且还点到了与言冰云成亲不足三月的沈家小姐，自然是在警告范闲，沈家小姐一直在你的控制中，但也一直在朕的眼中，沈家遗产这种唬烂的理由，今天不要再搬出来了。

范闲心里一直在打鼓，暗想小皇帝难道记恨自己在西凉路大肆狙杀北齐间谍，把当年这个秘密协议抛出来，通过庆帝的手杀了自己？他居然舍得花这么大的代价除掉自己？

深秋冬初，御书房内生着火炉依然寒冷，汗水无法打湿厚重的官服，他依然强悍地保持着平静："陛下，交代什么？"

皇帝脸色一沉，似是不喜他直到此时仍不坦诚。

范闲用余光一瞥，看见了他的不喜之色，心头大喜。

如果皇帝老子知晓此事内幕，必然要拿下自己，以他的修为心境城府，又怎么会如此"真诚"地不喜。

范闲面色微窘道："招商钱庄最开始的那笔银子……确实不是沈家的宝藏，而是……臣自己的私房钱。"

这一句答得极妙。如果是一般大臣听见这句话，一定会大骂范闲无耻恶心，谁的私房钱能这么多？偏偏皇帝听到这句话，却露出了一切了然于心的神情，淡淡地道："果然如此，老五什么时候把这笔钱交给你的？"

范闲苦笑一声，然后恭敬地应道："也就是下江南之前，五竹叔知道我要用钱。"

皇帝摇了摇头，无奈地道："老五也是胡闹，这么大笔银子给你这个小孩子做什么。"

范闲在心里大松了一口气,知道皇帝果然如自己所料那般想到了当年的老叶家,脸上依然古怪地笑着,似乎在腹诽皇帝陛下眼热这笔钱,又似乎在腹诽陛下,江南内库在自己接手后已经替他挣了几个数百万两银子,居然还不知足。

皇帝明显看出了范闲表情下隐藏的内容,恼怒地低声斥责道:"这内库都是你母亲留下来的,难道朕还瞧得起那几百万两银子?只是你母亲留给你的银子,不要乱花。"

范闲赶紧把招商钱庄进项银钱的用途一一交代了一遍,这些其实皇帝清楚,但这时候他说了便免了以后翻老账。

皇帝满意地摸了摸颔下的胡须,点点头道:"用来做善事当然极好,晨丫头也是能做事的人,你不要老把她关在府里,没事的时候,让她进宫陪陪朕。"

范闲认真地应了下来,自然不会真去劝——京都叛乱事后,林婉儿对皇帝舅舅难免生出几分抵触,不愿入宫。

"西边的事情你要把收尾处理干净。"皇帝站起身来,似乎忽然想到了什么,状作无意地问道,"老五去哪里了?"

"不知道叔叔去哪儿了。"范闲也赶紧站起身来,"还是两年前见过一面。"

"这小子总是喜欢玩失踪,怎么学得和叶世叔一个脾气?"皇帝有些头痛地道,随后挥了挥手,示意范闲出去。

御书房的门终于被推开,范闲走了出来,看见姚太监笑着点头示意。姚太监赶紧低身行礼,让开道路。

范闲脸上笑得灿烂,心情却很沉重——每次入宫都是他的受难日,无处不在的压力与帝王宗师相加的威压,让他十分难过,尤其是要时不时承受今天这种惊雷,实在是很不爽。

尤其是今天最后皇帝的发问,更是令他心寒。如今苦荷与四顾剑一死一废,叶流云这位本性如闲云野鹤一般的人物,在助庆帝完成大东山之局后便真的飘然远去，皇帝问及五竹时很自然，范闲却清楚感觉到了那句话里的警惕与提防。

至于为什么会这样，他心知肚明。

沿着太极殿的长廊往皇城行走，他渐渐平静，像今天这种御书房内的私人对话已经进行过许多次，从第一次面临天雷时的不适应，到如今的应对自如，他已经成长了很多。

站在殿下，看着刻着龙云的石阶，范闲深吸一口气，让初冬寒冷的空气快速地进入胸内，冰凉得无比适意。

皇帝知晓的事情，是范闲不怕让他知晓的事情，这些惊雷敲打虽然可怕，却还敲不碎他心上坚硬的外壳。

他还有很多秘密依然严密地瞒着皇帝，比如招商钱庄；比如庆余堂报了身死的几位大掌柜；比如五竹叔的真实去向；比如东夷城控制的一个十家村，正在缓缓成型的某座小作坊。比如他体内那个不属于这个世界的灵魂，比如他知道另一个相似的灵魂，是怎样令人动容地出现在这个世界，又是如何令人心恸地在这个世界消失。这些都是无所不能的庆帝所不知道的，而这，也正是范闲的底牌。只是他最大的两张牌——箱子和五竹叔却已经离开了他，不知去向了何处。

他的目光越过城墙，直透天上的寒云，似乎看到了很多年前的一些过往，以及两年前的血火厮杀。

他的目光似乎落在了极遥远的北方雪原上，看到一个眼睛上蒙着黑布的人，正提着一个箱子孤独而坚决地前行。

那人每一步，踩破无数雪花，每一眼，看透无穷虚像。

范闲在殿宇的阴影中开心地笑了起来，真心祝福五竹叔能够找到自己，这，或许才是人生一世最重要的事情。

如今京都生意最好的酒楼是一石居，虽然这间酒楼的东家早已不是当年长公主保护下的崔家。

太学学生及外地来的书生最喜欢逛的则是澹泊书局，要知道在八处的严厉打击下，京都大街小巷中已经好几年没有抱孩子卖红宝书的大婶出现了。

生意最好的客栈则是同福客栈，客人最多的豆腐铺是范家的私产，至于生意最红火最高级的青楼……当然是抱月楼。

京都游，很简单，往往便是在一石居吃饭，在同福客栈住宿，路上吃一碗豆花，踱进澹泊书局买两本书，晚上再去抱月楼搂几位佳人入怀，人生之快乐便似乎齐全了。

之所以如此，毫无疑问是因为那个叫范闲的人。

一石居是范闲传奇人生的开始，他与靖王世子、贺宗纬的相遇，便是在这间酒楼。当然最关键的还是小范大人打黑拳的故事，已经通过无数说书人传遍了整个天下。

至于同福客栈则是范门四子的发祥地，抱月楼、澹泊书局和豆腐铺，也都是范闲的产业。

有很多人恨范闲，有更多的人爱范闲，但很少有人会像澹泊书局对面医馆的主人一样，对他的感觉如此复杂。

医馆还没有开业，药物看似胡乱却有序地堆放着。

一个穿着素色织锦单袄的姑娘正撑着下颔，在满是药味的房间发呆，根本没有注意到医馆外已经围了太多的闲杂人等，如果不是有府上护卫以及暗中的监察院密探拦着，只怕那些人早就挤进了医馆。

苦荷大师的关门弟子、医术惊人的范家小姐、小范大人最疼爱的妹妹终于出了青山，回到了故乡庆国京都，在百姓惊喜的注视中，于满屋异香的药味之中，开始思念某些人。

有的人远在天边，在雪原上孤独地前行。

有的人却快要来到她的面前。

第七章 夜半歌声

范闲坐在车上,想着刚刚藤子京在宫门口报知的那个消息,心里有些着急,如果早知道妹妹回了京都,他哪里还会管什么王爷纳侧妃、御书房内无声雷,早就奔向了澹泊书局。

三个月前他就收到了若若的信件,知道她终于可以离开青山,回到家乡,心中自然喜悦。依着妹妹信中的嘱咐,他让婉儿在京都为妹妹精心挑选了一个医馆的好地段。

没料到婉儿挑来挑去,最终挑在了澹泊书局对面。范闲心想这也不错,三兄妹算是在街上也做了一回邻居。但他没有想到若若竟是提前回了,而且据藤子京说,这丫头在府中只停留了少许时间,便兴致勃勃赶到了医馆的所在地。

这两年里,范若若以苦荷大师关门弟子的身份,主持着青山上的一应杂事,身为一位南庆人,又是范闲的妹妹,所以虽然有北齐皇室的默允及狼桃大师兄的支持,依然有些辛苦。

主持山门之余,范若若时常会下山为北齐的穷苦百姓治病。她收费便宜,医术极高明,加上名头又大,没用多长时间,整个北齐都知道天一道门出了位了不起的医女。

当年的京都才女,在受到兄长长时间教诲后,终于找到了人生的目标,一旦找到后,便变得极为执着,不然也不至于一回京都,就要去盯着医馆的进度。范闲好奇地想着，如今的妹妹究竟是变成华扁鹊还是风华了呢？

今日之东川路人头攒动，热闹非凡，明明不是什么节庆，却拥入了无数看热闹的人，不知道内情的人只怕会以为有杂耍班子表演。地近太学，来看热闹的人大多是太学里的学生，他们踮着脚，拉长了脖子往里望去，期望能看一眼当年名闻京都的范家小姐，究竟生的是什么模样。

江山代有才人出，当年京都出名的才子里，贺宗纬入朝为官，红极一时，侯季常却是远在胶州，快要被人遗忘。至于京都最出名的几位小姐，叶灵儿远避青州，林婉儿嫁为人妇，如今在茶馆议论里正当红的是王家小姐的野蛮，贺家小姐的懦弱，太学里几个皇族远亲的嚣张。

用范闲曾经抄袭的一句评语来说：真是一代不如一代。

范若若是个例外，她当年以诗才闻名京都，又得太医正青眼，偏又拜入苦荷门中。

今日她在医馆甫一露面，便被太学一位教习认了出来，一传十，十传百，成为今日京都最轰动的新闻。

范闲掀开车帘，有些恼火地看着堵在医馆门口的年轻士子们，心想这些人未免也太孟浪了，面色有些不喜。

沐风儿低声道："属下马上把这些人赶走。"

范闲不置可否。藤子京轻声说道："我去清场。"范闲这才点了点头。这些年他好不容易在读书人心目中保住了自己的光辉形象，成功洗掉了不少监察院的黑暗色彩，怎舍得让沐风儿败坏。

也不知道藤子京下车后说了几句什么，那些行人和士子们顿时散了，空出一大片地来，经过黑色马车时，都极为认真地低身行礼，才有些不舍地退去，看来都知道了来者是谁。

东川路安静下来，范闲下了马车，压抑着心头的激动，微笑着走入了书局对面的医馆，也不及查看婉儿将这地方整治得如何，直接看了进去，却没有看到若若的脸，只瞧着那件看上去有些单薄的锦袄，略显瘦弱的腰身。

范若若没有注意到医馆外的变化，此时正蹲在里室地上整理从青山带回来的南庆少见的珍贵药物。听着身后的脚步声，她没有起身，道："还未开门，若不是急患，烦请过两天。"

听着声音范闲便高兴，笑道："真要有病，哪里还等得及你回来治，莫非我自己的医术就差了？"

范若若身子微微一颤，很快恢复了平静，站起身来整理一下衣着，缓缓转头，款款拜了下去，道："哥哥来了。"

虽刻意压抑着情绪，但姑娘脸上的眉，眸中的瞳，唇角的弧度，无一不显示着她内心的喜悦。

范闲看着这张已经几年不曾见到的脸庞，看着那眉心熟悉的冰雪之意在自己面前化成了三春里的淡晖，叹了口气。

然后他向前一步，轻轻摸了摸妹妹的脑袋。若若微微低头，习惯性地侧了侧。

就如同庆历四年春，范闲第一次来到京都时那样，分隔已久的兄妹二人，只需要一些话语，一个小小的动作，便可以驱走时光造成的些许陌生感，再次回到很多年前好动的猴子与病弱的小猴子之间的情境，回到那些天南地北，托雁而行的片言只语中。

范闲觅了个箱子坐下，问道："怎么到得这么早？"

"哥哥不也提前回来了？"范若若笑着应了一声，抬起手抿了抿汗湿散开的鬓角，"路上没耽搁，就早到了几天。"

"千里南下，也不说在家里好生歇两天，这医馆里的事情自然有你嫂子安排，你只管问诊，不要操这个心。"

范闲发现妹妹虽然还是有些清瘦，但精神好了许多，而且或许是因这两年里时常在乡野间行医，肤色也黑了一些，甚至连眉宇里常见的冰雪味道，也消失不见。

"府里的丫鬟换了几拨,我都不认识,找个说话的人都没有,想想还是来书局看看,哪里想到嫂子挑的地方就在书局的对面。"范若若很自然地把兄长拉了起来,免得他坐坏了自己放药的箱子。

这时范闲惊问:"你嫂子呢?思思呢?"

"嫂子和思思带着藤大家的去田庄了。"范若若道,"今天我才和藤子京进城,没有碰上她们。"

范尚书携柳氏回澹州养老,带走了老宅里一半的丫鬟仆人,加上庄子里需要人手,丫鬟大了又要配亲,就连四祺那个贪睡的大丫头,如今也正经成了位县令夫人。数年时间,范府的变化着实太大,前后两宅早已经打通,花园也被改了模样,早有仆妇将若若当年的房间整理得干干净净,好在房间里的布置没有任何变化,范若若才不会觉得这里的一切陌生。

府中无人,兄妹二人相对而坐,以酒互敬,讲述分别之后各自的人生,倒也痛快。只是说到京都谋叛事时,若若有些感慨,范闲沉默了一会儿,转而问起范思辙的近况。

兄弟二人一直有书信来往,但从妹妹的讲述中,范闲才知晓原来思辙在北边过得那般辛苦,北齐皇室明面上似乎没有做什么手脚,可暗底下也是使了很多不起眼的小绊子。

范闲沉思片刻后道:"玉不琢不成器,北齐小皇帝一时不会真的翻脸,就由他在那边待着。"

这两年范思辙回了两次京都,庆历九年的春节也是在澹州过的,但如今一家人天南海北相隔,便是聚上一聚也极为困难,每每思及此事,范闲心里便是老大的不痛快。

问题在于陛下不可能在这样紧张的时刻允他辞官。父亲留在澹州照顾祖母,当然也要比留在京都好。

范若若对兄长的安排没有异议。

"先休息,明儿再好好说话。老王头不在,有好些话我想找人说都没处说。"范闲难得发泄了一下自己的郁闷。除了林大宝、王启年，当然是五竹叔和妹妹最适合聊天。他甚至敢和这四人讲大逆不道的话，问题在于大宝过憨，王启年跑了，五竹叔遁了，好在妹妹终于回来了。

这种感觉真好，范闲不知喝了多少酒，也没吃解酒药丸，趁着酒意，趴在桌子上就进入了梦乡。

范若若看着一身酒气的兄长，无可奈何地摇摇头，吩咐下人将他抬回了房中，又亲自替他盖好被子，整理好他那头乌黑的长发，将头发里的几根细针小心翼翼地取了出来——就像几年前范闲受伤时那样。

回到房中，她看着手头耀着各式光芒的几根细针，忍不住微微笑了起来，心想嫂子应该也知道这些毒针，他们亲热的时候，难道就不怕扎到哪里？还是说每天晚上都得收拾一遍？

她马上发现自己不该想这个问题，羞红了脸，赶紧将细针收入盒中——这些本就是他们兄妹二人在后宅里亲手做出来的，她自然知道应该如何处理。

房屋是旧的，人是旧的，心事也是旧的。范若若静静地坐在桌旁，看着窗外的庭园，想着兄长先前酒酣快乐的模样，有些出神，从谈话中她知道兄长这几年在京都过得虽然顺意，但总有股说不清道不明的压力，让他难以开怀。

她披了件夹衣，走出房间，在庭园里的旧时月光下漫步，房内将残的烛光在找影子诉说它的梦想有多亮，洒在身上的月光与往年一样，却看得她越来越心慌。

她清楚地知道这一切只是虚妄，且不论自己的心思能不能容于这个世间，最关键的是，兄长从来只把自己当妹妹。

她苦涩地一笑，暗想赶紧把医馆开起来吧，世间还有那么多需要自己帮助的可怜人，何必想这些呢。

思及这些事,洒落在她清秀容颜上的月光都平静起来。数年北地生活，让姑娘的气质已经发生了极大的变化，平静中不再有那种淡漠，多了几分拿得起放得下的从容。

得了消息的林婉儿一行从田庄赶了回来，姑嫂相见，自有一番亲热，尤其是见了侄女和侄儿，范若若更是开心不已。

不过这种氛围却持续不了多久，因为范若若急着要开医馆，而宫里也让范闲带着若若入宫见驾。医馆的事情自有人去做，见驾也只花了一天时间，范府的年轻人们却再也闲不下来。范若若在青山学艺数年，第一次回京，自然有许多长辈亲戚要去拜见走动。第一站当然就是靖王府。

若换成以往，这种走动极为寻常，问题在于范若若险些成了靖王的儿媳妇，后来被范闲送到了苦荷门下。靖王爷这两年一直记着这事，见着范闲便刻意长吁短叹，场面有些小尴尬。范若若知道要去王府，心下不免有些不安。

"有什么好不安的。"范闲想着弘成自苦于定州，也不知道自己当年究竟做对还是做错了，叹道，"过年时，弘成也要回京，难道你准备一世躲着不见。"

靖王爷在京都谋叛事后，变得更加沉默，除了为太后举国发丧时哭灵一场，他再也没有入过宫，也再没有出现在大臣们面前，王府成了京都里最安静的地方。

范闲偏着头将手指搭在靖王爷的手腕上，片刻后松开手指，眉头微微一皱道："两年前染的风寒，早就好了，只是这脉象总有些不妥，却说不清是哪里不妥。"

靖王爷一瞪眼睛道："狗屁不妥，你跟着费介那老家伙能学到什么东西？滚开滚开，现成的青山名医不用，你拦在这儿做什么。"

若若今天入府后格外安静，因为着实有些不知如何面对靖王爷，此时听着这话，又被婉儿笑着看了一眼，知道躲不过去了，上前福了一福，然后认真看起了脉。

范闲忍着笑去了一旁，靖王爷的身体在他和太医院的看护下，当然什么问题都没有，先前只是和王爷演了场戏，让若若放松些。

此时靖王爷老怀安慰的模样，就像看见了李弘成正和若若在成亲，笑得十分诡异，让范若若如何能够放松。

好在范若若一旦将王爷当成病人看待后，便自然起来，半晌后挑眉道："哪里有不妥？王爷的身体极好。"

"我面相看着老，其实身体不错，弘成这点儿随我。"靖王爷眯着眼睛看着面前的姑娘，"若若啊，你年纪也老大不小了，如果换在别家只怕早就嫁了，也就是你这哥哥当年胡闹，把你送了出去。"说到此处，他瞪了范闲一眼，旋即又对若若温和道，"得考虑一下了。"

范若若窘迫得无法言语，转头想觅哥哥，却发现不只范闲，就连嫂子也不知去了何处，厅里只有自己。

在王府的另一处，林婉儿坐在范闲的身边，笑道："仔细回府后妹妹撕了你的皮。"

范闲不在乎地耸耸肩："妹妹从来不敢对我大呼小叫，哪像你。"

如今林婉儿已经生了儿子，最大的愿望得以实现，加上日日忙于处理范族及杭州会的事宜，忙碌得不行，倒渐渐养出些庄重富贵的模样，身子更见丰腴。只是这位郡主娘娘在范闲身边，却是永远也庄重不起来，听着这话，气得一咬牙，在他身上拧了一下，道："只知道拿言语来刺我。"

"活泛点儿好，你还是个小姑娘，何必去伪装什么当家主母。"范闲哈哈大笑道，"就是当年拿刀的样子可爱。"

这是当年有子逾墙，登堂入室时的旧事，林婉儿听他说起，羞而忘言。范闲又道："我去定州见了弘成，这两年我也派人盯着他，已非当年，你说他和若若到底有没有可能？"

林婉儿心想妹妹年纪已经这般大了才开始着急，当年你做什么去了？于是道："你不是说如果妹妹不愿意，你就宁肯她不嫁，怎么又改主意了？我知道你为什么把她留在王爷那里。"

范闲有些头痛地道："不喜欢当然不嫁，问题是这世上到哪儿再去找比弘成更好的男人？"

林婉儿听着这话，也有些替小姑子着急，嘴上却道："不嫁就不嫁，府上难道还怕养不活一位姑娘？"

范闲大乐，心想婉儿在自己的影响下果然开明多了。夫妻二人眉开眼笑地说着闲话，另一厢，思思和几个嬷嬷正抱着孩子与柔嘉郡主凑在一处说话。柔嘉小心翼翼地抱着宝宝，看着婴儿可爱的模样，忍不住笑了起来，银铃般的笑声响彻厅内，场景十分快意自然亲切。

范闲抬起头来，看了一眼穿着褚红色石榴裙的柔嘉，明明是件有些俗艳的服饰，穿在小郡主身上，被她乖巧的性情一衬，反而平添几分明媚。当年那个含羞轻呼闲哥哥的十二岁小柔嘉已经变成了大姑娘，一如既往地乖巧可人。

她今年满了十七岁，按理早就应该定了亲事，只是宫里的皇帝陛下怜惜靖王一人在府孤苦，所以将这事拖了两年。但也不能老拖着——靖王爷一子一女，弘成年近三十，仍然不肯婚娶，躲到了定州，这女儿总得嫁人才是。

据范闲听到的风声，年后宫里便会给柔嘉指婚。老戴说，已经有很多国公府和大臣正在暗自角力，都盯着这门亲事。

虽说娶位郡主回家会有诸多不便，对日后前途也有影响，但柔嘉在京里的名声太好，没有人在意这个。至于前途……小范大人也是娶了位郡主娘娘，如今不一样是权柄无双。

所有人都是这般想的，因此便拼命走宫里几位娘娘的门路。还有些狡猾的家伙，想到范闲与靖王府的关系，以及他在几位娘娘面前说话的分量，竟是厚着脸皮去求他。

想到此事，范闲不禁苦笑起来，望着抱着孩子的柔嘉有些出神，一转眼柔嘉都要嫁人了，自己入京也有五年，时间的变化总是在不知不觉间让人常常是不知所措。

柔嘉小心翼翼地抱着小公子，与思思凑在一处，想分辨出范小花和范良姐弟二人的小脸蛋儿有什么区别。

也不知是不是婴儿让她想到了自己的婚事，此时眸子里现出的神情有些不安与惘然。思思这丫头已经当了两年的妈，日常随着婉儿主持着府中事宜，但被范闲熏陶出来的没大没小，还是一点变化也没有，竟是大大咧咧地凑到柔嘉的耳边说了几句什么，只见柔嘉郡主的眼睛越来越亮，连连点头。

"这丫头又不知道有什么鬼主意。"林婉儿眼尖，看到这一幕，提醒了范闲一句。范闲心里也有些打鼓，然后看着柔嘉将孩子递给老嬷嬷，整理裙裾，缓缓走了过来。

柔嘉对范闲深深行礼，轻声道："闲哥哥。"

已经五年了，每当脸蛋红扑扑、羞答答、温柔无比的小郡主说出"闲哥哥"这三个字来，范闲便会被麻得浑身酥软，恨不得赶紧逃跑。此时他扶起柔嘉，正色道："柔嘉妹妹，这如何使得。"

小郡主偏偏不肯起来，用难得一见的倔强道："闲哥哥得允我一件事，不然妹妹不起来。"

"得先说，再看我能不能做到。"范闲看着那边状作什么都没做的思思，心里咯噔一下，觉得这事肯定麻烦。

柔嘉用蚊子般的声音道："年后宫里指亲，望哥哥做主。"

范闲一惊，心想这种事情自己怎么能做主？似乎猜到他在想什么，柔嘉又道："哥哥是太常寺正卿，如何做不得主？"

范闲心里发苦，心想太常寺正卿真不是人当的，不论是大皇子纳侧妃还是郡主出嫁，怎么都要自己受苦？

一念及此，他便对任少安生出极大的怒气，本来任少安是他的知交好友，是朝中三寺中最得力的支援，但两年前大东山的宗师战，竟是把这位大人吓破了胆，不出半年便觅了一个地方差使，太常寺正卿的职务自然交到了范闲的手上。

范闲为难道："你的婚事自然是宫里说话，我如何能插嘴。"

柔嘉眼圈一红道："若若姐姐的婚事，你就有法子，为什么柔嘉就不行？难道闲哥哥真忍心看着我嫁不好？"

又是一声"闲哥哥"，又是那眸子里的无尽幽怨，范闲哪里不知道这位小郡主脑子里想的什么，只得暗自叫苦。

他们二人是堂兄妹，柔嘉长大成人后才渐渐断了这个心思，但也是把他当成了最能倚靠的兄长，甚至比弘成还要亲近些。

范闲看着柔嘉泫然欲泣的模样，仿佛看到了当年葡萄架子下可爱的小姑娘，心头一软，豪气顿生，喝道："罢罢，我把京里适龄的年轻人都挑出来，隔着帘子，让你自个儿挑！宫里能选妃，我也能给你选个好驸马。"

一听这话，那些嬷嬷丫鬟都吓呆了，心想这是怎么回事？柔嘉却是开心地笑了起来，对范闲福了又福，站到他身旁，牵着他的袖角，似乎生怕他说话不算数，时刻跑走。

林婉儿掩嘴一笑，心想思思出的主意果然不错，也只有自家夫君才会想出隔帘挑驸马这种惊世骇俗的主意。

便在此时，跟着仆人去糟蹋了一番靖王菜圃的林大宝从厅外走了过来，只见他身上全是泥巴，手上也是黑黑的。林婉儿一看，赶紧迎了上去，心疼地唤人打水洗手。

哪里知道大宝愣愣地看着范闲与牵着他衣袖的柔嘉，心想这小妹妹为什么要抢自己的地方，心情便有些不好，拉着婉儿的手走到了范闲的身旁，攥住了范闲另一只衣袖，向柔嘉瞪了一眼，咕哝道："小闲闲，我饿了，想吃包子。"

柔嘉郡主与范若若自幼在一处长大，交情自然极好。若若初回京都，两位姑娘不知有多少的话要讲，到了晚间还没有讲完，靖王爷大手一挥，便让柔嘉郡主跟着范府的马车去范府，住个五六天。

两天后，范闲又带着妹妹出了城。这次是去陈园，路途稍远，加上陈园里一直都有很多袒胸露腹的美貌姬妾，婉儿和思思去一次便头痛一次,所以这次坚决不去。柔嘉郡主则是害怕见陈老院长,范闲兄妹二人只好自行去了。

陈园风景依旧,或许更胜从前,秦家叛军放的那一把火,除了让陈萍萍多了更多向内库要银子的理由,此外没有造成任何影响。青山还是那么青,山林里的埋伏机关更多,园子里的美人儿依然那般美丽,唱曲儿的还是桑文的妹妹。

入园后略说了几句,范闲本想向陈萍萍讲一下陛下在西凉的布置,不料轮椅上的老跛子挥挥手,阻止了他开口。

已经两年了,自从范建告老归澹州后,陈萍萍便把监察院的权力全数放下,甚至听也不听,其中隐藏的深意,或许范闲能了解一二,但依然不习惯。

他自来到这个世上,睁开眼睛,最先看到的人便是五竹叔和陈萍萍。从澹州开始,他都在这位老人的细心呵护和残酷打磨下成长。陈萍萍的意志贯穿了他的生活,就像是澹州后园的树,替他挡风遮雨。他习惯了陈萍萍站在身后,替自己解决各种烦恼,一旦陈萍萍陷入沉默,他便陷入不安。

如今的陈萍萍日见衰老,眼角的皱纹愈深,好在两年里不用处理院务,只是在陈园里散心,精神还是不错。他没有在意此时范闲隐约的不安,微笑着与范若若说着闲话,提及北齐那座青山,说到苦荷的死亡,也有些喟叹。老跛子越来越像村口的一个普通老头儿,而不是当年权控天下的黑暗君主。这种转变,即便是范若若一时也有些不适应。

"他还能活多久?"

从陈园出来后,在马车上范闲轻声问道。今日带若若来陈园,一是拜访,二来也是要借妹妹精湛无比、传自青山的绝佳医术,来确认一下陈萍萍的大限。范闲希望这位老跛子能够有幸福的晚年,越久越好。

"院长十几年前受过几次极重的伤,双腿早断,经脉不通。两年前又中了一次毒,依理论,体衰气竭,随时都可能有危险。"范若若有些不解,停顿片刻后又道,"可能是这两年里太医院调理得很好,应该还能支撑几年。"

范闲没有做声,从怀里取出几张纸递了过去。"太医院没有这般好的手段能开出这张药方,将老院长的身体照料得如此好,真正的医者应该甚至比费先生还要厉害一些。"

范若若接过药方细细察看,心头一惊,忍不住看了哥哥一眼,问道:"这是陈园里的药方?"

"是不是有些眼熟?"

"用药诊症,水准在我之上,十分准确,没有一丝多余……而且手法很熟悉。"

范若若知道了哥哥让自己看这药方是什么意思。行医用药如同武道修行一般,各有流派,每味药用多久,针对何症,用何手法,只要是在医道上浸淫久了的人物,总能嗅出些味道,更何况写出这几张药方的人与范若若关系不浅。

"木蓬是不是已经有两年没有回北齐?"

范若若看着哥哥点了点头,欲言又止。范闲知道妹妹在担忧什么,那位苦荷的入门弟子木蓬从某种意义上来说,是妹妹在医术上的老师,她当然不愿哥哥对他出手。

"我谢他还来不及,怎么会对付他。我只是不明白,他身为天一道弟子,为什么要来南庆做这些。"范闲闭着眼睛道。

要查一件事情,最简单的方法便是当堂对质,尤其是涉及不可告人的秘密时,当面质问效果最佳。

京都西城荷池坊是龙蛇混杂的地方,某个阴天下午,一位戴着笠帽的黑衣人悄无声息地进入一座小楼,手掌一翻,一把黑色的匕首幽幽然地探了过去,轻轻横在一个人的脖颈上。

那人做郎中打扮,正在床边收拾包裹,似乎准备远行,黑色匕首的寒意，刺得他脖颈处的汗毛都竖了起来。

他叫木蓬，是苦荷入门二弟子、北齐医术最为精湛的医生。两年前他奉师父遗命深入南庆，想尽一切方法靠近陈萍萍，用绝妙医术获得了陈萍萍的信任，成功掩去了身份。

他虽是位大夫，但苦荷的弟子岂有寻常人，居然被人借荷池坊的喧闹声摸进门来，并且将刀剑横在脖颈上。他知道身后这位刺客，一定是天底下最顶尖的人物。

木蓬没有回头，也不见他如何动作，便见一团粉末噗的一下击打在黑衣人的脸上，这一手阴寒无比，极见功夫。

粉末顺着笠帽簌簌落下，那人闭着眼睛，没有闷哼，甚至没有呼吸，因为他知道这一蓬药粉里藏着极可怕的毒素。只见他指尖轻轻一挑，将一枚毒针扎进了木蓬的颈后。

木蓬身体一麻，抢在身体僵硬之前，一掌拍碎了包裹里的小瓷瓶，瞬间毒烟喷发出来。只见青布一晃，一只手闪电般探出，一块布便将那些毒烟拢于其中，一丝都没有漏出来。

五声闷响，木蓬终于全身僵硬，再也动弹不得。看似很简单的几个回合，实际上却是极为凶险的用毒大家之战。

尤其是最后那个小瓷瓶散出来的毒烟，那人居然用一块布便裹了进去，这不仅仅是施毒的手段，更蕴藏着极高明的真气操控功夫，以及每一个指尖的小手段技巧。

木蓬看着那变了颜色的青布，心头大惧，暗想究竟是谁，居然用毒的本事如此之大，竟能制住自己。

那人摘下笠帽，露出一张英俊而冷漠的脸，正是范闲。

他将那块变了颜色的布拢在一处，取出火折点燃，毒素遇火则融，不复效力。确认安全后，他才取下戴在手上的手套，抓着木蓬的衣领，将其提到另一间房中。

他取出一粒解药丸子吃了，还是觉得咽喉处一阵火辣，心想幸亏准备得充分，不然让那一蓬药粉直接上脸，结果不知如何。然后他强行撬开木蓬的嘴，捏碎一颗药丸送了进去。

"医术上我不如你，用毒这种事情，你却不如我……木蓬师兄，你来我南庆两年，今天总该是说说来意的时候了。"范闲这句话并不是在装腔作势，只是在阐述事实，就像很多年前在夜殿诗会上对庄墨韩说的那句一般。

如今肖恩已死，费介远赴海外，东夷城那位用毒大宗师销声匿迹，说到用毒解毒的手段，确实没有人能胜过他。

木蓬马上知道了对方是谁，除了小师妹的那位兄长，世上还有谁敢在自己面前夸下如此海口。

"小范大人，我只是一名大夫，何必如此用强？"

"你又不是绝代佳人，我用强做什么？我只是想知道，你这个苦荷的二弟子，为什么这两年要躲在南庆。"

"原因？陈老院长的身体不是越来越好吗？"

"老院长活得越好，你们北齐人岂不是越难过？"范闲静静地看着木蓬问道，"这也是苦荷临终前的遗命？"

木蓬用沉默表示承认。范闲也沉默了很长时间，忽然道："你应该清楚监察院七处是做什么的。"

监察院七处司刑牢之责，天下最令人闻之丧胆的刑讯手段都在那个大牢里，木蓬却是毫不动容。

"小范大人，莫非这就是南庆的待客之道？令妹在我青山学艺，我木蓬自问倾囊相授，绝无藏私，即便大东山之后，先师与朝廷也没有改了态度。难道就因为我替陈院长调理身体，我就该死？这话说破天去，也没有道理。"

范闲知道木蓬说得极对，这两年里他隐藏在南庆，确实是什么事情都没有做，只是尽心尽力地为陈院长调理身体。

但这件事情本身就非常诡异，苦荷大宗师的临终遗命，一是让海棠收拢草原上的胡族部落，二便是木蓬南下，莫非让陈萍萍继续活着，对北齐有什么天大的好处？

这个问题他想不明白。

"我不会杀你。"

"多谢小范大人。"

范闲低头说道："看在若若的分上，我不杀你，但在弄清楚你们天一道究竟想做什么之前，我不会让你离开南庆。"

一听这话，木蓬面色剧变，知道自己接下来会被关押在监察院中，却不知道会被关多久，会不会像肖恩那么久？

"原来那位大夫就是苦荷的二徒弟，苦荷一生惊才绝艳，凡所涉猎，无不为世间极致，难怪这位大夫水平极高。"

说到这里，陈萍萍笑了起来，屈起食指点了点，让老仆人推着自己往陈园深处行去。范闲沉默地跟在轮椅后方，听着吱吱的声音以及不远处咿咿呀呀女子们唱曲的声音，莫名心慌。

"你怎么处理我不理会，不过是名大夫，你何必还专门跑这一趟。"陈萍萍轻轻敲着轮椅的扶手。这是他多年来的习惯动作，指尖叩下，发着空空的声音。"反正这两年他也没有喂我毒药吃。"

范闲低着头站在轮椅旁的树下，根本不相信陈萍萍的话，以陈萍萍的本事，怎么会没有瞧出木蓬的问题。

"我不明白苦荷临终前命令木蓬南下，究竟为了什么。"

这两年里木蓬对陈萍萍的身体极为上心，暗中通过各种渠道，组织了一大批即便庆国皇宫里也极为少见的药材，配以他的回春妙手，竟治好了不少陈萍萍的旧伤，甚至让他衰老的速度都仿佛变得慢了起来。

陈萍萍转动轮椅朝向范闲，挥手示意那位老仆人离开，然后陷入了思考。屋舍的灯光从他的背后照了过来，范闲看不清他那苍老的面容，只能看见浓墨般的身影。

"苦荷是个很了不起的人。如果依你所言，海棠的身世、西胡的布置，都发端于他临终前的定策，那木蓬南下为我保命，自然也是他计策中的一环。其实你应该很清楚，苦荷努力保我一命的原因。"陈萍萍挠了挠有些发痒的后背，继续道，"西胡乃是我大庆外患，而我活着，则必将成为大庆内忧。"

老人家没有直接说出自己的判断，范闲已是通体生寒。僵立片刻后，范闲走到陈萍萍的身后，替他挠起痒来，同时低声道："这两年你什么都不做，陛下对你又有几分情分。最关键的是，朝中已经出了那么多叛贼，他就算为了史书上自己的颜面、写个一世君臣的佳话，也不可能对你动心思。"

范闲了解皇帝陛下，这个推断应该没有问题，庆帝与陈萍萍一世君臣，情分殊异，相交三十余年，从未生过嫌隙疑虑，不知在这天下做了多少大事，真可谓是异数。

如果说陈萍萍对庆帝有异心，没有人相信。如果说庆帝忌惮陈萍萍的权势，也没有人会相信。皇帝陛下想在史书上留下自己宽仁之君的形象，如果连陈萍萍这种死忠的黑狗都容不下去，他拿什么来说服后世的历史学家？

"不论怎样的情分总是会渐渐淡漠的。"陈萍萍感觉着范闲在自己背上移动的手，舒服地叹了一口气，"情分就像我这可怜的后背，时间久了，老了，就很容易干枯发痒，没有新的功劳做水分滋润，谁都想把它挠一挠。"

范闲的手顿了顿，道："陛下对你，与一般臣子不同。"

"确实不同，在这点上我绝对感念陛下之恩，但我也与一般的臣子不同。"陈萍萍缓缓道，"两年前的事情，你有过猜忌，我也听了你的意见，不再继续，可陛下对两年前的事情有所猜忌，心里总会不舒服的。"

范闲沉默不语。两年前京都平叛后，他曾经对于监察院在叛乱中扮演的角色生出很多警惕，言冰云事后也对他暗中说过那些问题——表面上陈萍萍依附于皇帝陛下的惊天大局在玩弄着手段，但当时的情势着实有些微妙，无论是叶流云忽然反水，还是皇帝忽然变成了一位大宗师，只要这两个条件有一个不具备，陈萍萍便可能会做出令整个天下震惊的举动。

"大东山事变中，我曾经生出些许期望，动过一些心思，这些心思虽然被我藏得极好，隐得极深，但长公主隐约看出来了，所以整个京都谋叛事变中，她从来没有理会过我，因为她知道我们的大目标很接近。事后苦荷也看出来少许，所以他临终前，才会让木蓬来保我的性命，延我寿数。"

什么心思？范闲虽然心知肚明，但今日听陈萍萍亲口承认，仍然震惊难抑，喉咙发干，说不出话来。

"我没有想到陛下能够活着从大东山上走下来。"陈萍萍低着头道，"当日在渭州收到陛下的传书，我便有些感叹，要一个人死，怎么就这么难呢？陛下谋划的东山之局也没有完全告诉我，不仅将几位大宗师算入局中，甚至险些让我也落入局中。好在我没有像长公主那样急匆匆地跳下去。或许一开始的时候，我就不认为陛下会如此轻易地死去。"

"既然没跳，就没有证据。"范闲哑着嗓子道。

"陛下是何许人也？他不曾查我，不代表未曾疑我。不过因为他相信我们的君臣情分，而且他无论如何也想不通，我为什么要动那些心思。但最关键的是，他知道我没有几年好活了，为了周全我与他之间的君臣情分，还我当年拼死救他的恩义，他给我一个自然死去的机会。

"如果我老死了，病死了，不论他疑我还是我疑他，都会成为黄土下的旧事。我死后倍享尊荣，陛下悲哀数日，放下心来，一切随风而去，岂不是最好的结局？

"必须承认，这是陛下对我的恩情，这是他为我挑选的最好归宿。所以两年前你让我放手，我便放手，等着自己老死的那一天。可眼下的问题是……"

说着，陈萍萍笑了起来，笑容里有些荒谬的意味："出乎我和陛下的意料，我这破烂身子骨，竟然一直活到了今天，而且如果不出意外，似乎还能再活几年……我活得越久，陛下的心里就越不舒服，总有一天，会当面来问我一些事情。苦荷临终前做的安排，不就是等着这个时刻吗？"

至此，范闲已经无话可说。他知道陈萍萍说得对，皇帝对陈萍萍留足了恩义。如果陈萍萍自然死亡，陛下既不会有任何负疚之感，也自然不再去理东山事变中陈萍萍动过的心思，真可谓是皆大欢喜。

然而陈萍萍却健康地活了下来。皇帝总不可能温言细语地劝说这位为庆国朝廷付出一生的院长大人，早些死吧，你死了庆国就太平了……就算他想说，范闲能让他说出这句话来吗？苦荷临终前的心思竟是如此深远毒辣，实在厉害。

"我似乎是一个早就应该死的人。"陈萍萍抿了抿发干的嘴唇，"只是死到临头，我才发现，原来自己还是怕死。"

庆国监察院的创始人、无数人闻之丧胆的陈萍萍，居然也会坦承怕死。如果让人听见，只怕会大感意外。

范闲安静地听着，他是死过一次的人，当然知道安静地等待死亡的到来是怎样难以忍受的过程。

数十年前，大陆激荡，北有肖恩，南有陈萍萍，并称双雄。

即便是这两位黑暗世界最厉害的人物，面临死亡的时候依然显得有些脆弱，就像孩子一样。

肖恩死的时候，范闲在一旁相送。此时他看着轮椅上瘦瘦的老头儿，默然想着，不论将来时局如何发展，只希望陈萍萍临终的时候，自己能送他一程。

范闲认真地想了很久，才开口说道："陛下的性情改变了极多，即便曾经疑你，但这两年已经证明很多，只要你退，他不会如何。"

陈萍萍笑了起来，拍了拍范闲放在自己肩膀上的手："陛下对我已经仁至义尽，我没有什么好担忧的，就算我能再活几年又如何？总不可能活到陛下的后面去。"

得了这句话，范闲终于放松了些，忽然间心头一动，自脚边的黑暗中采了一朵于冬风里坚韧开放的小黄花，轻轻地插进陈萍萍鬓角的白发中。

陈萍萍呵呵一笑。

范闲告辞而去。

直到谈话结束，陈萍萍都没有说，他为什么会对陛下生出不臣之心，范闲也没有问，因为他什么都知道。

老仆人从黑夜里走了出来，推动轮椅往前，陈萍萍忽然笑道："苦荷活得太久，知道太多事，才会定下此策，好在如范闲所言，陛下应该会抑着性子等我老死，只是……你说，范闲这孩子抱着我的尸体大哭时，会不会怪我骗他？"

无论从哪个角度讲，皇帝陛下都会对陈萍萍的死亡保持充分的耐心。范闲这般想着，迎着夜里的寒风向园外行去，解决了心头的一个大问题，觉得整个人都轻松起来。

此时，陈园歌女的歌声从夜风里传了出来，分外凄清，却又持续拔高而不坠，倔强执着，像极了先前范闲采的那朵小黄花，又像极了这园子里住的那位老人。

第八章 东风吹

在刺骨的寒风中，范闲忍不住跺起脚来。十一月的这个时辰太阳根本不可能出头，严寒顺着皮靴往里渗去，把他的脚冻得有些麻木。他很不理解，冬天太阳出来得晚，上朝的时间为什么不能往后挪一挪。只不过这是沿袭自大魏的千年礼制规矩，即便他如今权势熏天，也没有办法改变这一切。他看着四周黑暗中时亮时隐的红灯笼，心想果然很有鬼片的感觉。

今天是大朝会的日子，依着朝廷惯例，文武百官们半夜的时候便从暖和的床上爬了起来，来到宫门前守着。与范闲一道上演鬼片的有很多人，胡大学士此时也在他的身边跺着脚，完全没有朝中第一文臣的威严模样。

"您何苦在这儿陪我站着？"范闲抱着暖炉，呵着白气，低声和胡大学士说着闲话。如今舒芜老学士已经完成了传帮带的任务，光荣归老，门下中书内自然以胡大学士为首，陛下想着他年纪也有些大了，特意恩旨准他乘轿入宫。

胡大学士颇有深意地看了他一眼，道："我要不在这儿站着，那你也太孤清了些，可不大好看。"

范闲苦笑起来，梧州岳丈在朝中的势力被陛下打散了，监察院这些年又一直在狠抓吏治，大臣们虽然敬畏自己，见着便恭谨请安，却没有几个敢站在自己身旁。

正这般想着,一个红灯笼由黑暗里浮出来。都察院左都御史、门下中书行走贺宗纬贺大人来到二人面前。红红的灯光照在这位年轻大臣的脸上,映出了几分诚恳与和顺。

范闲的眼睛眯了起来。

"见过大学士。"

"见过小公爷。"

贺宗纬不卑不亢,稳重行礼。胡大学士呵呵笑着说了几句闲话,虚抬双臂,示意不用多礼。范闲却只是平静看着对方,脑中闪过了不少画面。

庆历七年初,军方在山谷内狙杀范闲,给了皇帝陛下一个为朝廷换新血的机会。当日入宫有七位年轻官员,被民间称为七君子。七君子中,秦恒参与叛乱,已然身死。言冰云在监察院做事,只等着接替范闲提司的位置。贺宗纬则是这些新血之中最得陛下信任、提升最快之人。

京都平叛之后,范闲、大皇子、叶重三人自是首功,但三人已是权贵中的顶尖人物,封无可封,赏无可赏。贺宗纬却因为此事,连升三级,如火箭般进入了朝廷政治中枢。这种晋升速度实为异数,也只有当年的范闲可以压过他一头。

贺宗纬清楚,朝野上下也都明白,如此越级提升,全是因为范闲。不是皇帝对范闲有何疑忌,只是范闲这样的权臣,如果没人在朝中制衡一二,总会有些问题。

贺宗纬进了门下中书,依然兼着都察院的左都御史,秉持圣意,都察院权势大涨,对监察院形成了极大的压迫。这两年监察院和都察院不知打了多少官司,双方间的情势极为紧张,也忙坏了以宋世仁和陈伯常为首的八处执律司。

范闲当然不喜欢贺宗纬,这与那些前事无关,最关键的是对方严肃的脸上隐藏着一颗他最厌憎的投机之心。

"三姓家奴"这个名称是从范府书房传出去的,都察院的大门是范闲踹坏的，所有人都知道小范大人最瞧不起贺宗纬。

但每每在朝会上或是衙堂上相遇，贺宗纬依然对范闲保持着绝对的尊敬，就像根本不知道这些事情。

伸手不打笑面人，对方没有碰触自己的底线，范闲也不会对他刻意羞辱，只是更加警惕。这样一个翻手为云、覆手为雨的宵小之辈，如果一朝得势，谁知道会做出什么事来。

贺宗纬看出范闲不愿意和自己说话，有些无奈地笑了笑，再次向二人行礼，便跟着红灯笼退回到宫城下的黑暗中。

范闲盯着那只灯笼，直到看不到此人容颜，才吐出一口浊气。胡大学士在一旁劝道："贺大人圣眷稳固，也不是一个没有分寸的人，两院间的争执，他只是办公事。"

听着胡大学士替贺宗纬说话，范闲唇角一翘，打趣道："如果让你把自家那个宝贝女儿嫁给他，你愿不愿意？"

胡大学士又好笑又好气地指着范闲，说不出话来。如今的京都不知从何兴起了一股晚婚之风，即便宫里对此大为不喜，却也改变不了。比如靖王世子，比如贺宗纬，都已经到而立之年，却依然孤家寡人一个，不思婚娶。

范闲笑道："学士不肯把女儿嫁给贺宗纬，自然是知道其人心术不正，如此小人，我何必与他虚与委蛇。"

如今朝廷只有范闲会如此评价贺宗纬，胡大学士却始终想不明白，为什么范闲如此瞧不起贺宗纬。

当年那些事情，其实都是陛下的手段……总之这些是说不明白的，胡大学士也只能与范闲说些闲话。

舒芜归老后，范闲有些惊讶地发现，原来胡大学士和舒老头儿一样都是极有趣的人，一点迂腐劲儿也没有，加上京都叛乱时双方的情分，老少二人平日相处极为融洽。

范闲说起了胡大学士当年的新文运动，此事最后虽然无疾而终，却是胡大学士平生最得意之举。二人聊得无比快活，笑声穿透了宫城下的寂静。

其实寂静本身就有些诡异，皇城前的大臣们竟是没有发出任何声音，只是看着那边正在聊天的二人。

范闲感觉到了这种寂静里隐藏的意味，挑了挑眉。

"陛下的意思很清楚。"胡大学士道，"他并不愿意下面的臣子势如水火，起先贺大人过来请安，也是意图缓和一下。安之你是个聪明人，应该知晓如何做。"

范闲但笑不语。

一年半前，他踹开都察院大门，把贺宗纬以下的十几名御史骂到生死不知，世人只道小范大人嚣张无比，哪里知道事后他自己也在御书房内被皇帝老子骂到脸色难看至极。

由此证明皇帝对都察院的维护，以及为了维持这个平衡的局面愿意付出的代价。所以从那天之后，范闲便很老实，除了成立执律司让都察院难堪，没用真正厉害的手段。

但这必须建立在范闲能够忍受的前提下，如果贺宗纬做出什么他不能忍受的事情，以他与皇帝的血缘关系，以他如今的真正实力，像贺宗纬这种角色，即便真的一刀杀了，又能如何？难道皇帝还舍得让自己的私生子为一个大臣赔命？

胡大学士看着他脸上的笑容，开始替贺宗纬担心起来，旋即想到前天深夜与陛下的谈话。贺宗纬虽然算不得纯良之辈，但往年旧事都是陛下的旨意，仔细想来其实算是不差——如果小范大人愿意，陛下那个提议倒真是可行。

范闲却在想，胡大学士这番话是皇帝托他传的话，还是门下中书的态度？接着又想到，平日里贺宗纬虽然对自己也是极为尊敬，却没有像今天这般如此温顺、一点脾气也没有。

这是为何？

大朝会结束后又开了例行小会,最后皇帝陛下和大皇子、三皇子、范闲又开了一个更小规模的私人家庭会议。范闲走出皇城,对等着的胡府管家说了声抱歉,说今儿个府里忽然出了急事,喝酒得要改天了。

坐上马车,藤子京发现少爷今天的心情着实不错,眼睛一直笑眯眯的,唇角一直弯弯的,就像月亮一样。想到自家婆娘最近一直在催的事情,小心翼翼地问道:"少爷……"

范闲听了半天才明白,原来藤大家的看着府上有些人户都凭着范家的声威出去做了小官,心里也有些痒了。

如今的范府,一应杂事基本上都是交给藤子京和他媳妇儿在办,有这个念头,也是范闲早料到的事情,于是笑道:"今儿是庆历九年,既然已经晚了五年,你再出去也没甚意思。"

藤子京没听明白少爷高深莫测的话,憨憨一笑住了嘴。

回到府前,范闲一掀衣襟,携风而入,脸上依然带着温和而亲切的笑容。下人仆妇们见着少爷高兴,自然高兴起来。

三管家对藤子京道:"王家那位小姐过来了,说是要正式拜师,看少爷的心情,应该是准了,咱们应该准备些什么?"

藤子京如范闲一般高深莫测地笑了笑,道:"王家小姐……今天可惨了。"

"为什么?"三管家惊讶地问道。

藤子京道:"今天少爷的心情很糟糕……前所未有地糟糕。"

果然不愧是在澹州便瞧出范闲有着辉煌将来的聪明人,果然不愧是跟随范闲最久的亲信,事态的发展正如藤子京所料,范闲笑眯眯地走进书房之后不久,王家大小姐便哭着从书房里奔了出来,一路掩面而行,泪珠子在空中飞舞,看上去凄惨无比,也不知道范闲对她做了什么人神共愤的事情。

在她身后,今日特意拨冗前来的京都守备史飞大将,也愤愤然从书房里走了出来，一边向府外走去，一边嘴里嘟嘟囔囔，似乎是没有想到，范闲居然连自己的面子都不给。

藤子京看着目瞪口呆的三管家，一脸无辜地道："别问我，我也不知道宫里到底发生了什么事情。"

得到消息的众女赶过来，才知道书房中，范闲极其刻薄地将那位王瞳儿姑娘好生教训一顿，最后甚至要动鞭子。

众女大惊，心想这一下可是把军方燕京派得罪得不浅，尤其是史飞为了王瞳儿亲自前来，给足了范闲面子，哪里会想到他竟是一点脸面也不给。

范闲脸上的笑容透着种诡异，他望着书房内的婉儿、思思，还有柔嘉小郡主，道："没出什么事，这是事先说好了的。入我门来，得挨两鞭子，折了当初的罪过。"

林婉儿倒吸一口凉气，心想相公今天是不是患了失心疯，所谓还鞭之说只是一句笑谈，怎么却变成真的。

范闲敛了笑容，轻声道："不是什么玩笑话，纲常伦理，总是要遵守的。"

"但你也不能当着史将军的面打呀。"林婉儿无可奈何地看了他一眼，早已聪明地猜到，一定是宫里出了什么事，才让范闲把气撒到了王瞳儿的头上。而如今天下，能给范闲气受，还让他在府外发泄不出来的，就只有一个人。

"这些话，都是你那位好舅舅说给我听的。"范闲冷笑道。

林婉儿恼了，道："那是你亲爹。"

夫妇二人说的自然是皇帝陛下。问题是，虽然世人皆知范闲是皇帝的私生子，但谁也不敢直说，范闲两口子在床上倒是说得顺口无比，可此时书房内还有旁的人。尤其是柔嘉郡主，此时满脸尴尬，不知该如何接话。

林婉儿叹道："到底陛下说了什么，让你气成这样？"

范闲无力地坐了下来，苦笑道："陛下要给若若指婚。"

柔嘉喜道:"这是好事啊。"

"你以为这次还是指给你哥哥?"范闲自嘲一笑,"陛下今天私下问我意思,看来是想将若若指给贺宗纬。"

此言一出,满室俱惊,俱静,俱紧张。

林婉儿心跳得极快,生怕范闲在愤怒之余会做出大逆不道的举动。她眉尖微蹙,抢先道:"这怎么使得?"

这话不单纯是顺着范闲的意思说。受范闲的影响,范府上下都极瞧不起贺宗纬,尤其是林婉儿。一方面因为梧州老父,一方面是范闲告诉过她,当年贺宗纬对若若生出过某些念头。

当年贺宗纬乃京都才子,慕少艾,喜欢若若本不为错,可是范闲就是觉得此人厌憎无比。今天御书房会议后,皇帝说出指婚的意思,范闲当场就怒了,与皇帝大吵了一架,最后却是被皇帝用君臣之分,父子之义生生压了下来。

"贺宗纬这人……人品不咋地啊。"柔嘉当然希望范若若能够成为自己的嫂子,小声替兄长弘成争取了一下。

范闲听着柔嘉细声细语、红着脸说出的这句评语,忍不住噗的一声笑了出来,心情也好了许多,略带嘲意道:"陛下可不会认为贺大人人品差。在他眼中,贺宗纬是有才之人,对他又是忠贞不贰,如今高官厚爵,当然配得上若若。"

如果抛却有色眼光,很多人都会觉得贺大人与范若若乃天作之合,所谓人品即官品,大家都清楚贺宗纬只是替陛下办事,实乃大大的忠臣。

然而范闲却想不通,皇帝对自己的信任、宠爱十足,又深知当年为了若若的婚事自己甚至将弘成打落下马——如今陛下居然想将若若指婚给贺宗纬,他究竟是如何想的?

"陛下既然是私下问你,那应该只是试探。"林婉儿平静了下来,"你的反应要冷静些,别反而落入圈套。"

"我只是愤怒于陛下居然会糊涂到这种地步。难道以为强行指了这门婚，朝中便会一片和风细雨？"范闲似乎隐约捉住了些什么，眸内寒光一现，声音被压成一道寒冷的线，"贺宗纬如果真敢上门来提亲，我就一刀把他劈了！"

林婉儿知道一直保持着平静的相公，心里已经恼怒到了极点，便将一碗温茶放在他面前，和声道："若若还在医馆里，要不这两天让她先回府，不要在外面抛头露面了。"

范闲摇头道："妹妹如今视行医重于一切，这件事情不要打扰她，由我来处理。如果贺宗纬倚仗着陛下的旨意，硬要去套近乎，那正好遂了我的意，看我怎么打杀了他。"

柔嘉心头百转千回，极为不安，只想着回府去见父亲，然后让他进宫去处理这件事情，起身福了一福，赶紧出府回家。

待她走后，范闲与婉儿互视一眼，婉儿无奈道："你故意在柔嘉面前说，是想逼着靖王爷入宫吵架？"

范闲冷笑道："王爷很久没进宫了，我为他们兄弟和睦着想，逼着王爷进宫，陛下应该感谢我才是。"

林婉儿沉默了一会儿，问道："陛下为何这样做？"

范闲面无表情地道："陛下是真的很看重贺宗纬，而且真心希望我能和都察院和平相处，倒没存什么坏心思。"

婉儿轻声道："陛下只是希望你与贺大人能够在朝中和平相处，却没有想到触着了你的逆鳞。"

范闲挑眉道："我不是真龙天子，没有什么逆鳞。但为了若若的婚事，当年我整出那么大的动静，甚至把苦荷都搬到了南庆。陛下如果以为现在不一样，那他便是想错了。"

其实此事并没有那么复杂。

知道了范若若回京，皇帝陛下心头一动，很自然地联想到了至今尚未婚配的贺宗纬。贺宗纬是大龄男青年，范若若是大龄女青年，陛下以为自己是在做好事，便问了一句，想看看这事可否，谁知道范闲的反应居然会那般激烈。

皇帝没有治范闲御前失仪已是法外开恩。他心想安之你是忠臣，贺宗纬也是大大的忠臣，两个忠臣联姻，实在是件传颂千古的美事，为何你就这般愤怒与失态？难道是你小子心里有什么想法？如果范闲能够好声相求，或许此事还有回转，但他当面顶撞却是坚定了皇帝的决心——他不允许世上有任何人违逆自己的旨意，即便是最信任最宠爱的那个人也不行。

范府与贺府即将联姻的消息很快就传遍了整个京都，虽然宫里还没有发下明旨，但据知道内幕消息的人讲，此事已经是板上钉钉了。文武百官讶异之余，发现这门亲事对朝廷确实大有益处，陛下果然是圣心辽远。可是所有人都知道范闲对贺宗纬的态度，也知道他一定会反对，但是范闲再厉害，终究只是一个臣子，难道他还能比陛下更厉害？

被监察院整治得极惨的官员、慑于范闲权势的人们，都开始等着范家小姐嫁入贺府的那一天，等着看小范大人活吞苍蝇时的表情，准备看一场最好看的笑话。

难得有看小范大人失态愤怒无措的机会，谁都不愿意错过，一时间不知有多少人在暗中替贺宗纬摇旗呐喊。

出乎所有人的意料，范闲什么事情都没做，既没有入宫与皇帝大吵一架，也没有去踹都察院的大门、把贺宗纬暴打一顿。所有人都感觉到了诧异，当年范闲在府中打了贺宗纬一记黑拳的故事是京都流传已久的八卦，如今范闲眼看着自己的妹妹要嫁给此人，为何还能表现得如此平静？

没过两天，所有人都知道了原因，原来他根本没有准备演戏给满朝文武看，而是平静地坐在一旁，等着看别人的笑话。

——看皇帝陛下的笑话。

两年不曾入宫的靖王爷，在某个深夜入宫，与皇帝陛下一通大吵。据宫里的消息，兄弟二人吵得异常激烈，靖王爷甚至摔了御书房内一个青花瓷的笔洗。

最后靖王爷愤愤拂袖而去，他小时候打架打不赢自己的兄长，看来如今吵架也没有吵赢。但第二天他便去了都察院，毫不顾忌王爷的体面，指着贺宗纬便是一通大骂，骂得贺宗纬脸色剧变。靖王爷身份太尊贵，不论是太常寺、内廷都不敢管他，更不要说京都府、城门司这些衙门。

所有人才想起来，三年多前宫里似乎隐约有旨意，准备让范家小姐嫁给靖王世子李弘成。看戏的人们都老实了，也不敢再煽风点火，生怕靖王爷哪天打到自己的门上来。

这正是：靖王爷大闹都察院，小公爷妙手逆乾坤。

用安坐于府饮茶听戏的范闲的话来讲，靖王出马，一个顶俩！皇帝要乱指配婚，自己便找一个天不怕地不怕的人物出来治他。

皇帝陛下当然很清楚是范闲在暗地里做了手脚，只是他对靖王这个兄弟也没有什么法子，只能让内廷去王府宣读了旨意，将靖王好生训斥了一通。

范闲在府中看着这幕大戏的进展，只要宫中指婚的旨意一天不入府，他便有时间多看看，靖王爷虽然久不问事，但身份地位在这里，陛下总要顾及一下自己兄弟的情绪。

宫里与范府、靖王府在拔河，贺宗纬自己倒没有表现出什么。范闲从宫里获得的消息是，陛下已经对他提出了这门婚事，贺大人宠辱不惊，平静谢恩，表示愿意。

这门婚事影响极大，其重要之处就在于陛下的深层意思是，日后庆国朝廷两院间的和谐发展事关紧要。更有敏锐的人察觉到，陛下与范闲之间的角力不仅仅是颜面上的问题这般简单，更是君臣之间的一次压迫与反压迫。

这世上，不是东风压倒西风，便是西风压倒东风。

入冬后寒冷的空气似要凝结了一般，却又被民宅中的火炉气息烤得松动了一些，就在冰冷西风与万家火炉的暖意交杂中，留在青州养伤的王十三郎与叶灵儿终于回到了京都。

叶灵儿因为当年二皇子服毒自尽，始终对父亲未能完全释怀，送了封信回叶府，便住进了范府之中，与林婉儿为伴。

范闲亲自去枢密院通知了叶重一声，这位庆国军方第一人听到这个消息之后长叹一声，拍了拍范闲的肩膀，没有说什么。女儿住在范府，自然没有什么问题，想到最近范若若的婚事，他却是忍不住问了范闲几句。

他不明白陛下为什么一定要让范闲丢脸，更不明白范闲为什么要硬扛——在他看来，贺宗纬已入门下中书，倒是配得起范若若，只要范闲点头，靖王府那边就找不着理由再闹。

所有人都知道皇帝的执着，却都忽略了范闲的执着，范闲这一世不想做的事情，没有人能逼他做，即便皇帝也不行。

范闲没有和叶重解释，笑了两声便离开了枢密院。他没有回府，而是坐上马车向太学方向驶去。

叶灵儿和王十三郎已经回京，弘成当然也回来了——靖王爷这面破战鼓就要被陛下擂破，他必须亲自出马去烧这一把火。

马车行至东川路口停了下来，范闲上了离书局不远的一间酒楼，要了几个小菜，往书局方向看去。澹泊书局的对面便是有间医馆，名字是范闲亲取的，字是由舒芜写的。

范家小姐主持的医馆，只用了很短的时间便在整个京都获得了极大的好评。她医术精湛，收费又极低廉，也不论病人贵贱，只是排号问诊抓药，不多时，便博得京都平民百姓的交口称赞。此时将至暮时，医馆门口的寒风中依然排着长队，林婉儿从范府派过来的得力家丁正在馆外维持着秩序，分发着热汤，一切细节都照顾得极为周全。

范闲在医馆外看到了贺宗纬。此人果然聪明，知道谁说话都是假的，只有范家小姐自己点头才是真的。最近这些天，他下朝后都会来医馆向范若若问好，然后才回家。庆国男女之防并不像北齐那般严格，范若若本来当街行医，更不可能顾忌这么多，所以贺宗纬依礼相见，竟是不好拦阻。如今这已经成了京都众人皆知的消息，更渐渐要传成一段佳话。

范闲的目力极好，看清楚妹妹在问诊之余，偶尔也会和贺宗纬说上两句话。对这点他并不意外，妹妹与贺宗纬应该是靖王府诗会时认识的，其时范家小姐乃是京都才女，贺宗纬是京都才子，二人自然相识，只是数年过去，很多事都变了。

当年的贺宗纬傲气未脱、脸黑如炭，就是想拍他的马屁，也是那样不自然。没料到几年过去，此人竟然变得如此沉稳，骨子里或许还有几分傲意，行起事来却是傲气全无，成熟之快实在令人惊叹。

难怪此人在自己的刻意诋毁之下，依然获得了朝中大部分官员的支持，以及皇帝陛下的喜爱。

此时，一骑自街那头飞奔而来。范闲放下酒杯，眯眼一笑，心想自己的奇兵终于到了。

李弘成回京述职，刚从宫里出来，没有回王府，身上甲胄未去，一个亲兵也未带，便单枪匹马，来到了医馆之外。

范闲在酒楼上远远看着李弘成下马与贺宗纬见礼，又与若若说了几句什么。距离太远，不知道说话的内容，但可以看得出来，妹妹颇有几分见着故人的喜悦，但紧接着，不知道李弘成说了什么，竟是与范若若争执了起来。

范闲心头一紧，他对妹妹的冰雪性情十分了解，心想李弘成这蠢人莫不是说了什么不得体的话，把妹妹得罪了？

贺宗纬上前解释了几句，李弘成却是看也不看他一眼，直接吩咐范府的家丁把医馆的门关了，然后在范若若生气的目光中，极为蛮不讲理地把她抓了起来，押到了马上！

嘚嘚的马蹄声中，初始回京的靖王世子，就这样抓着范家小姐上了马，然后向着范府的方向驰去，留下一街震惊的民众。

范闲不禁傻了眼，心想弘成这小子几年前还只知道看诗文扮文雅，如今在定州打仗三年，竟是会玩霸王这套了！

范府家丁和等着看病的病人们也傻了眼，最傻眼的当然是那位一直保持着风度与气度的贺宗纬大人，医馆闭门，人们渐渐散去，只剩下他单身孤影，站在医馆门口看着街头。

范闲慢慢地回过神来，心知李弘成断不会乱来，于是将酒杯搁在桌上，对身后的沐风儿吩咐道："请贺大人上来坐坐。"

不一会儿，贺宗纬皱着眉头上了酒楼，坐在了范闲的对面。这是很多年来，二人第一次私下见面。

范闲用手指轻轻地转动着小酒杯，知道楼下有宫里的眼线，应该是陛下恩旨赏给贺宗纬的跟班，却并不在意。

"吃。"

贺宗纬也不惧，开始大口吃菜，看架势，如果范闲不喊停，他竟是不会落筷。

看着这幕，范闲对此人倒生出几分欣赏，在自己的注视下还能如此自然的人，世上并没有几个，尤其此人心知肚明，自己极为厌憎他。

菜罢酒毕，范闲平静地开口道："贺大人这几日都来医馆看顾，我这做兄长的，也要谢一声。"

"小公爷客气。"贺宗纬应道。

范闲一挑眉头道："先前那幕您也看着了，靖王府是个什么态度，您应该清楚。"

贺宗纬略一沉默，开口道："小公爷好手段。"

"这和手段无关。"范闲看着他直接道，"今天我便直接和你说了。这事不可能，你死了这条心吧。"

贺宗纬沉默半晌后极为坦诚地道："小公爷，宗纬自知……"

他很诚恳地述说了对范若若的倾慕之意，解释了这些年来的所作所为，很谦恭地希望范闲能给自己一个机会。

范闲偏着脑袋听完他的话，然后回道："我没有什么意见，现在是靖王府对这件事情很有意见。"

"但上次宫里指婚靖王世子，被小公爷挡了回去。"贺宗纬丝毫不乱，微垂着眼帘，眼中闪过执着的意志。

"水来土掩，旨来火烧，我能挡一次，便能挡第二次。"这话有些大逆不道，范闲偏就当着贺宗纬的面说了，"不要以为陛下对你说过什么，你便可以痴心妄想。或者说你以为能讨好了若若，便可以绕过我这个兄长。你知道我很讨厌你，所以并不在乎多得罪我一次。但我必须提醒你，得罪也是分程度的，把我得罪狠了，我真会提着菜刀上你府上去砍你。"

说着，他起身又补充道，"杀人这种事情，你用嘴做，我却是用手做。仔细想想，如果我杀了你，陛下会不会让我给你偿命？"

贺宗纬稍黑的脸上渐渐现出羞恼的涨红。自入朝以来，他一路顺风顺水，极得陛下信任恩宠、同僚尊敬，可每次面对身前这位小公爷，却总是备受奚落，难堪得无法容身。如今他是行走门下中书的大臣，朝野上下，除了范闲还有谁敢用这种口气对他说话，敢赤裸裸地用生死威胁他？

可是他也知道，面对范闲，他是一点办法也没有，不说什么圣眷之类的废话，单说其人与陛下之间的血缘关系，是自己这名臣子永远无法企及的。

但他始终不明白，小范大人为什么对自己有着如此深的敌意。如果说是当年林相爷倒台之事，那是长公主一手操控，其时的他只是一枚小棋子，而且事后大家都清楚，这些都是陛下的旨意，如何怪得到自己的头上？

小范大人对自己的敌意究竟是如何生成？有些时候，贺宗纬半夜梦回，会发现被窝里冷湿一片。被这样一位阴冷的权臣注视着，在朝中再风光，又如何能够好过？

按道理说，明知道范闲厌憎自己，他便不应该对范家小姐再有任何想法。然而他总以为陛下的旨意胜过一切，而他也想借这门亲事向范闲表达自己示好的心意，如果真成了小范大人的妹夫，那应该不用时刻担心背后那道冷冷的目光了吧？

但真正让他勇于向着这门婚事奋起直追的原因，还是因为他一直对范若若心存爱慕，这个念头从五六年前开始，一直持续至今，未曾减弱，所以这些年来他一直单身未娶。

就如世子李弘成一般。

但是他终究不了解范闲，不知道范闲厌憎他的原因，便是因为当年在一石居下看出了他对若若的狂热。

范闲说道："你不要再来医馆了。"

"明白小公爷的意思。"贺宗纬站起身来，强行压抑下心头的愤怒，"明日我便入宫，面禀陛下，拒了这门婚事。"

"宫里指婚的旨意未出，哪里需要你去拒？不要想着到陛下面前去哭诉一场，委委屈屈地说配不上范家小姐，一个字儿的坏话也不会说我，但陛下一看你这副模样，就知道我又欺负你了。想借着这件事情，让陛下更怜惜你？"范闲嘲讽道，"我欺负谁，谁便红，这就是如今的情势，我可不想让你从我这边沾光。"

贺宗纬终于压抑不住怒气，看着范闲道："小公爷究竟想我怎样做？这也不行，那也不行，难道你非要逼死我？"

范闲昂首回道："大前夜，胡大学士亲自上府来替你说和。昨夜，前集贤馆大学士曾文祥、你当年的私师带着潘龄大学士也来替你鼓吹。贺大人如今风光正盛，三位大学士出面保媒，我区区一个监察院提司，哪里敢逼迫你。"

听到这句不咸不淡的刻薄话，贺宗纬沉声道："敢请教小公爷，我究竟有何处做错，得罪了你？"

范闲淡淡回道："我不待见你，这便是你的错了。"

"宗纬乃是陛下的臣子。"贺宗纬怒极反笑，"您即便权倾朝野，但也只不过是陛下的臣子。当街威胁朝廷命官，不将陛下放在眼里，难道你就不怕陛下一道旨意下来，收了你的权位？须知为人当谨慎，行事莫嚣张。"

范闲也不动怒，轻声道："这个道理人人都明白。三年前，二皇子在抱月楼的茶铺里也说过和你一模一样的话。但不要忘记，如今他在坟里躺着，而我在外面。"

回到范府，范闲看到若若在和婉儿、叶灵儿轻声说着什么，神色不大自然，李弘成却不在府中。

林婉儿望着他使了个眼色，无可奈何地摇摇头，也是对小姑子的婚事闹得满城风雨大感无奈。叶灵儿看了范闲一眼，却没有如他预料那般，冲上前来，质问他这个做兄长的，怎么连这点儿小事都办不成。

看来爱情果然令人温柔啊……范闲忍不住微笑了起来，对妹妹招了招手，兄妹二人进入书房。

"弘成是不是怕我揍他，所以先跑了？"

"王府有事，他先走了。"范若若忽然醒悟过来，怔怔地看着范闲道，"哥哥刚才也在？"

"这事传得快，满京都都知道世子回京，正在和贺大人抢媳妇儿，我当然知道。"范闲顿了顿，又道，"我知道贺宗纬这些天时常去医馆，你对陛下的指婚，究竟是个什么态度。"

范若若未经思考，随口回道："我现在还不想嫁。"

她不是生活在真空中的女子，当然知晓最近与自己有关的八卦，也知道兄长正在为这件事情烦心，自然会与贺宗纬讲清楚。只是贺宗纬摆出一副不怕烫的死猪模样，又戴了极真挚的面具，范若若也不好学思辙那样甩起扫帚赶人。

"不想嫁那就别嫁。"范闲很平静，"你知道我这个做兄长的看似温和，实际上有些霸道。实际上，我不喜欢贺宗纬这个人，即便你答应嫁给他，我也要棒打鸳鸯。"

范若若忍不住瞪了他一眼，低声咕哝道："当年还说什么恋爱自由，如今却只会霸道。"

可她哪里知道，在二人幼年讲鬼故事的时节，年龄比她大十几岁的范闲，早就自然而然有了当家长的感觉。

自家闺女要嫁人，哪有当父亲的还会信奉什么恋爱自由——庆国没有，那个世界没有，整个宇宙都没有。

听完若若的抱怨，范闲笑着摸了摸她的头。若若沉默了会儿，忽然轻声道："哥哥，我是不是很任性？"

她先是拒绝了靖王府的联姻请求，逃离了京都，在苦荷门下学艺数载，如今又拒绝了皇帝陛下的第二次指婚。

放在别的权贵府中，甚至是放在这天下任意一处所在，范若若对自己人生婚姻爱情的选择，都会被认为是极不正确的。

抗旨拒婚，在皇权社会里，当然会给自己的家人带来很多危险，为了自己的人生而陷家人于不安之中，所有人都会认为这种做法是一种极其任性而不负责任的举动。但范闲是这个世界上唯一的那个人，唯一的那个波伏娃，看过性政治的男人，他从来不认为妹妹的决定有任何需要批评的地方。

很多年前那个姓叶的女子或许也看过，但她毕竟已经离开了。如今只有范闲一个人强硬地站在人世间支持妹妹，以任性的方式来回味或者说是追忆那个结婚并不需要长辈包办的美好世界，那个至少在某些方面更平等一些的美好世界。

"你傻了？"范闲面色微冷道，"从小我就教你，自己的幸福大过天，除了真心愿意的事情，没有任何事值得我们做任何的牺牲或是让步。忠孝之道是要讲的，但在你我自己的幸福面前不值一提。"

"可是这是不是很自私的一种做法？"范若若没有被兄长冰冷的脸色吓退，认真地说道，"因为我的事情，让府中不得安宁，整个京都闹得沸沸扬扬……"

她的话还没有说完，范闲挥手止住。

"你是我一手带大的丫头，虽然跟在我身边的时间没有思思那几个大丫头长，但你知道我对你寄予厚望……我就是希望你能够成为与这世上一般女子不一样的人。什么是任性？父亲和奶奶如今都在澹州，京里有我为你做主，任性一下又怕什么？至于自私，我本就是一个极端自私的人，尤其是在家人亲人方面，你应该很清楚这一点。"

范若若低头无语，眼眶潮湿，只有事处其中的她，才知道哥哥为自己的婚事操了多久的心。当年为了拒绝靖王府提亲，他甚至不惜与北齐人达成协议，也要把她换到苦荷门下为徒。他为此付出了太多心力与代价，每每思及，范若若总觉得自己的任性让兄长太过操心。她的内疚愈重，愈能感觉到兄长对自己的拳拳情意，百般滋味交杂在心头。

后几日，范闲似乎忘记了宫中指婚的事情，在监察院与言冰云安排东夷城方面的事宜。如今的监察院事务都是言冰云在处理，每思及此事，范闲都会为当年深入上京救小言公子的决定感到幸运。他的能力在于突击、决杀以及大势上的判断，言冰云则是具体谋划的不二人选。如果没有言冰云的帮助，范闲根本没有办法控制好如此庞大的监察院系统。

范闲入京后监察院的几次大行动，实际上的执笔者都是这位白衣飘飘、与监察院黑色官服泾渭分明的小言公子。唯一一次范闲自己的安排即是胶州水师的清军，这次行动事后被陈萍萍批得体无完肤，狗血满脸。

所以范闲将陛下与自己的意图说给言冰云听后，便不再操心东夷城的事，只是带着王十三郎悄悄进了一次宫。

因为若若的婚事，范闲和皇帝还在冷战，但是事关朝政的大事，父子二人都不会赌气，皇帝已经知晓了王十三郎的存在，范闲便不会在这些小节上犯大错。

范若若依然每天去医馆照拂病患，李弘成则是冷着一张脸在医馆外站着，这位世子爷对宫中指婚的消息生出极大的愤怒，那张脸阴沉到了极点，来往于医馆的病患都有些害怕。

他如今已是定州军方的头号人物，三年来难得回京述职一次，却心甘情愿地站在一家医馆外当门神，所有人都明白了他的决心，即便是胡大学士也不再向范闲说更多的废话。

贺宗纬没有因为范闲的恐吓就放弃，但他去了医馆几次都被李弘成赶走。小小医馆竟成了大臣与将军的角力场。

有间医馆，已然成为京都一景。

范闲闻听此事，不禁大为感叹，心想鲁老夫子说得对，文字总是不如拳头有力量。贺宗纬这位门下中书大臣，遇着自己和弘成这样两个不讲理的皇族子孙，终究也只有吃瘪的份儿。

其实这些天里，贺宗纬曾经入过一次宫，大概表达了婉拒指婚的意思。以贺宗纬的刻厉心思，当然不会错过这样一个打击范闲的机会，纵使范闲曾经提醒过他，他依然没有放弃。

果不其然，皇帝陛下一见贺宗纬的模样，就猜到是范闲暗地里对自己的亲信大臣进行了恐吓，于是龙颜大怒，急召范闲入宫，在御书房内好一通训斥。

范闲却只是面无表情地听着，用沉默反抗。指婚只是小事，但陛下意图利用此事压垮他的心防，却是他无法接受的。他不怎么害怕皇帝陛下的不悦，因为今时不同往日，监察院与内库为庆国提供了最重要的秩序和金钱支援，皇帝也深知此点，知道自己越来越离不开这个得意的私生子。

只是对庆帝而言，他越欣赏范闲，就越希望范闲能对自己袒露所有的心思，听从自己所有的安排。因为他总觉得这个孩子太拧，性情太过疏脱，甚至隐隐有要跳出自己掌心控制的试探。这种感觉对于一位强大的君王而言不能容忍，所以他想让范闲让步。

进入冬月，范闲依然没有让步，还是抬着靖王府与宫里打架。指婚之事在沸沸扬扬一场后渐渐平息下来。

天下唯一不怕皇帝陛下的大概就是靖王爷，毕竟他小时候就和自己的兄长打过很多次架，即便没有打赢几场，但拳头至少尝过龙肉的滋味，一旦亲近，便少了敬惧之心。更何况无欲则刚，靖王一生事花事草事泥土，从不干涉朝政，陛下对这位唯一的弟弟，总有几分歉疚，所以除了皱紧眉头之外，也拿不出更多的惩罚手段。

而李弘成在定州领军三年，身先士卒，浴血杀敌，即便没有功劳也有苦劳，他摆明姿态，就要与贺宗纬抢媳妇儿，皇帝陛下又能如何？只是碍于天子一言，驷马难追，加上颜面上过不去，皇帝才会硬生生地坚持自己的意见。

京都的第一场雪落了下来。

范闲哈了口白雾，站在马车旁，王十三郎道："该说的事情都已经说过了，城主府那边我可以给些压力，但剑庐内部的分歧我没有什么办法，想必你也不愿意让我插手。"

今天王十三郎便要离开庆国，回到东夷城剑庐，陪伴恩师走完人生最后一段旅程。范闲特意前来相送，二人孤立雪中，有一搭没一搭地说话，当然，大部分的话是范闲说的。

"我在剑庐等你。"王十三郎背好包裹，手里紧紧握着那杆青幡，望着范闲温和地笑道，"早些来。"

范闲也笑了起来，东夷城方面的事情，在王十三郎进宫之后，陛下终于点头全权交给了自己，他的心情着实不错。

"谢谢。"范闲微微一顿，"希望以后不用谢你。"

王十三郎怔了怔才明白他说的"谢"字是针对什么，摇了摇头，走入了风雪之中。

第九章 春来我去也

貂皮大衣很暖和，看着那个逐渐消失在风雪中的人影，范闲的心里也很暖和，他这一世过得实在是惊心动魄。钩心斗角虽然充实却令心有些累，能和简单而纯粹的人物交往，实在是很难得的享受。

收回目光，范闲忽然产生出某种很奇妙的感觉，似乎明年春时剑庐开庐，自己也许会获得一些从来没有过的体验。

他走到黑色的马车旁，抬起右膝，低头仔细地在车阶上刮弄着靴底的雪泥，咔咔作响。一边刮着雪，他一边沉默地思考着，许久后才掀开厚厚的棉帘，低头钻了进去。一股热风扑面而来，阔大的监察院马车内，特制的小暖炉正在释放着如春的气息，比起车外的天寒地冻，完全是两个世界。

范闲接过毛巾，掸掉毛领上的雪花，道："人已经走远了，我们可以回了吧？"

叶灵儿低着头，长长的睫毛修饰着那双明亮的大眼，也掩饰着眼中复杂的情绪，她轻声道："我又不是来送他的。"

"不是来送十三，难道是来陪我赏雪？"范闲没好气地道，"我是真不明白你们究竟是怎样想的，这都一个多月了，还像初见面时青州城内那般。"

"师父，我可没有想什么。"叶灵儿低声说道。

范闲看了她一眼,道:"四顾剑就要死了,东夷城内两派必然争执不下。王十三郎此次回东夷,只怕也得烦心,虽然他是四顾剑最疼爱的关门弟子,但毕竟没有什么人脉。"

"你不能帮帮他?他为监察院做了这么多事。"

"他为我办事,我自然不会亏待他。四顾剑的态度足够诚恳,他就算不想和陛下做什么交易,和我谈谈买卖,应该没有问题。"他看着叶灵儿轻声道,"问题是他回东夷之后,估计就会长年定居在那边,你可想过这个问题?"

"我为什么要想这个问题?"二皇子死后,叶灵儿便不复当年的洒脱模样,变得沉默成熟许多,虽然在范闲这些熟人的面前依然谈笑无羁,但不论是范闲还是林婉儿,都能看出这个女子心底深处的那片阴影。直到在青州与王十三郎见面,互为彼此风景之后,她才真的活了过来。范闲很乐意看到这种变化,但也知道以王十三郎的身份,真要成功确实十分困难。

他摇了摇头,不再想这个问题。叶灵儿因为自己的心思又想到了最近困扰着大家的那件事,看着范闲小心地问道:"若若那件事情就这般拖着?"

一提此事,范闲便是一脑门子官司,他本以为靖王父子出面扮黑脸,皇帝陛下便会顺水推舟把这糊涂指婚给收回。没有料到皇帝竟是如此执拗,借口当年范家已经拒了靖王联姻之请,根本不理会这些动静。

"先拖着吧,我们这么多人的脸加在一起,总有些分量,陛下也不好强行推进。"说着,范闲叹了口气。

"对了,今天王大都督在一石居摆宴,婉儿要我提醒你,莫要到晚了。"叶灵儿认真地提醒道。

话说为了大皇子纳侧妃,范闲勇字当头,接过了管教王家大小姐的重任,只是紧接着便有宫中指婚。范闲大怒之下,说话教训便没有留什么余地,硬生生将那位王曈儿气得大哭出府,也把京都守备史飞大将得罪得不轻。

他本以为经此教训，王瞳儿定会负气大怒，再也不肯上府。没料到没过数日，王瞳儿竟然又央求着史飞再次带她进了范府，恳求小范大人收自己为徒，而且言辞恳切，说自己已经改变了极多，再也不敢像从前那般胡作非为。

今日是燕京大都督王志昆回京述职的第二天，要亲自宴请范闲，看来是想把这件事情敲定。范闲也是无奈，问道："这王瞳儿是你的粉丝，以前你有没有见过？"

叶灵儿能猜到粉丝是什么意思，道："很多年前倒是见过，那时候她还只是个七八岁的黄毛小丫头，谁会想到长大了脾气竟变得如此之大。"

"现在乖多了。"范闲笑道，"看来大小姐们都一样，都有受虐倾向，不下狠劲儿打几顿，是断然听不进道理的。"

叶灵儿脸色一窘，想到当年京都旧事，狠狠地瞪了范闲一眼，回道："这是在说我？"

范闲笑道："当年你是打了再招，如今可是不打自招。"

马车就在二人的对话声中缓缓向京都折回，碾轧着路上的冰雪，沿着深深的辙痕前行。范闲感觉车厢中热得有些过头，掀开车窗一角，希望能透进些清凉的冬风，目光却顺着车窗瞥见了一路银枝雪树，清美风景。

他怔怔地看着这一幕，不自禁地联想到了自身。指婚他不如何担心，待明年解决了东夷城之事，替大庆立下一个大大的功劳，皇帝老子再如何刻厉寡恩，只怕也不忍再逼迫自己。

只是这一路风雪，马儿困难前行，他忽然觉得自己就像是皇帝套中的一匹马，被迫努力地破开风雪，拖着一个庞大的马车，向着远方前进，而那远方并不见得是马儿想去的地方。

他深深吸了一口气，任由寒风冷却胸膛及胸膛里藏着的那颗心。不论是西凉还是东夷，他如此努力地奋斗着，其实都是在为皇帝做马前卒，而他也无力改变这一切。

如果五竹叔和箱子还在身旁，情势一定会有极大的改变，只不过那种改变不见得好。范闲摇摇头，驱走这个恼人的可能——五竹叔不是他的仆人，他有自己的使命需要完成。

好在皇帝陛下已经改变了很多，他最近和范闲以及靖王爷赌气，虽然过分，至少也显出几分人气——或者说是老人气。不论是哪一种气味，都证实陛下开始从神坛上走了下来，不再是高高在上的一个虚无光彩的身影。

从京都直行崤山再往北转，经由一条通往沧州的平行官道，往东北方伸展，便到了燕京——庆国北方第一大城。

燕京在数十年前还是大魏的一座城池，史称南京，被庆国皇帝陛下打下之后改名燕京，取燕衔泥而回之意。

至于燕京故地千年前是不是庆国祖宗的属地，就没有人知道了。但是燕京至少是个很好的名称，加上此地民风温顺，在统治者转换间生活，没有太浓厚的民族情感，所以庆国虽只统治了三十年，却也治成了熟地。

燕京极大，极繁华，与东夷城所控的十数诸侯小国接壤，尤其与宋国更是亲密依偎，如果庆国意图征服东夷，大军必自燕京出，所以二十年间，燕京边兵乃是庆国军方精锐中的精锐，与西凉的定州军、沧州附近的北大营并称。

燕京是庆国打下的最大城池，是庆帝武功的最佳佐证，所以朝廷对此地向来极为用心，不仅在军事上投入了大量人力物力财力，在政务上也特例相待，在燕京任职的文官都上调半级品秩，甚至连六部衙门在燕京城也专门备了分理署。

如此优渥的待遇，人人都知道原因，因为此地往东便是东夷城，往北经沧州便是北齐，南庆意欲一统天下，燕京城一定会是大军攻势的发源地和前线大本营。

庆帝为此事准备了三十年，自然将燕京经营得如铁桶一般，谁也不知道城内到底存贮了多少粮草兵器。

如今燕京城的军方首脑是王志昆大都督，此人一向深得庆帝信任，庆历七年庆国内乱，燕京大营起了稳定江山的绝对重要作用，也正是因为燕京大营的存在，北大营才会如此顺利地被史飞接管，东山路的一路官员根本没有任何还手之力。

燕京城的文官守领也是位重要人物，姓梅名执礼，乃是当年柳国公的门生，六七年前就已经出任了京都府尹一职，后来循次提升，来到了燕京，如今早已是正二品的地方大员，仅比一路总督低了半级。

今日这两位大人物都在燕京城外微笑着等待，显得很有耐心，身旁的官员下属却没有丝毫诧异神色，因为这些官员将军知道，来的队伍虽然不是陛下的御驾，却和御驾的等级差不多，而且王大都督的小姐也在车队之中。

天时已入三月，官道两侧青树抽枝，于春风之中招摇，就像是举着花束喊"欢迎欢迎"的孩子。

丝竹声声中，无数立牌行过，无数抱剑太监行过，车队停在了迎接官员们的面前。一位身着黑色官服，腰间却系着根淡黄丝带的年轻官员，掀开车帘，来到了众人身前。

来人正是范闲，他如今以钦差的身份前来，见着面前的阵仗也不意外，陪着王都督和梅大人严肃认真地履行完一应程序，这才长舒了一口气，请二位大人起身，自己再行见礼。

王志昆和梅执礼连道不敢，虽然这二人都是权重一方的大员，但遇着这位小爷，知道还是恭谨一些的好。他们听说朝中那位正当红的贺大人的日子，就不怎么好过啊……

王志昆冬天的时候才回京都述过职，与范闲见过两面，自然不算陌生。尤其是范闲此行顺路将王曈儿带了回来，又有王曈儿私师的身份，所以王志昆对他显得格外热络，客气之余，还添了几分自在。

范闲笑眯眯地看着这一幕，猜到这位军方大佬是刻意让梅大人看的，军政两衙，不论在定州还是燕京总会有些摩擦，想来王都督是想通过与自己的关系，震慑下梅执礼一干文官。

梅执礼微笑着对范闲道："老大人可好？"

范闲道："父亲在澹州过得舒心，国公他老人家身体也还不错。"

这话里说的国公是柳氏的父亲，梅执礼的老师。王志昆在一旁看着这幕，心里犯起了嘀咕，这才明白，原来梅老头和小范大人早就认识。

范闲和梅执礼确实是老相识，想当年范闲当街拳打郭保坤一事，梅执礼可是给范府帮了不少忙。

"您不在朝中待着，偏要跑燕京来做甚？"范闲笑道。

梅执礼压低声音反问道："京都府尹哪里是人做的？"

老少二人大笑起来，梅执礼瞥了眼王志昆，说不出地得意，心想你走澹泊公的门路，那是靠着自己女儿，我可是靠着他的父母，谁亲谁疏，自己看着办吧。

范闲笑道："您这话说得……我看孙大人倒没觉着困难。"

此言一出，便是王志昆也忍不住捋须笑了起来，心想小公爷果然刻薄得很。官场上谁不知道这位因祸得福的京都府尹孙敬修，如果不是他女儿把他卖了，只怕他早就死了。

当然，官场上每每说到此事，都会忍不住贼眉鼠眼地讨论一番，那位大义灭亲的孙小姐，究竟被小范大人祸害到了什么地步，居然能做出这样的事来。

范闲此行燕京只是路过，他要去东夷城参加四顾剑最后一次的剑庐开庐。满天下人都知道，这次开庐大概是这位大宗师最后一次与世人相见，所以开庐仪式办得极为盛大，不仅是东夷城及城周的那些诸侯小国所有的贵人会前去观礼，便是北齐、南庆这当世两大势力，也受到了邀请。

所有人都在猜测，四顾剑要借这最后一次开庐来决定东夷城将来的选择。所以北齐和南庆朝廷都不敢怠慢地派出了重要人物，范闲因为与王十三郎的关系，当然成了南庆的代表。

钦差仪仗将王瞳儿带回燕京，则是因为大皇子纳侧妃一事已成定局，六月的时候她便要准备入门。侧妃的名声总是不好听，陛下为了王志昆的脸面，所以格外重视，让这位小姐先行回家乡，再千里迢迢接回京都。在范闲看来这纯属吃多了没事干，但王家却是感念圣恩，欣喜异常。

当夜，范闲一行人在都督府歇下，王瞳儿乐滋滋地给范闲行过礼后，便跑回了闺房，等着嬷嬷们教出嫁的规矩。

酒席上，王志昆有些尴尬地看着范闲道："这几个月，真是劳烦小公爷费心了。"

大都督心知肚明大殿下对于纳侧妃一事的态度，虽然他很欣赏大殿下，也愿意自己的女儿嫁给对方，但身为人父总是担心自己的女儿。他清楚，如果不是小范大人担起此事，只怕事情要麻烦许多。

范闲笑了笑，没有接王志昆的话题，垂下眼帘轻声问道："北齐去的人是谁？"

当时他离京极快，监察院和抱月楼尚未有情报回来。燕京偏北，与另两方势力多有交杂，军方也有自己的情报系统，所以他急着问一下王志昆，看看对方有没有什么消息。

王志昆思忖片刻，不怎么坚定地道："依常理推论，应该是长宁侯爷。"

东夷城日后的倾向影响太过深远，不论北齐还是南庆都极为紧张，南庆派出天字第一号打手范闲，应该逃不脱天下人的分析判断，北齐方面必然也要派出与他相对应的人物，才能让东夷城感觉到他们的诚意以及筹码。

长宁侯爷乃北齐太后的亲兄弟，如今掌管着北齐内库的银钱往来，确实是个极重要的人物。

范闲眉头一挑，道："这位侯爷也是老熟人了，喝酒倒是不错，可真要做起事来，比他儿子差得可不少。"

王志昆知道此时说的是正事，以他大都督的身份亦不敢怠慢，赶紧应道："卫华虽然是锦衣卫指挥使，但北国锦衣卫地位却远远不及院里，他也没有这么大的权限。"

范闲点了点头。监察院这个特务机构实在太特殊，除了自信到极点的皇帝老子，没有哪位帝王敢允许这样一个机构存在。北齐锦衣卫虽然承自当年肖恩组织的缇骑，但在北齐太后、皇帝母子二人的打压下，声势早已远不如大魏之时。沈重被上杉虎当街刺死后，锦衣卫地位更是日趋低下，如果北齐小皇帝想在东夷城有所作为，卫华也不是一个好选择。

"兵来将挡，不管派谁来，终究比拼的是国力。"范闲饮了一口酒，眉宇间浮出淡淡的疲惫之意。

王志昆笑道："小范大人此去，必然马到成功。"

范闲苦笑了一声。离京前，包括胡大学士在内的所有人都和这位王大都督一样有信心，甚至皇帝陛下在御书房里做交代，也根本没有想过他会输这一仗。

在庆国官员百姓的心中，小范大人浑身上下泛着刺眼的金光，所有人对他都有极强的信心，五年来的过往早已证明，只要他亲自出手，便没有什么办不到的事情。

庆历十年的这个春，庆国朝野上下都在等待着东夷城的臣服，等着他走进剑庐，不费一兵一卒开始接收一大片土地和这片土地上生活的子民，以及积累无数年的巨大财富。

不过范闲却没有这样的信心。虽然通过王十三郎他感受过四顾剑的态度，也小心翼翼地向这位剑圣大人表示过自己的态度，双方在某种程度上寻找到了利益的交叉点。然而此行东夷，他要为庆国争取的利益着实太大，换一个角度说，东夷城要付出的利益太大。这不是过家家，也不是千百万两白银的大生意，而是实实在在的历史改变。

一个真正的历史大事件即将发生在范闲的眼前，甚至是他的手中，这由不得他不惶恐。他时常在想，自己何德何能，居然能够拓土开疆？

四顾剑重伤将死，对庆帝的恨意与怒意，只怕倾尽东海之水都无法洗清。但他明知自己死后，东夷城必然要被两大国瓜分，还是要邀请北齐、南庆参加他人生最后一次的开庐仪式，因为他要替东夷城的子民最后争取一次利益。

范闲想起了离京前在御书房内与皇帝老子那场深谈，其时陛下的脸上浮着淡淡的微笑，虽然与众大臣一样对范闲充满信心，但言谈举止间却根本不看重这次开庐仪式。

皇帝的心思，范闲很了解，自信强大如陛下者，根本不在乎东夷城大厦将倾时所释放出的和解之意与最后的善意。

在皇帝看来，这只是东夷城最后的悲鸣，如果庆国能够花更少的代价，得到东夷城的土地与财富，那当然是极合算的事情。如果四顾剑提出的条件让他觉得很无稽，他并不惮于直接举起手中的刀枪，将这声悲鸣变成惨号。

而以范闲对这两位大宗师性情的了解，四顾剑即将提出的条件肯定是陛下无法接受的，这才是他此行面临的最大问题。

使团不敢在燕京城里耽搁太多时间，第二天清早，范闲便在王志昆和梅执礼的相送下出了城池，会合了由江南一地赶过来的监察院四处部属，往官道上驶去。车队向国境线行去，还未完全离开燕京大营护送的官兵，又迎来了一支会合的队伍。一位商人在众人纳闷的目光中，登上了范闲的马车。

"辛苦了。"范闲拍了拍史阐立的肩膀。这些年里，范门四子有三位在庆国朝中打拼，只有当年未中举的史阐立成了范闲的私人助理，一直在江南和境外豪华郡中，与桑文一道开设抱月楼，暗中替范闲梳理情报来源。

史阐立低声对门师交代了最近抱月楼的状况，以及在东夷城内打听到的一些小道消息。

"天下人都以为我是去摘果子，哪会想到这果子也可能是有毒的。"范闲听了半响后,自嘲地一笑道,"只是我不明白,那位东夷的城主,究竟是哪里来的勇气,四顾剑马上就要离世了,他居然还敢和我大庆对着干。"

稍停片刻,范闲继续说道:"北齐人肯定在暗中支持他。即便是剑庐内部,也有很多人不愿意和我大庆靠近。

"这些事情由不得他们愿不愿意,实力决定一切,四顾剑一死,北齐、东夷再无大宗师,双方只能在疆场上见。北齐国境广阔,土肥民富,与我大庆倒是有一战之力。东夷城以贸易立城,富则富矣,强在何处,如何是我庆军的对手?

"关键的问题是,四顾剑伤于陛下之局,剑庐上下恨我南庆入骨,只怕他们宁肯拼死一战,也不愿意就此屈服称臣。"

史阐立这些年过着大老板的生活,养得胖了些,较诸当年的青涩寒酸模样不知改变了多少,唯一没变的是对范闲的忠心。自年前起,他便留在东夷城打探剑庐的意向,知道如今的东夷城隐藏着风险,不免有些替门师担心。

"更为关键的还是四顾剑的态度。"范闲低着头道,"他若真是个拧脾气的白痴,只怕还是要大打一场,但那样十三郎又算什么呢?把他卖给我这么多年,难道白卖了?"

"东夷城是倒向我大庆还是北齐这是一件事,四顾剑之后的剑庐由谁掌管,这又是一件大事。"史阐立忧心忡忡地道,"虽然十三大人深得四顾剑宠爱,但云之澜才是剑庐首徒,他交游广阔、极得人心,又有无数师弟妹及晚辈造势,加上城主府和北齐的支持,只怕不会给十三大人任何机会。"

范闲抬起头来,眸中寒芒微露,自言自语地道:"难道又要像很多年前杀尽满门,剑庐才能定了归属?"

这说的是很多年前东夷城的一件旧事,四顾剑惨绝人寰、令人发指地连斩家族逾百人,甚至连亲生父母都没有放过,疯子白痴的恶名不胫而走,同时也让监察院捡了一位影子,直至今日。

此时，史阐立不知应该如何回答范闲的问题。

"东夷城主肯定不可能接受我们的条件。"范闲道，"有本讲三国的说本里提过，臣子们可以投降，因为他们还是在做臣子，只有那位城主，如果投降了，那他就什么都不是了。还有个问题就是东夷城的传承。如果云之澜真要和十三抢，我们这些外人在事前也起不了什么太大的作用。"

史阐立小声地问道："老师离京前，陛下给的底线是什么？"

"称臣，纳贡，散军，各诸侯国开国境，我庆军入境进驻，王公一律集于京都居住。"范闲面无表情地道。

史阐立倒吸一口冷气，心想这些条件开将出来，东夷城直接等若是废了，陛下的胃口太大，这等丧权辱国的条件，只怕东夷城没有人敢接受。

"当然，年限可以再谈，不争于一时。"范闲与庆帝私下争论许久，才替东夷城争取了更多的时间，"如果王公们不想去京都，陛下在燕京替他们另修新府。"

史阐立摇头道："没有人会答应，这等条件，等若是将他们的人头端到我大庆的案板上，不如拼死一战。"

"不错，而且北齐人肯定不能眼睁睁看着东夷被我们吞了，这一次他们一定会做足手脚。"范闲掀开车帘，望向官道上的青青树木，"如果东夷城准备答应我大庆朝的条约，他们会不惜一切代价，破坏这次协议。"

不等史阐立开口，范闲继续道："杀了我，或者是杀了东夷城内某位重要的人物，挑起东夷城与我南庆之间本就极深的仇恨，只要战争开始，东夷城再想投降，以陛下的性格也不会答应，到那时，北齐人便可以乘虚而入，占不少便宜。"

说这些话的时候，车队向东南方向转了个弯，依着一座小山，畔着一道清流，往着宋国的方向行去。

"我现在只担心一件事情。"范闲望向窗外的青树，幽幽地道来，"四顾剑不是大圣大贤的人物，如果他和我一样，都信奉死后不怕洪水滔天这句话，那就麻烦了。"

"嗯？"史阐立没有听明白这句话。

范闲面无表情道："苦荷临终前步下两着狠棋，就拖得我大庆辛苦不堪。他们这样的大人物看得比谁都远，我不相信，四顾剑想了整整两年半时间，会这样甘愿认输。"

第三日，车队穿过平原上的无形国境线进入了宋国。这个小国面积不大，还及不上南庆或北齐的一个州，历史却极为悠久。有名义上的王，却受东夷城节制，除了官员任免的权力，所有武装力量都出自东夷城城主府及剑庐。

对于宋国范闲并不陌生，对这条道路他更是无比熟悉。几年前大东山之变，范闲狙死燕小乙之后，重伤逃出群山，就是从宋国进入国境，穿过燕京，最终回到了京都。

当年去时，他孤身一人，隐姓埋名，乔装易容，身心俱疲，伤势缠绵，不知前路何在。今年来时，一路华盖相随，随侍如云，万人瞩目，风光无限，当世第一大国权臣的名头，夸耀于宋国大街之上。

拒绝了宋国官方的盛情接待，回避掉那些警惕而复杂的目光，范闲住进了抱月楼，自家产业，安全方面比较放心。

入楼片刻，便有宋国官员神情紧张地前来禀报，说是有客人请求面见小范大人。范闲一怔，然后猜到来客是谁，不由笑了起来，心想倒也真巧，自己刚到，北齐人也到了。

他起身走到厅外，拱手笑着迎道："卫华兄，果然是你。"

北齐锦衣卫指挥使卫华笑着回礼道："见过小范大人。"

两位天下最大的特务头子，就像是两位心性纯良的士子般携手入座，把酒言欢，忆当年上京城外事，轻声细语走私事，开心处哈哈大笑，感慨时又是思绪万千……

如此真情实意的表现，让宋国陪同的官员以及北齐、南庆官员们全部看傻了眼，心想这二位感情好到了如此程度？不过众人马上想明白了其中缘由，大感赞叹且佩服，心想这般不要脸的虚伪性情，果然是将遇良才，棋逢对手，难怪惺惺相惜。

众人知道这二位既然在宋国相遇，自然要代表各自的朝廷，进行一番试探，用言语逼出些刀剑来，便自觉地退了出去。

抱月楼最豪华的单间顿时陷入安静。范闲没有上桌，在一旁的雕花木椅上坐下，看着卫华道："你们是昨天到的，今天就找上门来，还真不肯给我喘息的机会。"

卫华拾起桌上的热毛巾擦了把脸，走到范闲身旁坐下，轻声道："虽然全天下人都能猜到你一定会亲自来，但如果没有亲眼见到，我大齐千万百姓，如何能够放心？"

范闲笑道："准备替你大齐百姓来向我讨公道？"

去年监察院在西凉一地发动，将北齐潜入定青二州、与胡人勾结的间谍密探一网打尽，北齐朝廷惊怒至极，小皇帝与范闲维持的表面和平也终于被撕开了一道口子。

厅内再无旁人，范闲与卫华自然也不会再聊天气如何，说话的声音都冰冷起来。卫华寒声道："小范大人，当年你我合作，也算是彼此信任，可是去年你弄这么一出事情，事先一点儿风声也没有透露，是不是做得过头了一些？"

范闲眼里狠劲儿大作道："你们勾结胡人杀我大庆子民，难道我办事之前，还得提前告知你们？"

卫华心头一凛，问道："旧事莫提，此行往东夷城参加开庐仪式，不知小范大人究竟做何想法？"

范闲微嘲道："我乃大庆澹泊公，此去东夷所谋自然是我大庆利益，你又不是不清楚，何必多此一问。"

卫华沉默了一会儿，压低声音问道："有人托我问您一句话，当年酒楼上的协议，可还算数？"

范闲眸子里透出一种难以捉摸的自嘲之意，反问道："哪里有什么协议？"

卫华表情不变，只是眉头皱得更紧了些，其实他也不知道陛下让自己问的协议究竟是什么内容，只好诈道："小公爷准备毁诺？"

"没有什么协议，但这不是我的选择。"范闲面无表情地道，"东夷城是好大一块鹿肉，有能者得之，我是不会让的。"

卫华平静地应道："我大齐自然也是不肯让的。"

厅内寒意更重，将那些热气腾腾的珍贵菜肴都冰得没了热气。范闲笑了笑，坐到桌边，执箸夹菜，随意道："北齐当然不止就来了一个你，你们真正主事的人是谁？"

这个问题卫华自然不会回答，心里的寒意却愈来愈重，看着面前这位年轻英俊的南庆官员，生出了极大的忌惮。

如今范闲一手控监察院，一手控内库，乃是庆国皇帝陛下的左膀右臂，如果能杀了此人，对北齐来说当然是件很完美的好事。但他没有资格做这个决定。世人皆知范闲的厉害，对这种人，能杀死固然好，但如果杀不死则后患无穷。有谁能杀死范闲？当年的长公主不行，秦家在山谷里布置的狙杀也不行，那么就凭北齐的锦衣卫，还是东夷城剑庐的九品刺客们？

卫华收敛了心神，复又坐了下来，尽量稳定自己的情绪，陪着已经恢复平静的范闲用着菜食，说着闲话。

南庆、北齐是天下最强的两方势力，赴东夷城观开庐之礼的两方使团居然如此凑巧地在刚入东夷城控制范围之初便遇见了，这让很多人感到惶恐不安，尤其是东夷城方面的人更是警惕万分，生怕这两家眼红心急之后，打将起来。

两边使团加起来足有五百人，住在相邻的两间别院，每每出入之时，双方官员横在长街两侧，敌意对峙。

宋国的官员们是哪一边都不敢得罪，纷纷用最高级的礼仪和最奢华的用度表示自己的诚意，对范闲更是谦卑到了极点。

好在双方使团的第一次亲密接触只维系了一天，卫华没有从范闲这边得到任何信息，提前离开了宋国。宋国官员和东夷城的接待人员全都松了一口气。然而就在北齐使团离开的当天下午，范闲一声令下，南庆使团也跟了上去。

这一跟便是三天，范闲只是在马车上犯春困，似乎并不担心东夷城那边，只是庆国礼部官员知道北齐的使团在前，也把自己队伍的速度压住，没有与对方再次发生接触。

春眠不觉晓，大梦谁先知？范闲睡了几天后，终于从队伍的行进速度上发现了一些问题，皱着眉头问道："按原定的行程，现在应该到龙山了，为何才进淮上？"

史阐立禀道："北齐使团速度太慢，也不知道那位卫大人是不是不愿意去东夷城迎接失败，所以刻意走得慢。"

他这番话是带笑说出，范闲却没有笑："如果北齐有人从上京城离开，情报传到我的马车上，需要几天时间？"

"至少要八天。"

"也就是说，如果有人在五天前离开北齐上京，我却没有办法知道？只怕她这两天便进了剑庐，我们却还在路上。"

史阐立心头一凛，轻声道："海棠姑娘就算提前去了东夷城，也影响不了什么。"

范闲没有说什么，心想卫华那小子居然用这种摆不上台面的手段，给北齐争取与四顾剑单独相会的时间，实在有趣。

对北齐来说有趣的事，对范闲来说便是相当的无趣，所以当使团浩浩荡荡的车队刚进入龙山城时，他便召了使团官员及监察院部属，做出一个令下属们瞠目结舌的决定。

又是一年春来到，柳絮满天飘，飘飘洒洒，仿似雪花于暖风中招摇，扶摇直上，遮城郭，掩海光，令得行人掩面疾走，做集体悲痛状，哪有半分享受感觉。

两个戴着笠帽的行商站在漫天的飞絮里，似乎一点都不厌憎这些恼人的柳絮，反而有些陶醉其中，在马车旁欣赏不止。

"真是人间至景，只是可惜把这座天下第一雄城遮住了，看不清楚模……阿讫！"年轻些的笠帽客打了个大大的喷嚏。

年纪约大些的笠帽客没有什么反应，只是怔怔地望着空中的柳絮，半晌后才醒过神来，道："那么大一座城，走近些自然看得清楚。这些柳絮小时候倒经常见，只不过是两天的工夫便散尽了，你的运气不错……不过说到人间至景，这几日车过春道，你都在睡觉，没看出是个好赏景的人。"

年轻的笠帽客抬起帽檐，眯着眼睛看着穿梭的行人、行商以及远方看不清楚的城池，露出了那张端正的面容，眸子里闪过一丝笑意。正是范闲。不知为何，他冒着风险脱离了使团的大部队，只带着影子来了东夷城。

东夷城应该不会对范闲动手，但谁知道北齐人做下了怎样的安排，范闲行险本不应该，只是他有种复杂的预感，似乎自己必须提前来，不然四顾剑说不定便会倒向北边了。

而且安全方面，他并不如何担心，虽说东夷城内九品高手云集，可他如今已经是九品上的顶尖强者，加上身边这位世间第一刺客，打不过，逃跑应该不难。

范闲回头看了影子一眼，忍不住笑了起来，他让影子就在身边跟着自己，那些无比了解自己的敌人，想必绝对猜不到。

少小离家老大回，他清楚影子为什么此刻表现出与往常大不相同的感慨，以及为什么会忽然变得如此多话。

五竹叔离开前的话越来越多，身为他第一号崇拜者的影子的话也越来越多，在范闲看来，这是很好的事情。

"这么多年你都没有回来过？"范闲问道。

影子将笠帽的帽檐往下压了压，挡着落下的飞絮，遮着自己的面孔，冷漠道："我杀不死他，回来做什么？"

当年东夷城的灭门惨案太过怪异，除了用四顾剑发疯来解释，根本说不大通。只是四顾剑身为大宗师，谁也不敢去问他什么，范闲也找不到线索。

"你那位白痴大哥就要死了。"他拍了拍影子的肩膀，安慰道，"人死如灯灭，将来黄泉路上一家团聚再去问。"

影子的肩膀僵了僵，道："他必须死在我的手上。"

范闲眼神微变，不知道带影子回东夷城究竟是对还是错。

影子许久未回东夷城，但毕竟在这座大城之中长大，对街道方向还记得清清楚楚。他关于柳絮的阐述也没有说错，待二人走到近处时，飞絮已入泥土，再也寻不到飞舞的痕迹。

范闲从车辕上跳了下来，看着周遭的热闹市井与行色匆匆的商人们，感慨道："果然是一座商城，只是去了飞絮，却也没有什么雄城感觉，实在是有些失望。"

天下传闻，东夷城乃天下第一大城，没料到这座所谓第一大城，竟然没有城墙，只是由无数的市井楼房拼接而成！

影子道："东夷城建城极晚，从一开始就没有城墙。"

范闲看着塞满视野的灰色楼宇与层层叠叠的街道，心惊这城的面积实在是大得有些可怕，听影子解释后不解地问道："如此大城，没有城墙，岂不是更容易被外敌所侵？"

"东夷城内都是些好利商人和穷苦百姓，根本没有抵抗外敌的能力，即便花费无数修起天险般的城墙，也不可能抵抗北齐或是南庆的大军，有无城墙对东夷城的影响并不大。"影子停顿了片刻后道，"有些人说，大兄就是东夷城的城墙，他活着，东夷城没有城墙也无外敌敢来进犯。如果他死了，就算东夷城有千仞之墙，也依然是国破家亡的下场。"

范闲沉默许久，目光投往东夷城郊外的某处，暗想那道城墙，在垮塌之前会做出怎样的选择？而那个人是不是已经开始在剑庐里，试图修补这座城墙心上的缝隙？

独马旧车往东夷城里去，柳絮渐平人潮渐聚，范闲和影子沉默地看着这座大城内的风景，心绪有些不宁。影子或许是有些感慨，范闲却被映入眼帘的一幕幕画面微微震动。

东夷城果然不愧是天下第一大城，占地面积极广，马车在城中行走了许久，竟还离预定的地点相差极远。沿路只见各色建筑纷杂其中，熙攘人群穿行其间，来自天下各方的货物云集此地，各种口音在大街上响起，无数穿着不同服饰的人们在讨价还价，用的是一种范闲不怎么熟悉的手语方式。

市井百态在这座以商而立的东夷大城内一览无遗，范闲坐在马车上向街上望去，竟发现没有什么商品是在这座城内找不到的，忍不住在暗中赞叹了一声，当此热闹繁华之地，由外地来的游人，谁会忍得住不大掏银子？

南庆在二十余年前便开始在泉州设置大型商港，凭借内库的庞大出产，占去了很多海上与洋人贸易的份额，不仅直接导致澹州港的败落平静，也让东夷城受到极大的冲击。但是东夷城毕竟乃天下商贾云集之地，出海的船队精通驭浪之术，与远悬海外的那片大陆多有交集，很多外洋来的冒险者或商人们也习惯在这里进行交易，所以贸易一直繁盛至今。

即便是范闲如今控制的内库，如果要走海上线路，也不可能完全凭借泉州出海，若要改变这种局面，至少还需要几十年的时间——当范闲在大街上看到了十几个洋人后，在心里做出了判断，要知道当年他坐镇江南之时，洋人最远也只肯到泉州，所以他竟是一个也没见过。

"是不是觉得很稀奇？"影子声音低沉道，"南庆人每次见到这些蓝眼珠子的人，都会觉得不习惯。"

范闲笑了笑，没有说什么，心想前世时自己也曾经是在留学生楼教过通宵麻将的牛人，怎么会看着洋人便觉得古怪。

"洋人为什么不信任我们南庆？北齐没有合适的出海口倒也罢了，可我朝在江南一地兴修了三大港，尤其是泉州港已经修好了二十几年，为什么一直没办法夺走东夷城的生意？"

"我不很清楚。不过听说二十几年前，泉州水师与洋人的关系不错，后来泉州水师出了事，把洋人也吓走了很多。"

范闲没有再问什么。今日入城这一路行来，他细细品味着东夷城与这片大陆格外不同的气息，已经明了了此中原因。

东夷城一直能够占据天下商业的中心位置，关键就在于此地的民风崇尚自由，商贾以利言行，大街上除了维持治安的城主府官员，见不到太多官面人物——虽然还没有机会去亲眼看看贸易的具体流程，但范闲能料到，东夷城的贸易应该有契约关系的雏形，不论城主府还是剑庐都应该不会去试图控制商人们的行为，而只是拟订一个大概的市场条例。

与之相较，南庆江南一地的商业也极发达，但这种发达与繁华在很大程度上却是基于内库这个特殊的存在，所以完全可以由朝廷，或者说由自己定价，而极少浮动。

不论是当年显赫无比的明家，还是岭南熊家、泉州孙家，都只是内库下面的几个承接方，如果朝廷要这三家死，他们就不得不死，因为朝廷可不会与商人们在意什么契约神圣。

东夷城的商业根植于对等交易的基础上，没有势力会像庆国朝廷那样强行如何，也没有谁能像范闲那样，仅仅凭借手中的权力，便能让明家吐血三千升，亏损无数。

很明显，对商人们来说，后一种繁荣要更可靠些。东夷城就像是天下群商的一个聚居地，他们用自己的汗水或是狡诈谋取着利益，生死在天，而不在皇权。

范闲与影子选了一家不起眼的客栈住下，将马车安顿好后又走到大街上，融入人群之中。天色尚早，想做的事情还不方便做，所以他们干脆在这座海滨大城内再次逛街。

东夷城除了贸易量惊人引来天下群商之外,还吸引了各式各样的奇人,比如当年的江洋大盗王启年,比如更早一些的叶家小姐和瞎子少年仆人。有奇人,自然有传说,有传奇,再加上四顾剑这个光彩逼人的名字,不知吸引了多少流浪无籍之人前来定居求活,多少北齐南庆的年轻人前来游历。甚至远在草原的胡人和北方的雪蛮,都曾经不惜万里而来。如此年复一年,东夷城的人口越来越多,城池也便越扩越大⋯⋯

看着大街上各种风格的建筑物,范闲啧啧称奇,暗想当年的外滩也不过如是,只是外滩上多是西洋建筑,东夷城的建筑却集聚大陆上的各式风格,北齐承自大魏的黑青飞檐、庆国的庄肃方正楼宇、草原上的圆顶拱屋、南诏的贴金雨箭楼⋯⋯

据说当年洋人的建筑也曾经在东夷城风光一时,不过后来随着老叶家崛起,洋人的地位一落千丈,建筑自然也是如此。

原因很简单。洋人要买的丝绸、茶叶、瓷器,他们做不出来,而他们当年卖得极贵的玻璃、镜子之类的货物,老叶家也能做出来,而且做得更好,卖得更便宜。

如今的海上贸易,东夷城已经不再接受易货,要求洋人必须用现银结账。如果不是十几年前,海外某处蛮荒之地发现了大量的银矿,只怕他们早已经被东夷城这边狡猾狠辣的商人掏空了国库,再也无法支持国内贵族们的奢华需要。

影子道:"洋人和我们没有什么区别,只不过他们的武力就像他们的法师一样,好看,其实一点儿用也没有,所以只能由着咱们盘剥,每年来叫叫苦罢了。"

范闲记起当自己重生在这个世界上的第一刻,便看见身旁的影子像鹰隼一样飞了过去,秒杀了一位法师⋯⋯

日头微斜,东夷城热闹依旧,商铺们渐有打烊之意,各横街当中的声色犬马场所,却开始准备亮起红灯。

"看完了吗？"影子忽然问道。

范闲用手指轻轻拉了拉笠帽，嗯了一声。

他是一个来自异世的旅者，但在这一世中却无法做一个单纯的旅者，难得的半日东夷游暂告一段落之后，他便要回到黑暗之中，放下观光的喜悦欣慰，重拾黑色的匕首。

影子往右一转，擦过一排卖秋刀鱼的冰摊，消失在一条小巷子之中。西方的落日被东夷城各式高大的建筑阻隔，化作了一片片的黑暗，范闲走了进去，掩去了自己的行踪。

第十章 闲来斩梅

尚未完全入夜,夕光仍照耀着城主府高高的屋檐,但府中下人们早已点亮了灯火,似乎有些害怕黑夜的到来。

南庆和北齐的使团再过数日便要抵达东夷城,所有人都清楚,剑庐里的那位大宗师将在这次开庐后决定东夷城的未来。但所有人更清楚,只要剑圣大人故去,不论东夷城如何选择,对他们来说,都会是一场不知尽头的黑夜降临。

最紧张的当然是东夷城城主,东夷不论成为南庆还是北齐的境外属地,他这个名义上的城主都没有了继续存在的必要。

说他是名义上的城主,那是因为东夷城真正的主人是四顾剑,他只负责一些行政方面的事情,比如收税与治安。

他忧心忡忡地看着对面的中年剑客道:"云大师,剑圣大人眼看着不行了,您身为剑庐首座,总要拿个主意才成。"

剑庐首徒云之澜微低着头,一直保持着沉默,许久后才开口道:"师尊自有安排,城主大人不必过虑。"

城主正色道:"我不替自己操心,也要替这城中百姓操心。若真降了南庆,大不了我去京都做个逍遥侯爷……但东夷辛苦至今,难道就真的要双手送给南庆皇帝那个大仇人?"

云之澜知道城主虽说得如此冠冕堂皇,却还是在担心一朝城破庐散之后自己的出路，如果他真的敢去南庆京都做逍遥侯爷，今天何必如此郑重地拜托自己？

但他必须承认，他与城主的想法极为一致，身为一个九品上的强者，不用担心自己的将来，想必就算是庆帝也会对他表示欢迎。只是他自幼在东夷城长大，对这座城池，对那方剑庐，有发自灵魂最深处的归属感与热爱，无论如何，他也不能接受东夷城不战而降，就这样被南庆收入疆域之中。

若依然能独立在两方势力之外，当然是东夷城最好的选择，如果势不可逆，他宁肯与相对较弱的北齐联手，共抗南庆！

此刻一位重要人物正在剑庐之中，与师尊进行极为重要的谈话，如果顺利，他的想法便能实现。

云之澜抬起眼帘，看着城主大人认真地道："某不会降。"

东夷城城主微微一怔，犹疑道："可是……剑圣大人究竟是什么意思？我已经两年多没有见过他老人家了。"

云之澜没有回答这个问题，因为时至今日，他这个剑庐首徒都不清楚师尊大人究竟是怎样想的，是战，还是降？

他想到此时在剑庐中的那位大人物，满怀信心道："师尊想必也不愿意他的一生心血就此葬送。"

城主大人深锁双眉，试探着说道："天下皆知，剑圣大人是两年半前在大东山上伤于庆帝之手，我等庸钝之辈断不会认为剑圣大人会意向南庆，只是这两年里渐渐有消息传来，王十三郎是剑圣大人的关门弟子，却与南庆范闲交好……"

云之澜的表情严肃了起来，正色道："十三郎乃我师弟，他所行之事，皆由师尊安排。"

"正因为他与范闲交好乃是剑圣大人的安排，所以我们这些人才如此担心。"城主看着云之澜认真地说道。

一席话让云之澜陷入了沉默之中，他以往也从来没有想过，一生孤傲狂戾的师尊大人，竟然愿抛却深仇大恨，与南庆暗下接触。

"十三郎啊……师兄对你没有任何意见，就算师尊意属你接掌剑庐，我也会听命于你，然而……"酒桌上的灯光忽然一暗一明，映得云之澜满是寒意的脸阴晴不定。

云之澜端起酒杯，浅饮了一口，道："十三郎那里我已经做过安排，城主大人请放心。"

城主道："如此甚好，只要不是南庆范闲亲自来就好。"

"他还在路上。"云之澜眸中肃然，平静而又坚决地道，"但如果他敢一个人去找小师弟，我便要将他永远留在那里。"

范闲已经来了，并且和影子两人像游客一样欣赏过城主府的飞檐建筑，却没有一个人知道，而范闲也不知道，云之澜因为对东夷城和内心的忠诚，做出了自己的选择，甚至不惜伤害王十三郎，也要把他永远地留在这片土地上。

初初入夜，范闲来到东夷城近郊一个夹院外，看着晾在矮矮院墙上的青幡，忍不住微笑了一下。他没有上前叩门，绕了几个弯，从一圃梅园的后方穿了过去，便准备去见王十三郎。

穿梅而行，离后门约有五六步的时候，范闲停住了脚步，因为他没有听到那座夹院里的狗叫，而十三郎在闲聊的时候，曾经告诉过他，他养了一条鼻子最灵的土狗。

——狗可能会被人做成狗肉火锅，但梅不会单单落下一枝。

范闲盯着脚前的一枝梅。

便在此时，一道风自身前掠过，斩下又一枝梅。

紧接着，四面八方的强烈剑意便渗了过来。

他不清楚十三郎为什么没有提前向自己示警，同时有些无奈地发现，东夷城这个鬼地方，九品剑手果然是量产的。

感谢与王十三郎在一起的闲聊日子，感谢梅圃夹院里的那只可能死掉的忠狗，范闲在最危险的时刻提前一瞬间顿住了脚步，恰恰踏在几道剑气包围圈之外。

他的骤然一顿，引得蕴势已久的高手中的某一位终于控制不住剑意，破空而至，破在空处，落于身前，现出了身形。

紧接着数道凌厉剑意随之而作，虽未晋圆满之境，依然如毒蛇一般，自三个方向向着范闲的身体侵袭而来。

范闲的太阳穴像是被针扎了一下，右眼眨了一下，有些发酸，同时感觉右边手臂上的汗毛一根一根地竖了起来。

他感受到了自山谷秦家狙杀，燕小乙箭指之后最强的一次危险。

几道恐怖的剑意，隐隐控住了他可能逃遁的几个方向。

东夷城这个鬼地方真是高手如云，就在这样一个普通的黑夜里，居然出现了四个九品剑客！

这样的伏击实在是令人心悸，但范闲依然低着头，垂着眼帘，感受着身周三个方向的剑意，未曾动弹一丝一毫。

因为那几柄剑没有动。

几道剑意就像是几条被激怒了的毒蛇，微微向后仰着，盯着场间的猎物，时刻准备给予其一次致命的打击。

空中响起嘶嘶的声音，无形的力量撕裂着空间，形成无数剑气凝成的线条，将梅圃前切割成了无数片小小的区格，如果有人走入这些区格中，必然会被割成无数血块。

这些剑意看似只是阻拦某些人进入王十三郎的居所，范闲却不这样认为，因为他感受到了隐而不发的杀气。

几柄剑一直蓄势不发，是因为他最开始的那一落脚。

这一步恰好落在了包围圈的边缘，诱出了一道剑意，同时让这个准备了许久的剑阵有了些许的停滞。

这些埋伏的剑庐九品剑手也许不知道来人是谁，但可以从这一步中看出对方的境界水准，知道如果贸然出手，必然会给对方留下丝许机会。

虽然这个机会并不大，但既然是四个九品同时出手，他们就没有想过让来人再活着回去，因为对方不可能是南庆的叶流云或者是那位深不可测的皇帝陛下。

他们不会先动，因为先动者必有所向，有所向便有所失，而这个失落的缺口，正是范闲想等着利用的地方。

所以范闲也没有动。

被四个九品强者围杀实在是世间难得一见的遭遇，范闲感到了一丝寒意。他这一世不知与多少高手对过招，但是同时对付四个九品却是没有想过的事情——虽然这四个九品中并没有云之澜、狼桃、海棠朵朵那样的绝顶强者。

范闲盯着脚前的那枝断梅，看似平静，实际上已经被剑意与压力压迫得十分难受，精神气魄已经被压到了反弹或崩溃的临界点。

层层冷汗顺着他的后背滑落下去，额上的汗水顺着身体倾斜的角度向着眉间鼻梁滑下。

一滴汗珠流入眼睛，有些涩，有些刺，他眨了眨眼。

那几个剑庐强者依然没有动，因为他们知道被他们围住的这位高手已经支撑不住，很快便要先动了。

刚才范闲落下那一步后，已经获得了脱身而出的机会，只是不知道王十三郎在夹院中如何，所以又停住了脚步。

但他没有想到，埋伏在夹院外的高手竟是如此厉害，云之澜能够使动的剑庐弟子竟是如此之多，所以只好陷入了苦熬中。

汗珠进入眼睛，他终于放弃了进入夹院的想法，大小两个周天狂野地运转起来，凭着最精纯的一口霸道真气，猛地向后撞去！黑夜里灰尘大作，嘭的一声，他已在数丈之外！

换作别的刺客，必然无法在范闲霸道真气的运转速度下反应过来，只能看着他就此离开，但今天的刺客们都是九品。

天杀的九品。

一道剑气清淡而来,剑尖耀着寒芒,直刺范闲的眼帘。

范闲一口气吐在剑气之上,剑气微晃,毫不停顿,扎向他的咽喉,剑势凌厉一往无前,正是四顾剑的精髓剑意!

范闲再次疾退,不曾料到,一柄普通的青钢剑神鬼莫测地出现在他后退的路线上,横割在他的左小腿处。

范闲的速度不能降,一旦他的速度有丝毫减缓,便会被这四个九品强者围住,再也无法获得单打单的突围机会。

但剑庐弟子的剑术果然神妙,在这样高速的对战状况中,那柄脱手而出的剑竟然还能如此准确,割向了他的小腿,看上去,就像范闲愚蠢地用小腿踢向了那柄青钢剑。

电光火石间,他的小腿狠狠地击打在锋利的剑身上。当的一声脆响,没人能够形容自己看到这一幕时的情绪,因为范闲的腿……没有断!反而是那柄神鬼莫测的拦路一剑,似被一记重锤击中,颓然落于地上,翻滚难止。

范闲的身体在空中也翻滚了起来,正面对着梅圃的黑暗——隐藏在黑暗中的逃脱的唯一一个缺口。

缺口正方是一棵老梅树,树上没有花朵,只是残老旧枝,虬然须张,枝干弯曲。

范闲用最快的速度向着这棵老梅树撞了过去,只要冲过这个缺口,便可以安全地进入黑暗中。但他终究还是低估了剑庐强者的手段,另两柄剑早已悄无声息地堵死了他的退路。

两个青衣人手中的剑缓缓刺向老梅树。

这是一种时间上的错觉,因为一切发生得太快。

那两柄剑看似刺向老梅树后的空气,但范闲知道,这两柄剑极为厉害,准确地找到了那个点。

——剑尖与他身体交会的点。

想了很久,其实只是身骑白马过胡同口那一瞬间。

他离那两柄剑越来越近。

谁也无法改变这一切,下一刻范闲应该就会被这两把奇妙之剑刺中胸膛,然而老梅树改变了这一切。

老梅树变得绵软了起来,就像是钢条化作了绕指柔。

梅树躯干缓缓变形,树皮已经被近在咫尺的两道剑意侵袭得片片碎裂,但并没有断,没有碎,依然把范闲的身体挡在自己身后,似乎不想他受到任何伤害。

两个青衣人看到了自己一生中从来没有看到过的情景,眼睛顿时亮了——范闲的霸道去势如此狂戾,梅树弯曲到了木质可以弯曲的极点,为何还没有断?

剑尖轻轻点到了老梅树上,噗噗两声轻响。

范闲的霸道之势早已不复存在,就像是一片叶子,附着在梅树上,又像他本身就是这棵老梅的一部分!

梅树异常神奇地弹了回去,也带动着像一片叶子的范闲弹了回去,恰好避开了剑庐青衣弟子酝酿许久的两剑!

簌簌无数声碎响,那棵老梅在两柄青钢剑的杀伐之下化作了漫天碎木。范闲在漫天碎木之中,向着来时的方向飞回,化为一道灰龙,如闪电般掠过后方完全没有任何心理准备的剑庐高手,撞破夹院的木门,奔进了房屋中。

老梅树残片之后的两个青衣剑庐高手对视一眼,平静的眼眸里闪过一道异芒,他们知道来人是谁了,隐隐兴奋之余竟忍不住生出一股强烈的佩服感觉。

起始霸道如狂雷,一触老梅,一见隐剑,却柔若清风,顺势而回,借弹回之势,转瞬间清风再成暴戾飓风,出乎所有人意料,撞进了王十三郎居住的夹院之中。

谁都认为范闲是想逃跑,谁都没有想到他蓄力已久的一退,竟是为突入夹院做准备,更没有人能想到,面对四个九品强者的埋伏,他居然还有勇气不退！

最让剑庐高手们吃惊与佩服的，还是范闲周转自如、收发随心的真气变换。世间还从来没有人能同时修行两种性质截然不同的顶尖真气法门，而且还能转换得如此自然。

两个青衣高手互视一眼，看到彼此眼中的惊惧与佩服。

……

冲进夹院，破开屋门，范闲看到了床上盘腿而坐，脸色蜡黄，双眼深陷无神的王十三郎，很明显他是中毒了。

一个女子拿剑抵着他的咽喉。

范闲像一道风般掠到床边，右手一弹指。

那个女子没有想到四位师叔同时出马，竟然没有杀死来敌，反而让对方冲进了内院，根本反应不及，眼睁睁看着范闲那一记凌厉到了极点的指风落下，就要香消玉殒。

就在此时，王十三郎的眼中闪过一抹痛苦之色。

范闲的指风偏了些许，打在那个剑庐女弟子的左胸上。

那个女弟子一声闷哼，倒在床上，陷入了昏迷。

来不及说什么，范闲将王十三郎背了起来，在床上一踩。哗的一声，雕花大木床就此倒塌，他向着夹院外面冲了过去！

一退一进复一退，范闲接连三次的行进方向选择十分怪异，完全与常理不符，出乎了剑庐高手们的意料。

那四个剑庐强者，见着范闲进入夹院，算定对方肯定会带着小师弟破开夹院后方墙壁突围，根本没有想到，范闲竟然会傻乎乎地背着王十三郎，又从大门的方向冲了出来！

瞬间，他们如大鸟一般掠起，向夹院后方追去，想在最短的时间内截住范闲的去路，身在半空，却震惊地发现，范闲就在地面上与他们错身而过，向着梅圃外冲了过去。

一个青衣剑客清啸大作，凭着极为高明的修为在空中强行倒转，脚踢天上明月，人在空中划了一道弧线，直刺范闲的后背。凌空而至，踢月而刺，这一剑好不潇洒随意！

夹院正门外还有另一个青衣剑客，双手握剑，脸色慎重，双肘微屈，以正剑之势，当面刺向了范闲的面门。

仍是这两个青衣剑客，只是此时变成了一前一后夹击范闲。

范闲向前疾冲，根本不在乎正在刺向自己后脑的那踢月一剑，紧盯着门口的青衣剑客，似乎想用目光将对方刺死。

便在此时，奇变陡生。

范闲的脚步像铁锤一样击打在地面，每落一步便有烟尘升腾而起，须臾工夫，烟雾弥漫在夹院梅圃前方。

凌空飞来的青衣剑客，发现范闲的身影变得有些影影绰绰，心神丝毫不乱，仍旧飞剑刺去，却忽然间感到自己的左眼帘极为怪异地跳了跳，似乎嗅到了某种极可怕的味道。

月光下不知何时多了一道影子，是自己的影子？

范闲冲入烟雾时，黑色匕首已然在手。

烟雾中的青衣剑客剑亦在手。

剑光大作。

二人顾前不顾后，将剑意发挥到了极点。

青衣剑客眼中忽然闪过一缕惊乱之意，左腋下被划了一道深深的血口，心神一乱，竟让范闲冲了过去！

一道影子飘过。

天空中的那个青衣剑客尖啸一声，强行撤了踢月之势，横剑一割，却是割在了空处，紧接着便感觉左胸处一凉，真气顿时为之一泄，剧痛顿生，一下子跌到了地上！

烟雾散去，剑庐四个九品弟子会于梅圃之前，两人受伤，两人怔立，看着空无一物的院前，久久不知如何言语。

"怎么回事？"一个剑客不安地问道。

那两个青衣剑客正是剑庐里修为最深的三师兄和四师兄。剑庐共计十三徒，却有十二位九品，其中三师兄和四师兄更是其中的佼佼者。谁也没有想到，他们居然会一招之间伤于对方剑下。他们相信，就算是云之澜大师兄亲自出手，或者说是小师弟未曾中毒，也完全无法做到。

剑庐三徒的左腋被范闲的黑色匕首划了一道小小的血口，并无大碍。四徒受伤更重，被一柄剑生生地刺入了胸中，幸亏没有刺中心脏，但鲜血横淌，看上去十分恐怖。

两个青衣剑客再次互视一眼，此时的眼中不再有对范闲实力的佩服，而是实实在在的惊惧。

"烟雾有毒。"

他们没有说出所有事实。

世人皆知南庆范闲乃用毒大家，就算范闲借烟雾堪称神技，剑庐三徒也不至于一招之下就败于对方之手。

那个踢月而刺、隐然掌握四顾剑精华的剑庐四徒，就算被那个隐在阴影中的刺客突然袭击，也不至于伤成这副模样。

他们不是完全败在实力上，更多的是败在那道影子给他们带来的心神震荡中。范闲居然知道四顾剑的空门在何处！

那个隐于黑暗中的刺客居然用的是最正宗的四顾剑，而且剑意更加凌厉，更加噬血！

这个情况他们必须立刻禀报师尊。

一轮清白的明月照耀在由无穷建筑怪影层叠而成的东夷城内，再配上城外拂来的微咸海风，让空气中弥漫起一股鬼魅的味道。就像是风干的盐梅被谁扔进了一杯清亮的五粮液中，泛着淡青的颜色，将辛辣的杀意阴险地藏在清香里。

一座二层民宅的后门悄无声息打开，两个叠在一起的人影像阵风似的穿了进去，紧接着门后的人马上将门关闭，同时民宅外传来几声表示安全、无人跟踪的暗号。

这是监察院四处驻东夷城一处隐秘的据点，负责这个据点的书画店老板今天晚上一直等在这里，没想到最后竟然等来了一位伤者。他开门后紧张地握紧了手里的匕首，一丝不动地坐在了后门背后，留意着据点四周的动静，务求保证一旦出现异变，他能够在第一时间示警。

洒在庭院内的月光忽然暗了暗，书画店老板紧张地抬眼望去，却没有发现任何异常，也没有注意到一道影子顺着民宅二楼木门的缝隙飘了进去。

屋内，范闲将王十三郎放到了床上，盯着他的脸色与眼瞳仔细观察了半晌，然后撬开他的嘴唇，看了看舌苔，又侧耳听了听脉象和肺音，眉头缓缓皱了起来。

能让强悍的十三郎真气尽散，浑身瘫软无力，这种毒一定非常厉害。时间太短，范闲无法精准判断出这是什么药，但对这种药物的大体成分和作用类型已经有了大概的推测。

他从怀中取出从不离身的小袋子，择了一颗浅褐色的药丸，用手指捏碎，塞进王十三郎唇中，然后自桌上取来半壶凉水生生灌了进去——凉水打湿了王十三郎的衣服，然而这位杀了西胡左贤王，还能从王帐里杀将出来的壮士兼强者却没有丝毫反应，因为此时他已经昏迷了过去。

范闲眼里闪过一抹寒意，单掌在王十三郎胸前一摁一拂，手法如水波一般下抚，真气微送，助他借水化药。然后他看了眼影子，似乎在思考一个重要的问题。

药物渐渐发挥作用，王十三郎的额头渗出汗珠，范闲知道时候到了，盘膝上床，闭上双眼，开始凭借自己体内道法自然的天一道真气替他祛毒疗伤。

在江南时，范闲体内经脉尽断，全靠着海棠朵朵用天一道功法相助，才将经脉修补回来。今日王十三郎虽然中毒已深，经脉被侵袭得一片凌乱，但至少比当年的他要好治许多。

药物不能完全袪尽强毒，但加上范闲的真气，则又是另一个结果。自费介离开，肖恩死去，东夷城那位用毒大师不知所踪，如今这世间，范闲可以说是用毒解毒第一大家，云之澜下的药再厉害也难不倒他。

影子沉默地站在房门处，面无表情地看着脸色越来越红的王十三郎，心里不知道在想什么。

不知过了多久，王十三郎终于睁开双眼，醒了过来，但他醒过来的那一刻，没有望向辛苦救治自己的范闲，而是射出两道令人心寒的利芒，直刺门旁阴影中的那个中年人。

他不知道那个中年人是谁，只知道对方约莫四十多岁，是范闲的亲信，在青州城内曾经偶然见过一面。他本以为这个中年人是监察院密探，但先前在范闲背上还未昏时，他清清楚楚地看见，在那片月光中中年人向四师兄刺过去的那一剑。

只有十三位亲传弟子才能修习的剑庐秘学——四顾剑！

"你究竟是谁？"王十三郎虚弱不堪，目光却极为警惕和复杂，盯着影子用沙哑的声音问道。

范闲听到王十三郎震惊与紧张的问话，眉头微挑，没想到他刚刚逃离鬼门关，就对影子生出极强烈的敌意与关注。

影子低着头注视着自己的脚尖，没有回答王十三郎的问题，或许是觉得无趣，或许是觉得无聊，或许是觉得不屑。

他是四顾剑的亲弟弟，被四顾剑的幼徒这样逼问，自然觉得荒谬。天下知道他真实身份的不超过四个人，在范闲没有允许前，他不会让任何人知道自己与剑庐之间的关系。

他的身份，今天晚上之后只怕会引起很多人的猜测了。

范闲低着头坐在床边，将脑袋埋在双肩之间，显得格外疲惫，身上的汗泛着一阵阵难闻的味道。

王十三郎死死地盯着影子，似乎如果影子不给自己一个答案，他此时纵使虚弱不堪，纵使刚被剑庐的师兄弟们用阴毒的手法制住，也要以剑庐的名义向影子出手。

范闲的手指上带着王十三郎体内被逼出的汗液，他闻了闻便分辨出药物的成分，冷笑道："好厉害的毒，十三，你这位大师兄还真爱护你。"

王十三郎沉默了下来，无言以对。

范闲摆了摆手，疲惫道："这毒太厉害，我手头没有有效的药物，光用真气逼毒，无法逼清，你至少还要调养数日才能恢复，有什么要问的，明天醒来再说。"

王十三郎虽有些不甘心，却觉得眼皮子越来越沉，便倒了下去。

范闲反手抽出他颈上的那枚细针，坐了起来，拿起半壶冷茶往肚子里灌了进去，又激出一身汗来，更觉疲惫不堪。

他推门而出，坐在了屋檐下的阴影中。

影子也来到了他的旁边。

"幸亏你来了。不然我真不知道自己能不能活着回来。"

想到刚才看似潇洒实则凶险的遭遇战，范闲心里一阵后怕。天下英雄果然不能小觑，如今自己虽不惧人，但被几个九品围攻实在是危险，尤其是又不能丢下王十三郎，如果不是影子出现，谁知道今天的下场是什么。

在卖秋刀鱼的冰摊分手，范闲给影子的指令是联系监察院在东夷城内的钉子，他去梅圃夹院，没想到影子能够这么快完成任务，并且回到身边救了自己一命。

"处理六处事务前，我首先是一个影子。"影子道。

范闲知道这句话是什么意思，沉默不语。

影子以前是陈萍萍的影子，所以从来不会离开陈萍萍身边，现在保护自己，他就成为自己形影不离的影子。

海风拂来，他忍不住打了个寒战。他如今已经是九品上的强者，早已寒暑不侵，此刻却打了个寒战，足以证明此时内心的寒冷——云之澜居然敢对王十三郎下手，而且下手如此之狠，还有那么多的剑庐高手站在他那边，难道说将死的四顾剑已经失去了对剑庐的控制？

而他心头还有一件更可怕的事情，这件事情压在他的心头，让他艰于呼吸，恐惧占据了整个身心。

很明显影子知道他此时在害怕什么，神情也是前所未有的凝重，坐在他的身旁一言不发。

此时此景，让范闲想到多年前初下江南，在沙州客栈外的屋檐下，他和这位天下第一刺客并膝而坐，相谈虽不热闹，却也算得上是有趣，然而今日两个人的心情都十分沉重。

"为什么你没有杀死那个剑庐高手？"范闲声音微哑地问道。

"一招而过，靠的是出其不意，用剑意震慑对方的心神。即便这样，我也只能重伤一人，依然不可能将他们全部杀死。不得不承认，我那位白痴哥哥教徒弟的本事是天下第一。"

影子的这句话阐述了一个天下皆知的事实，四大宗师中，叶流云不收徒，范闲勉强算庆帝的弟子，苦荷的天一道弟子众多，但真正培养出无数绝顶高手的只有四顾剑一人，剑庐有十二位九品，这个数量令人瞠目结舌。

范闲认真地说道："这三年我一直很小心，一旦出剑，剑下必然死人，从来没有让活人看见我使出四顾剑。"

"我的剑下也从来没有活口。"影子平静地回应道。

"云之澜那次呢？"范闲问道。

三年前在江南，影子领着六处的剑客追杀以云之澜为首的剑庐弟子，为范闲整治江南秩序立下了大功。

"我杀云之澜的时候，用的是别的剑。"

影子在西湖渔舟旁对云之澜暴起突击，只是重伤了对方，看来他也是担心，所以出剑时留了后手，以免暴露真实身份。

"整个天下，只有今天晚上这五个，不，是六个……如果加上十三郎，就是六个人可能猜到这个秘密。"范闲苦笑道，"问题在于，这几个人我们还没有办法灭口，那你说四顾剑大概什么时候会猜到你就是他侥幸活下来的弟弟？"

影子沉默很久后，缓缓开口道："说不定很久以前，他就知道监察院的影子就是我了。"

此言一出，范闲陷入了无可奈何的沉默中，知道自己最害怕的事情，或许因为此行东夷城而变成事实。他抬头望明月，低头思故乡，喃喃道："如果四顾剑能够替我们保密，那该有多好。"

影子看了他一眼，没有说什么，但真的像在看白痴。

范闲忽然笑了起来，问道："当日在悬空庙刺杀皇帝陛下的感觉如何？"

影子思忖片刻后，道："感觉不错。"

范闲耸耸肩，没有再说什么。

悬空庙刺杀当日，陛下一口道破，刺客是东夷城四顾剑自幼离家出走的幼弟，如今万民皆知庆帝乃是大宗师，眼光自然不会有错。如果四顾剑经由今天晚上弟子们的回报猜到影子就是自己的幼弟，这个消息传回南庆国内……

监察院六处主办影子刺杀皇帝陛下！陈萍萍还能好好地坐在轮椅上吗？

这便是范闲与影子最害怕的事情，他们两个人对那位老跛子，都有发自内心最深处的敬爱。此时回过神来，他们很后悔先前那一刻露出了破绽，由此也许会暴露监察院最大的秘密。

"也许事情没有我们想得那么糟糕。"范闲忽然道，"明天我要面见四顾剑，与他谈生意，顺便将这事一并谈了。"

"我们是朋友？"范闲一面喝着稀粥，一面看着床上满脸苍白，伤势未愈的王十三郎。

王十三郎思忖片刻后点了点头。范闲放下粥碗，盯着他的眼睛正色道："如果你不想失去我这位友人，那么关于昨天晚上的一切，从今天开始，你一句话都不要说，不要问。"

王十三郎思考了很长时间后，挣扎着再次点了点头。

范闲让他不要发问，但关于昨天以及前几天东夷城内发生的事情，范闲却必须要问清楚。

"我不是没有想过云之澜会派人盯着你，但想必你也清楚，我让监察院派了一些人盯着你的住处。"范闲用指尖点点桌面，示意十三郎喝些米粥养胃，然后斟酌着言辞道，"最大的问题是，我总以为凭你的实力，就算剑庐内部发生什么伦理惨案，你也应该有能力通知我的下属，或者给我留下一些痕迹。昨夜险些被围被杀，这种情况是你造成的，我不明白，你怎么能被人困在屋内，竟如此不堪。"

此时，王十三郎的眼里闪过痛苦之色，师兄们对他暗中下手，让心性明朗的他也感到了难以承受的痛楚，他声音微颤道："三天前大师兄请我喝酒，说东夷城的将来，那时大师兄很激动，我却有些无颜相对，因为我知道大师兄所说所做的是正确的。"

"但你的所作所为却是四顾剑安排的，你没有办法抗拒。"

"是的，如果不是师尊有令，我宁肯执剑抵抗南庆大军，也不愿意像现在这样，成为师兄们唾弃的角色。"

"当汉奸的感觉不大好吧？"范闲唇角一翘道，下一刻便想到了自己，视线微微垂落。

王十三郎不是很明白"汉奸"这个词的意思，继续道："我相信师尊也是为了东夷城的将来和万千百姓考虑，而且谁也不知道师尊究竟会怎样做，就想安慰师兄几句。你知道，我出关之前虽然从来没有见过师兄，但这两年我们师兄弟的感情极好，我甚至把他当成自己的亲兄长看待。"

范闲冷笑道："所以他给你毒酒喝，你也一口喝了。"

王十三郎颤声道："大师兄不是这种奸诈小人，我知道他对我下毒，是为了东夷城，他不想你们通过我见到师尊。"

"你这人最大的问题就是过于天真烂漫。"范闲叹了口气又道，"这世道，不是你杀人，便是人杀你，你这种性格想执掌剑庐，无异于痴人说梦。"

"大师兄不想杀我,他只想杀你。"王十三郎恼道。

范闲的心软了下去,温和地道:"我相信,那毒我查过了,对你的身体虽然有伤害,但只要你不妄动真气,不至于致命。云之澜和你那几位剑庐师兄,对你还是存了一些善意。"

他这话其实只是为了安慰王十三郎,就连他也不愿意看到年轻一代中最单纯的一人,被这些污秽的东西脏了心。

"探子回报说,剑庐防卫森严,禁止任何人入内,很明显北齐来人已经进了剑庐,开始试图说服你师尊。我现在想知道的是,北齐来的大人物究竟是谁。"说这话时,范闲的神情很诚恳。

"不知道。这件事情从一开始就是大师兄安排的,这几天我中了毒,一直都被关在夹院内,连点风声都没有。"

"我要见四顾剑,有没有什么办法?"范闲问道。

王十三郎的神情有些落寞,道:"我也有十天没有见着师尊了,也不知道他的身体怎么样了,还撑不撑得住?"

范闲听他答非所问,有些恼火道:"真以为我猜不到是谁?云之澜也不能一手遮天,你光明正大走到剑庐,一直保持中立的二师兄难道会眼睁睁地看着其他人把你给杀了?"

王十三郎像看鬼一样地看着范闲,道:"昨天晚上你才险些被师兄们杀死,难道今天又要去送死?"

范闲必须在北齐说服四顾剑之前,见到这位大宗师,更何况现在这还关系到他在世间最在乎的那位老人,如果他不去送死,只怕这个天下会有无数人死去。

一个面色苍白的年轻人艰难地从马车上走了下来,看着前方的剑庐,眼里生出复杂的情绪,他整理着衣衫走了过去。

负责防守的剑庐弟子们看到这个人,神情震惊,有人下意识里把手伸到腰畔,握住了剑柄,却没有人敢抢先出手。

不知是谁用略带干涩的声音唤了声："小师叔，师父有令，祖师爷正在闭关清修，不得打扰。"

弟子们都知道，云之澜师伯与这位最受祖师爷宠爱的小师叔之间发生了许多问题。昨天夜里小师叔被人救走，所有人都在猜是不是南庆高手，却没有想到今天小师叔就走到了剑庐门口。所有人都很紧张，不知道是否应该出手。

王十三郎平静地向着剑庐走了过去，然后看见一个极想看见的人，低身行礼道："二师兄，我想见师父。"

剑庐二剑并未参与到此事中，他怜惜地看着王十三郎轻声道："师弟，回吧。"

就在剑庐前方一团乱时，剑庐后一处清幽的小院外，一道身影悄无声息地顺着山岩阴影溜了进来。剑庐弟子们的注意力全部被王十三郎吸引过去，没有人注意到这边。

这间小院是剑庐用来招待最尊贵的客人的，此时那位客人正在剑庐中，所以小院戒备并不森严。范闲像只狸猫一般，摸到了后院，嗅着那股铭记终生的幽幽香味来到了一间屋内，看到那个正对镜贴花黄、浑身幽怨的女子，忍不住无声地笑了笑。

他走到那个女子身后，俯下身子在她耳边轻轻吹了一口气，轻薄无比地道："理理，是不是想男人了？"

那个女人浑身一震，看着镜中妩媚幽怨、无比美丽的自己，还有脸旁那个令人终生难忘、秀美不逊于自己的面容，惊得说不出一个字来。

这张脸的主人已经有好几年没有见了，为什么会如此神不知鬼不觉地出现在东夷，出现在剑庐里，出现在自己的身旁？

司理理霍然转身，睁着惊恐的双眼，看着像鬼一样出现在身边的范闲，张了张嘴，却是强行压抑着没有发出一点声音。

范闲很满意她的表现，微笑道："看来他还真是宠你，这么大的事情都把你随身带着，难道是怕你给他戴绿帽子？"

司理理嘴唇抿得极紧，眼中微现惊恐。她和范闲是老熟人了，哪里不知道对方是一个看似温柔、实则心狠手辣的角色，此时对方身在险地，只要自己稍有举动，只怕他根本不会顾及当年的情分，即刻辣手摧花。

范闲用手轻轻捏着她的下巴，触手处一片腻滑，思绪在这一刻竟飘到了当年北上的马车中，心头微荡，轻声道："我们要不要替你家人妖皇帝缝一顶绿帽子？"

司理理惊恐稍去，抿着嘴唇笑了起来。她当年是京都第一美人儿，如今成了北齐贵妃，深受宠爱，得到无尽贵气熏染，更是明妍不可方物，这一笑，眼波流转，好不诱人。

范闲也笑了，和这样一位知根知底的女子打交道果然方便。他微笑着举手相请，司理理无奈地一笑，将手放在他的手中，走入了帷帐之后。

司理理太熟悉他的行事风格，知道他在这种情况下不可能会胡闹，只是借自己的房间等一个他一直想等的人。但不知道为什么，当把手放入范闲温暖的手中，她从心里竟是长舒了一口气，似乎偿了数年的夙愿，无比满足，似是根本没有想到，待会儿那人回来之后会不会遇到什么危险。

时间很长，或许很短，屋外传来一阵脚步声，一位极为年轻的男子在很多人的拱卫中进入了房间。这位男子眉如双剑不知锋指何向，眸若大海不知深浅几何，身着一件素服，腰间系着根明黄缎带，龙行虎步，一股气势天然而生。

"陛下，理理姑娘不在，或许去园里玩耍了。"一个装成仆人的太监尖声禀道。

那位年轻男子或许有什么烦恼事，嗯了一声便坐到了椅上，并习惯地将两只脚跷了起来，由太监将他的靴子脱掉。

范闲在帷后窥视着这一幕，唇角微翘，微嘲讽地想到，已经几年过去，这个小皇帝果然还是习惯地大开双腿坐着，脚还是这么臭且大，哪里有半点儿女人的模样……真真欠打。

第十一章 入剑庐

这肯定是四顾剑最后一次出现在世间,此次开庐会决定东夷城的日后归属,对北齐来说极为重要,而且当下南庆势大,北齐想要扭转乾坤,一定要做出更有力的应对。

北齐皇帝亲自参加剑庐开庐,这确实代表了绝对的诚意。一位皇帝悄悄来到异国,不知道要冒多少风险,即便范闲早就隐隐猜到,可是亲眼看见,依然难抑震惊与佩服。

院外不知有多少北齐高手及剑庐强者,但谁也没有想到,范闲已在院中,距离他们的皇帝陛下只有数步之遥。

以范闲的实力,如果冒险一搏,说不定真的可以将前屋的北齐小皇帝擒住,可是这又能解决什么问题呢?更何况他已察觉到,房间外有一位强大的人物缓缓走了过来。

脚步停在了房间外,范闲专注地听着,却始终没有办法掌握对方的呼吸节奏,从这个细节他便可以断定,来者是一位不下于自己的高手,内力控制方面甚至比自己更加精纯自然。除了北齐小皇帝的武道老师狼桃大人,谁还能有这等境界?

他握着司理理的手下意识紧了紧——或许是因为他掌握北齐小皇帝的要害,才会实行这个有些激进的计划。

如果狼桃走进屋中,会很轻易地察觉到司理理的呼吸,从而让那个太监的猜测落到空处，接着便会发现范闲的存在。

他转头看了司理理一眼，满是试探与询问之意。司理理哪里不知道这个冤家心里在想些什么，嗔怪地瞪了他一眼。

北齐小皇帝如果知道自己的宠妃正在和那个最可恶的小白脸眉眼传情，只怕会气得吐血三升。

范闲唇角微抿，眼睛眨了眨，满是乞求之色。司理理心中不知转过了多少念头，终于忍不住心头一软，叹了一声。

此时北齐小皇帝正紧锁眉头思考着什么，狼桃走到房外要禀告什么，所有人都以为理贵妃此时正在园中游玩，却不想忽然屋内响起了一声叹息。

北齐小皇帝紧锁的眉头忽然散开，微笑地望向帷帐。

狼桃停在了屋外。

司理理系着襦裙，从帷帐后走了出来，流云髻微乱，脸庞微红，眼神微显慌张，似乎才做了什么见不得人的事。

北齐小皇帝眼中寒芒一闪，似笑非笑道："原来你在这里，先前太监说你在园中时，为什么不吱声？"

司理理对着小皇帝反而不像对着范闲那样紧张，坐到梳妆台前整理妆发，随意道："有些时候，我哪里敢吱声？"

躲在帷后的范闲心里咯噔一下，不知道司理理是否真如自己想象那般听话——要知道这句话语带双关，让他好生紧张。

北齐小皇帝冷笑一声，起身走到司理理身后道："莫不是做了什么见不得人的事，不敢让朕知道？"

这话一出，范闲更加紧张。不料司理理回头白了小皇帝一眼，柔媚地道："谁让你就这么进来了，我正在后面……当然见不得人，莫非你准备让别人来看……"

这句话里至少省略了两个词，范闲看着身旁的绘金马桶，心头一凛，暗想这位当年的女谍果然有几分处乱不惊的本事。

北齐小皇帝忽然笑了起来，看着司理理秀美的脸，心头一动，俯下身去，二人热烈地亲热起来……

　　范闲见状，面色微变，此时不知道狼桃在屋外轻声说了几句什么，小皇帝脸色大变，俯首在司理理的耳边说了两句，整理了一下凌乱的衣着，带着恼意，走出了屋外。

　　确认安全，范闲一闪身走了出来，盯着司理理那张红艳欲滴的娇美容颜，唇角泛起一丝诡异的笑容。

　　司理理没好气地瞪了他一眼，道："笑什么笑？"

　　"看到这样一幕，难道笑一声也不成？"范闲在她的身旁坐了下来。

　　"小范大人，你来这里到底要做什么？"司理理轻声道，"不会就是为了看我和陛下亲热吧？"此言一出，不知为何，这位北齐贵妃的脸上竟是现出了羞涩。

　　范闲敏锐地捕捉到了这一点，心头一动，微笑着道："本来是想和你家陛下私下谈论些事情，但没想到狼桃大人竟然寸步不离，那就只能等到晚上了。"

　　司理理一听，大惊失色道："难道你要在我房中一直等到晚上？"

　　范闲挑眉道："难道不行？要知道这么好看的亲热，我还真没看过，等回到南庆，我再用曹雪芹的笔名，写一篇北齐皇帝闺中秘事，想必卖得比《石头记》还好，澹泊书局再挣一大笔银子，我分两成给你当线人费如何？"

　　接着，范闲又眯着眼，不无得意地道："明月夜，破庙里，金桂幽香的大床上……"

　　司理理听明白了他的话，脸色瞬间惨白。这是北齐皇族隐藏了近二十年的天大秘密，天下只有屈指可数的几人知晓，此时忽然从范闲的嘴里说了出来，让她不禁骇然。

　　"世上没有永远的秘密。"范闲抽了抽鼻子，嗅到了房中那抹淡淡的金桂味道，望着司理理面无表情地道，"尤其是对于我来说，你们三个整治了我一番，难道就从来不害怕我会猜到这个秘密，然后用来要挟你们？"

司理理心头的震惊无法消除，不敢置信地望着范闲，根本没有听进去他究竟说了什么。看出她的惶恐与惊惧，范闲道："这和你有什么关系呢？何必怕成这样……我只是好奇，先前狼桃就在屋外，你为什么不点破我在屋中？"

司理理渐渐消化心头的震惊，低头咬唇道："我知道你的手段，狼桃大人只怕来不及进屋，你就可以杀了我们二人。"

范闲望着她摇了摇头，认真地道："你知道不是这个原因，但不管如何，我要谢谢你。"

司理理忽然抬起头来，望着范闲说道："不用谢我，应该是我谢你。当年北行路上你救了我一命，后来又救了我弟弟一命，这几年我在北齐皇宫，你也从来没有试图控制我，不论怎样，我也不忍心看着你被人杀死。"

"当然。"她加重语气又道，"我也不允许你伤害陛下。"

范闲静静地看着她，忽然笑了起来，轻声问道："一晃眼四五年过去了，也不知道你在上京城里过得如何？"

当年一路马车春色北行，他替司理理解了陈萍萍埋在她体内的毒，同时答应她日后有机会替她报了家族之仇，司理理也应允成为他在北齐皇宫中的钉子。

司理理是南庆皇族之后，她的祖父在夺嫡中惨被杀死，父母也被南庆朝廷追杀而死，所以她才会在北齐上京城内长大。

而当年背叛司理理祖父，成功襄助南庆先帝登基的军方重臣，正是两年多前死在范闲手中的秦老爷子。

范闲此生不断与不同女人达成各式各样的协议，言冰云说他是靠征服女人而征服世界，倒也不能完全说是嘲讽。

不论出发点是什么，他算是完成了协议里自己的那部分，替司理理报了仇。可是已经几年过去，司理理远在北齐深宫，监察院根本无法控制，所以范闲也不清楚对方的想法。

这位姑娘曾经在京都以第一名妓的身份为掩饰,替北齐做谍报工作,然而真正与她有过肌肤之亲的男子,还真的只有范闲这一个。尤其是在那个明月夜,破庙中,大床上金桂幽香扑鼻……此时司理理看着范闲的眼神复杂到了一个令人发指的程度。

范闲终于被司理理幽幽的眼神击败了,握住了她的手。

他怎会忘记多年前的流晶河花舫,北海畔马车,破庙,离亭,只是他总以为司理理与世间女子不同,有极为强大的控制力,才会下意识里保持着距离。可这个幽幽的眼神,让他终于明白过来,再厉害的女人终究还是女人。

司理理轻声道:"陛下待我极好,还想向你求个情。"

"他想杀我,想了很多次。我是个有仇必报的人,尤其是此次他来东夷城所谋太大,我不可能双手送给他们。就算南庆朝廷对你家不好,但你毕竟是庆人啊。"

"父母死后,我再也不将自己看成庆人。"司理理缓缓地将手从他的手中抽了回来,"我只是一个活着的人。"

范闲沉默片刻后道:"对,这事如果要你帮忙,确实在情理上说不过去。我只想知道,他和四顾剑谈得怎么样了。"

司理理叹道:"说出来或许你不信,陛下亲自前来,接连入庐两天,却是竟然连这位大宗师的面都没有见到。"

山院四处隐藏着北齐与剑庐高手,在一片花丛中,北齐小皇帝表情木然地看着下方的那片草庐,眼角微微抽动了一下。

"王十三郎要闯关入庐,明显是要替前夜的南庆来人带信。"狼桃道,"云之澜的人还把他拦在外面,问题是,剑庐弟子总不可能在光天化日之下把他杀死。"

"前夜那人就是范闲。"北齐小皇帝闭上眼睛道。

狼桃神情一凛,他知道范闲是一个怎样难惹的角色,如果锦衣卫指挥使卫华没能拖住南庆使团,让范闲提前到了东夷城,只怕陛下的计划还真会面临麻烦。

"四顾剑的态度暧昧不清,朕始终猜不到他究竟是怎样想的。"北齐小皇帝睁开双眼,面无表情地道,"不过只要范闲一死,庆帝必然大怒出兵,东夷城也只能倒向我朝了。"

"大战一起,如何收拾?"狼桃皱眉问道,"范闲就算是死在东夷城,庆帝肯定也会把这笔账算在我们头上。"

"范闲不死又能如何?"北齐小皇帝现出茫然,"难道他能够阻止战事的发生?大齐尚未准备好,本不应该去撩拨南朝……然则若朕不动,则东夷城必将被南庆吞噬,到那时,大齐气势更衰,再也无法翻转身来。朕曾经指望过范闲,但非我族类其心必异,他终究是庆帝的私生子,怎么会替大齐考虑。不管定州那边他究竟是如何想的,至少……如今的他还无法影响庆帝的决定,更远远不是庆帝的对手。"

狼桃沉默不语,定州青州那边的事,他身为天一道首座当然清楚无比,不少青山弟子就死在范闲的监察院手中。

"不知道朵朵会怎么想。"小皇帝视线微垂道,"小师姑若处在朕的位置上,只怕也一样会杀了范闲。"

那个声音尖细的太监迈着小步匆匆来到了二人身侧,压低声音禀道:"已经传旨理贵妃来花园,房间空了。何道人及剑庐弟子已经各自隐藏好了位置,随时可以出手。"

狼桃缓声道:"臣去了。"

北齐小皇帝微微颔首,如果房中那人真是范闲,就凭何道人和剑庐里的几位强者,并不见得能把他留下来。

他眼中不知闪过多少复杂的情绪,身为帝王,总是有诸多的不得已,即便是狠心,也往往首先是要对自己狠心。

司理理此时在太监的带领下来到了他身后,略带一丝疑惑看了他的背影一眼。

北齐小皇帝缓缓转身,望向自己最喜欢的女子。

司理理从皇帝冷淡的眼光中悟出了许多东西,心一下凉了,颤声问道:"你怎么发现的?"

小皇帝恼火道:"你唇舌间的味道不对。"

司理理哪里想到,陛下居然会从这个细节发现范闲的存在,只好咬着丰润的嘴唇,低着头无法言语。

小皇帝看着她的模样,不知为何心头一阵怒气涌起,从牙缝里冒出寒冷的声音:"你便是这样回报朕的吗?"

司理理低声应道:"理理并未做任何对不起陛下的事。"

小皇帝脸色渐渐阴寒,指着她的脸一字一句道:"你还要如何对不起朕?难道非要他把朕杀了,才算对得起?"不等司理理回话,他冷笑道,"只可惜他马上就要死了。"

司理理听着这话,却不复先前那般惊骇。即便狼桃大人带着一众高手将范闲制住,可是范闲他知道的事情实在太多⋯⋯

她怜惜地看着北齐小皇帝,轻声道:"陛下,如果我是你,我会放范闲离开。真的把他抓住,或者想要杀死他,谁知道他临死前,会不会整出什么惊天动地的事情来。"

北齐小皇帝微微一怔,不解司理理此言何意,便在此时山居小园里忽然刮起一阵狂风,风沙大作里,一个人如风中磐石般砸了下来,砸向小皇帝!

小皇帝眼瞳猛缩,无比震惊,心想难道狼桃师父、何道人以及剑庐诸位强者合击,居然也拦不住此人?

毕竟是位帝王,临此危局,他竟是一点不乱,暴喝一声,自腰间抽出佩剑,向着那个人影劈了下去!

当的一声脆响,刀剑相交,黑色的匕首无比轻松地破开了北齐小皇帝的佩剑,那个人欺入北齐小皇帝的怀抱!

如一阵风,入森林的怀抱;如一粒石,落澄静的湖中。

惊起一片松涛，荡起层层清波。

黑色匕首断开那柄天子佩剑看似轻松，却让强弩之末的范闲心脉大受损伤，喷出了一片血水。

能在五个九品高手的合围中逃出来，不是因为范闲有通天的本领，而是因为那个太监让他瞧出了问题。

他不知道北齐小皇帝如何猜到房中有人，没有太多的时间思考，就在司理理离开山居后，凌厉无比地突围而出，强行震开何道人阴险的出手，避开剑庐弟子们的剑光。只是抢先了半刻，却是最要命的半刻，因为在逃亡的路上，他遇到了狼桃，如果让狼桃在屋外出手，只怕他根本没有任何机会。

在檐下与狼桃对了一掌，范闲的身体飞了起来，狼桃也是真气受激，双腿下沉，暂时挪动不得。

当时摆在范闲面前有两条道路，一是往山上去，二是往草庐方向去，第二条路无疑更为危险，云之澜及剑庐二徒还在山下守着。然而出乎北齐和剑庐高手的意料，范闲在空中如鹞子一般凌厉转身，划了一道弧线，径直向着山居处的悬崖冲了过去，悬崖之下，便是武道圣地之一的剑庐。

老天爷确实很眷顾他，让他在逃亡的路上，居然跑到了小园之中，看到了正站在山门旁那个扮作公子哥的小皇帝。

鲜血泼洒，湿了小皇帝的衣襟。范闲身受重伤，无法收脚，随着那些血撞进了小皇帝的怀里。

在司理理惊恐的目光之中，他抱着小皇帝，就像两个殉情的人一般，向着悬崖下坠去！

嗖嗖几道光芒掠过，以狼桃为首的数位高手自司理理的身边掠过，根本不及思考，便跟着冲了下去！

范闲当然不是自杀，这世上能把跳崖跳成娱乐的，除了五竹叔就是他。虽然此时受伤不轻，怀中还抱着个人，但他依然极为准确地觅到了一个个落脚点，或是突起的石头，或是凹陷的草坑，就像是一个安装了弹簧的木头人，在陡峭的山崖上踩出一线烟尘，不过瞬息间，便落到了山崖下方的平地上。

坠落的速度极快，反震之力极大，他的唇角又渗出血来，被他强行制住的北齐小皇帝更是被震得心血震荡，面色惨白。

山崖下的平地是剑庐前方，原本正在阻止王十三郎入庐的剑庐弟子们抽出佩剑，围成一个剑阵，将范闲围在了正中。

不远处，一直隐在暗处、没有现身的云之澜也终于走了出来，只见他一身剑意冲天而起，直刺范闲。

山崖上数道灰影掠过，以狼桃为首的几大高手，不过比范闲慢了片刻，也踏石而下，跟了上来。

场间死一般静寂，无比紧张的气氛蕴藏其中。

剑庐地处东夷城郊，草庐依山而立，占地极广，十几个天下强者齐聚剑庐之前，应该没有惊动剑庐深处的那位大人物。

范闲一手扣着北齐小皇帝脉门，一手握着黑色匕首，眼睛注视着四周，脸上虽没有任何表情，神情却冷酷霸气。

大东山一役后，只有今天的剑庐才会出现如此多的九品强者。这些人的目标很一致，很简单，那便是留下范闲。

此时范闲握着北齐小皇帝的手，谁都知道，只要他愿意，霸道真气一送，北齐小皇帝便会变成一团血肉。

"如此之局，居然还能制住陛下，不愧是南庆范闲。"

说话的人是剑庐的二弟子，此时所有人都处于极度紧张的情绪中，只有这位不属于两方的二师兄，才能够如此自然地感慨，将所有人心里想说的话说了出来。

天下皆知，如今的范闲已经是九品上绝顶强者，但今日山居里，明明是北齐小皇帝掌握了他的踪迹，布人伏杀，没料到最后竟让他逃了出来，而且还挟住了小皇帝以为人质。

不论是何道人还是剑庐内的高手，纵使不敌范闲，也可以给他带去极多的麻烦，更何况山居中，还有实力绝对不在范闲之下的狼桃。即便是这样的情形，依然没法留住范闲！

众人心里有些发寒，心想此人在这两年里莫非又有什么奇遇，竟然强大到了如此地步。

范闲握着小皇帝的手，环视四周，声音沙哑道："既然大家都在……这时候可以好好谈一下了吧？"

他能逃到这里，凭的完全是对危险的野兽感应，强悍的决断力，捉住北齐小皇帝则要归功于他的运气。

当然，如果不是他出乎众人意料，强硬无比地向着山崖下的剑庐冲来，也不可能遇到北齐小皇帝。

所以一切成功的要素便是：实力，决断力，运气，以及……范闲以往最缺少的勇气。

然而此时他虽然制住了北齐小皇帝，局势依然极凶险，不论是谁，都无法从这些强者的围困中脱身而出。

北齐小皇帝在如此危险的境地中依然面色不改，喝道："范闲，你好大的胆子，居然敢在剑庐前冒犯于朕！"

范闲嘲讽道："陛下想杀我，莫非我便要引颈受戮？虽然我不想做没技术含量的事，但你居然这么快就发现了我，运气又差到被我抓住，我也只好当一下绑匪。"说到这里，他提高了声音，对渐渐逼近的众人微笑道，"说句粗俗点儿的话，想要他活下去，就不要逼我……不要逼我发飙。"

云之澜对范闲拱手一礼，道："小范大人，你一个人便闹得我剑庐永无宁日，我云之澜想不佩服也不行。可是即便你制住了陛下，难道你还指望我能放你离开？"

此时狼桃也走上前来，面无表情地道："小范大人，我佩服你的勇气和实力，但群雄毕集，你纵有通天的本领也无法离开。至于陛下……我们当然不可能让你带他离开。"

范闲眉梢一挑,狠厉之色大作:"我确实打不过你们,如果你们不肯让,我不介意让某人与我一道上路。记得将来安排个合墓,我在史上也要光彩一笔。"

碰着这么一个看似浑不讲理、无耻光棍到了极点,实则阴险至极的强者,狼桃和云之澜都感到了棘手。

此时剑庐强者们震惊于范闲表现出来的实力,不免有些跃跃欲试,想要试剑一番。北齐高手们却是心惊胆战,生怕范闲一个不小心,或者是心情忽然变坏,伤着了皇帝陛下。

势成僵局之时,北齐小皇帝忽然大笑道:"范闲,你莫要唬这些可怜人,你哪里敢动朕一根手指头!"

范闲转脸望去,只见小皇帝正用讥讽的目光望着自己,不知为何,他被这抹目光激得心头一怒,伸出两根手指托住小皇帝的下巴,轻蔑地道:"小样儿,下巴还挺滑的……"

全场大哗,谁也想不到范闲居然敢对一国之君做出如此轻薄的举动,接着便听着了范闲的下一句话。

"我不敢动你一根指头,动你两根可好?"

"我以先师名义起誓,你放了陛下,我们绝不拦你。"狼桃忽然往前踏了一步,无由风起,气势大作。

以他的地位,以这句誓言,无疑是给了范闲一个绝好的退走机会,然而范闲却根本不想退!

"你不拦我,剑庐的人呢?"范闲望着狼桃问道。

狼桃看了云之澜一眼。云之澜轻声道:"剑庐弟子也不拦你……不过一旦你走出半里,剑庐弟子便要开始追杀你。"

范闲一笑,转头对狼桃道:"我不喜欢被追杀。"

狼桃大怒问道:"那你究竟想怎么办?"

范闲忽然望向了不远处的草庐,在似乎被众人遗忘的王十三郎身上扫了一眼,平静地道:"我有些累了,我想坐一坐……好吧,我放人,半里之内你们不能拦我。"

狼桃和云之澜同时点头,没有任何犹豫。

范闲缓缓放开了北齐小皇帝的手,小皇帝没有马上退走,而是认真地看着范闲的眼睛,似乎要看出什么秘密来。片刻后,小皇帝隐隐猜到了些什么,无奈地笑道:"你的胆子真大。"

范闲也笑了起来:"没想到,你真能猜到我的心意。"

"我知道你不会放我走。我只是很好奇,你已经受伤,体力渐渐不支,怎么能够随时防住几大高手的突袭?"

"我当然舍不得放你走,不过我确实有些累了。"

两个人说话的声音并不高,北齐小皇帝也知道,纵使自己在臣子们的面前,点破了范闲的心意,也难以改变这一切。这时,他的目光忽然瞥到了草庐墙上挂着的一张年画,心头一动,眼睛亮了起来,薄唇微启,准备开口说话。

范闲不再给他机会,左手如灵蛇般一探,指尖掐住北齐小皇帝的虎口,生生用小手段令他右臂一阵剧痛,再也唤不出来。

就在他探手的同时,一直沉默着站在一棵柳树下的王十三郎,一掌拍到了柳树上,霎时,只见他脸色惨白,身体开始剧烈颤抖!

王十三郎体内毒素未清,但真气依然丰沛,此时全力发动,一往无前的气势,竟是扰得场间一阵波动!

王十三郎的身体颤抖得越来越厉害,那棵柳树也抖得越来越厉害,三息后,咔的一声脆响,自下部应声而断!

王十三郎一声暴喝,双手倒提柳树,以树为剑,一生修为尽集于双手之中,施展出了四顾剑里威力最大的那一记!

树干为剑,树枝为刃,树叶为锋,横扫千军!

无数声闷哼闷响,烟尘大作,不知多少高手在电光火石间反应过来,或避或斩,向着这棵如天外飞来的柳树施展着自己的绝技。他们知道,对上这样一棵蕴含着气势与力量的柳树，如果不出全力，稍稍挨上，便是骨折筋碎的下场。

围堵着剑庐的包围圈顿时大乱！

只有狼桃和云之澜根本没有被这棵横扫千军的柳树乱了心神，两大高手化作两道黑影，向着范闲夹击而去！

就在王十三郎破柳打人的那一刻，范闲已经调息完毕，重新制住北齐小皇帝，提起身形，跃于半空之中。

狼桃与云之澜来到他身后时，王十三郎的柳树也砸来了。

范闲在空中一踮脚，极为美妙地再提半个身形，脚尖轻轻地踩在柳树的树梢之上。一片树叶噗的一声碎裂成青丝，一根树枝绵软而弹，却像是有无穷的反弹之力，震得范闲的身体化为一道流光，向着剑庐的大门冲了过去！

狼桃双手急探，唰的一声抓落范闲半片衣裳，双腕所系的弯刀破空而出，虽阴鸷狠厉，却尽是落在了空处。

云之澜的剑光像流水一样淌了出来，斩向范闲空门尽露的后背，然则仅勉强地破开了他的右肩，划出一道血线。

那棵柳树太长太大，速度太快，快到如同将范闲击打出去一般，也快过了狼桃与云之澜两大高手蓄势已久的突击！

啪的一声脆响，剑庐草门被撞得粉碎。

范闲抓住北齐小皇帝，如一道风般冲了过去。

当王十三郎掌断垂杨柳，范闲化蝶枝头绕时，狼桃与云之澜尽管没有互视一眼，但也感觉到了彼此心中的悔意与惊惧。

此时他们才明白，为什么范闲在山居中被发现竟是不思退走，反而向着剑庐逃跑，原来从一开始，范闲的目标便是剑庐，他今天来，是要进剑庐，见四顾剑！

半空中，狼桃狂啸一声，手腕上的金属链当当作响，两柄弯刀就像是两片金芒一样劈向了范闲的后背，因为他知道，绝对不能容许范闲挟持陛下进入剑庐深处。

陛下虽然年轻，但几年来已经证明他超出凡人太多的眼光与智慧，既然陛下算定范闲不会伤他，狼桃便要赌这一把！

两片金芒向着范闲的空门斩了过去，云之澜手中那柄长剑却是清幽无比，中正平和地循着两片金芒内的空隙，刺向了范闲的后颈。剑芒大吐，如银蛇吐信，剑意凌厉至极！

这一剑的剑意与王十三郎抱柳横打的剑意极为相似，都是四顾剑里最凝然全神、顾前不顾后的一击。

云之澜与狼桃的理由不同，他不在乎北齐小皇帝的生死，然而他有天大的理由不让范闲进入剑庐，因为师尊在庐内。

基于不一样的原因，两大九品上强者下了同样的决心，同时施出自己压箱底的绝招，不惜一切代价，甚至冒着范闲杀死北齐小皇帝的风险，向着范闲背后的空门斩了下去！刀剑齐下，破空无声，气息却互相干扰，发出令人心悸的寒声。

空中的四人如飞鸟一般在剑庐前院的石坪上飞着，时间宛若静止在了这一刻。

范闲若不弃人自救，便只有死路一条。可若他回身自救，只怕也要受极重的伤，而且北齐小皇帝一定会脱离他的控制。所以他选择了什么都不做，向着草庐的第二道门冲了过去，根本不管身后的弯刀与直剑。

他离开京都，来到东夷，进入山居，直闯剑庐，都依据着一个判断，一个底气，他不相信，对方付出如此多的诚意之后，还会眼睁睁看着这一幕发生！

此事已经和运气无关，凭的完全是他对天下局势的判断以及对人心的洞察，还有对那个老怪物的信心。

如他所愿，当刀剑离他的后背还有半尺距离时，身前的那扇门吱呀一声开了——就这样敞开在他的面前，欢迎他的到来。

范闲提着北齐小皇帝扑了进去，门啪的一声关上了，将狼桃和云之澜，将那两把弯刀和那柄长剑都关在了外面。

草庐的门只是象征意义上的分隔，材质多是用干草和木条构成，如此脆弱的门，虽拦在了范闲与身后两大高手之间，却又如何能够拦住红了眼的狼桃与云之澜！

此时剑庐外一片大乱，十来道流光分散，避开那棵柳树。王十三郎弃柳而独立，所有人也顾不得理他，只是紧张地望向剑庐大门，他们清楚地看到狼桃和云之澜追杀范闲入了草庐，然后所有人都被接下来的一幕震惊得无法言语。

只听得两声闷哼，两个人影凄惨无比地飞了回来！

正是狼桃与云之澜。他们攻入剑庐时气势逼人，此时却用更快的速度退了回来，情状十分狼狈。

只见狼桃在空中翻了几个跟头，浑身功力晋入极致，两柄弯刀如雨水一般护住全身，一片金芒罩在身前，不知是在抵抗什么隐形的力量。

云之澜则是低眉收息，一膝微抬，平剑于眉，极为恭谨，不敢施气，只是用体内的精纯真气勉强抗衡，人退得极快，不敢有丝毫停留！

狼桃在空中旋转得越来越快，双刀也是越来越急，最终化成两片流光，只听得他大喝一声，双刀斩下。

一根树枝被他斩成两截，无力地坠落于地。狼桃一脚撑后，双眉一挑，强行不退，却是胸口一闷，被那根树枝上蕴含的无穷杀伐之意震杀了心脉，喷出一口血来。

云之澜比狼桃退得更快，更彻底，更恭谨，根本没有想到用自己手中的剑去抵抗什么，硬生生被逼退了十五丈的距离，然后单膝跪于地面，双手颤抖举着那柄剑。

剑身上附着一片青翠欲滴的树叶。

众人心头大骇，庐中人竟然只是用了一根树枝，一片树叶，便将这两大强者给逼了回来！

世上拥有如此深不可测境界的人，只有那么几个。

很明显剑庐中的主人是其中之一。

看来剑庐外的扰攘，终于惊动了那位性情暴戾的大人物。

沉默近三年，躲于庐中不见客三年的四顾剑，今天终于出了手，不出则已，一出手便是如此惊世骇俗，震惊四野！

斩一树枝，拈一树叶，便逼退了人世间最顶尖的两位九品强者，大宗师的境界果然超出凡俗太多。

不过这位大宗师终究还是有所偏心，所以扔向自己大弟子的是一片叶子，砸向狼桃的却是一根树枝。

云之澜惊惧得只知退后，狼桃心中却是生出了无穷战意，强行与那根树枝硬抗一记——所以他受伤吐血了。

所有剑庐弟子齐齐跪到了地上，那些参与控制王十三郎的弟子们更是感到了恐惧与强烈的不安，下意识用目光寻找大师兄的身影。

云之澜半跪于地，小臂上的衣袖如被风吹过一般轻轻颤抖，暴露了内心深处的真实情绪。他不知道师尊大人是什么时候结束了闭关，也不知道师尊大人对自己的所为有什么意见，他只知道，他必须这样做，即便师尊大人不允许。

何道人扶住受伤的狼桃，看着剑庐紧闭的门，不知道里面正在发生什么，将要发生什么，四顾剑为什么要帮助范闲挟持皇帝陛下？陛下此时可还安全？北齐高手们心急如焚，但在四顾剑的威名之下，却是根本不敢冲进去救人。

狼桃大人也敌不过四顾剑随手扔出的一根树枝，这种实力上的差距，根本无法用决心和勇气来抗衡。

摔落在坚硬的青石地上，范闲的脚尖一拧，借着去势弹起了身体。他的左手掌松开了小皇帝的手，抬了起来，右手悬腕倒提黑色匕首，半蹲于地，盯着身后的木门。

在这样短的时间内强行转换方位，准备好杀招，做出了以虎搏兔的姿态，不得不说，他的反应速度实在太快。

就算此时云之澜和狼桃破门而入，他至少也不会像先前那样狼狈，甚至可能会给对方雷霆一击。

然而过去了许久，那扇看似弱不禁风的草门依然静静地关着。没有人破门而入，甚至门外的声音都渐渐低了。

这扇寻常的草门，竟似可以将所有的风雨与血腥都关在门外，让门内的人自成一统，偏安于庐中，自寻遁世之乐。

范闲心下稍安，知道云之澜和狼桃既然没有杀进来，那至少在短时间内就没有勇气进行第二次尝试。

能做到这一切的，只有剑庐的主人。

他并不意外，选择强突剑庐，就是估计到四顾剑不会眼睁睁看着自己吃大亏。

北齐小皇帝坐在青石板地面上，扶着自己的脚，似乎是摔伤了。范闲没有心情去管他，环顾四周，却没有发现任何人。

他没有看到那根树枝和那片青叶，但在转身前的那一刻，余光隐约捕捉到了一个有些熟悉的身影，正是这个身影让他觉得有些奇怪。今天来剑庐，他当然不敢带着影子，那个身影是谁？如果是四顾剑，为什么自己会觉得熟悉？

青石板上有草屑在随风慢慢挪动，庐外的喧嚣似乎已经成了很多年前的故事。范闲走到北齐小皇帝身边，伸出一只手将他扶了起来，向着剑庐内的第三道门行去。

草门被人缓缓从里面拉开。一个童子伸出了脑袋，眼睛精灵无比地转个不停，在范闲和北齐小皇帝的身上扫了两下，嘻嘻笑道："二位谁姓范？谁姓战？"

第十二章 一朝天子一朝臣

"朕便是北齐皇帝。"北齐小皇帝脸色煞白,看样子脚踝处的伤势让他痛得难以忍受,可他却依然抢先开口。

范闲此时的感觉很奇妙,不知道随后在这座剑庐之中会遇到什么,微笑着道:"那我只有姓范了。"

那个童子听到二人自报姓氏,开心地笑了起来,将草门完全拉开,行礼道:"二位贵客请随我来,房间在里面。"

童子转身带路,北齐小皇帝的眉头皱了起来,他来东夷城已有数日,数次入庐,对此间道路并不陌生,却一直没有见到四顾剑。今日范闲破了自己与云之澜的阻挠强行入庐,四顾剑非但不怒,反而有见面的意思。一念及此,北齐小皇帝的心神变得凝重起来,隐隐察觉到了一丝不妙。

范闲的目光落在那个童子的身后——童子背着一柄长剑,看上去与他瘦削的身材完全不合。

童子将二人带到剑庐深处的一个房间里,又有仆妇端来热水吃食,随即退了出去,将这个安静的房间留给了范闲、小皇帝二人。

主人家没有发话相见,客人也只好被动接受着安排。只是范闲与北齐小皇帝二人静室独处,气氛不知为何变得诡异。

范闲下意识转身,走到窗边向外望去,一眼便瞧见了回字形庭院中间的那个大坑,顿时眼瞳微缩。

小皇帝坐在床边，冷冷地盯着他的背影，道："范闲，此时只有你我二人，有什么话可以说了。"

范闲没有回头，道："你我之间没什么好说的……我只是好奇，你为什么猜到我躲在房间里。"

小皇帝没有解释这个问题，反问道："朕也很奇怪，你为什么会猜到朕知道了你的下落、安排人手杀你。"

范闲将目光从大坑中各式各样的剑上收了回来，转身望向小皇帝道："那不重要，我只是有些生气，你现在为什么变得如此愚蠢和幼稚。"他缓缓垂下眼帘，厉声问道，"你可曾想过杀了我之后，这天下将要为之付出什么样的代价？"

小皇帝的眉头皱了皱，不知道是因为脚踝处的疼痛难忍，还是因为范闲给了他一个如此不入流的评价。

范闲从窗边走了回来，坐在了床前的凳子上，平静地看着小皇帝的脸，忽然开口道："虽然你如今年纪已经不小了，可我还是习惯性地把你看成一个小皇帝。"

他表现出来的态度与情绪，令小皇帝着实有些震撼，就算是狼桃或云之澜，面对他时也要恭敬无比，谁也不会像范闲这样，视君王之尊如无物，面对皇帝像是对着一个普通人说话，这不是实力的问题，更像是范闲觉得这才是理所应当的。

范闲静静地看着小皇帝清秀而寻常的容颜，思绪不知飘向了何处。他比世上任何人都清楚这位小皇帝的厉害。数年前还很稚嫩的他就已经在庆国江南布局，不论日后是范闲还是长公主控制内库，他都会从中得到好处。再比如北齐锦衣卫指挥使沈重的死亡，都是他的手段。

不过范闲想不明白，对方为什么要杀死自己？如果说庆历七年京都叛乱时，小皇帝通过长公主的手杀了自己，再扶大皇子登基，对北齐有极大的好处……可是如今情势早已不同，对方在东夷城杀了自己，北齐根本无法置身事外。

"在东夷城杀了你，至少可以迫使东夷城无法降庆。至于你的死亡会不会激怒南庆朝廷……难道说，你不死，你那位皇帝老子就不会对我大齐用兵？"小皇帝冷笑道，"既然不论你是死是活，都不能阻止大战的爆发，而你的死至少可以让东夷城投向朕。这等好事，朕为何不做？"

这时，范闲的眼前浮过五竹叔的身影，望着小皇帝嘲弄而怜悯地笑了笑，然后一指头狠狠地敲在了他光亮的额头上，道："陛下或许自重身份不会亲自出手，只会出兵替我复仇，但如果你真的杀了我，没有了苦荷的北齐，只会变成一片血泽。"

小皇帝没有想到传说中的瞎子大师，更没有因为这段话开始反省这两年间因为南庆的强大压力而犯下的一个个错误，而是震惊地望着范闲，下意识揉了揉自己的额头，眼中的怒意渐酝渐深，最后终于压制不住，用低沉的声音咆哮起来。

"你……竟然敢打朕！"

范闲既然敢绑架一位皇帝，自然不惮于打皇帝。

小皇帝也清楚这点，只是无法接受范闲竟然用爆栗来敲自己的额头，这种打法就像是大人教训小孩，太过羞辱。

范闲不理他的愤怒，皱眉道："这几年里，你与我之间配合得算是不错，我自问给你北齐也带去了不少好处，但你时时刻刻想着让我死，这是不是有些过分？"

小皇帝依然被疼痛和屈辱折磨着，不敢置信地望着范闲，不相信有人居然敢对皇帝一点敬畏心也没有。

范闲见他像头小狮子一样咬着牙，反而乐了，道："我只是点出你所犯的大错误。你原来给我留下的印象，是一位极有城府的君主，最近两年的表现却太过急功近利……世界如此美妙，你却如此暴躁，这样不好，不好。"

小皇帝知道形势比人强，此时自己落入对方之手，剑庐之主态度暧昧，手下根本无法进入剑庐来救自己，只好强行压抑住心头的怒气，寒声道：

"朕之行事，何需向你解释！"

"你可以不用向任何人解释，但你需要向我解释。"范闲眼神中透出寒意，"就算是投资，你也得向我这个股东报告一下你的具体行为，而不是想着把这个股东杀死。"

小皇帝沉默许久后，道："朕必须承认，前几年中，你助朕不少，然而……然而你毕竟是庆帝的私生子。"

说着，他习惯性站起身子来，将双手负在身后。若是往常，这个动作一定是潇洒无比，帝气十足，然而今天他被震荡晕眩在前，脚踝扭伤在后，哪里站得稳，哎哟一声就倒了下来。

范闲一伸手将他捞回床上，静静地看着他。

"你是庆人，还是庆帝的私生子，不论朕是否相信你有履行当年协议的诚意，母后和朝中的大臣都断不可能将这虚无缥缈的希望，寄托在南庆一代权臣身上。"

小皇帝沉默了一会儿，感慨道："你不是我齐人，不知道苦荷国师死后，这几年大齐君民的日子是怎样过的。南庆枕戈待旦，随时可能出兵，朕筹谋已久，但终究时日尚短，国力难撑连绵数年的大战……在这等情况下，任何过往情分和承诺都是虚的，朕可以把希望放在自己的子民身上，甚至是东夷城身上，却不可能放在你身上。"

范闲静静地听着，没有辩解。

不要说北齐小皇帝，就算是海棠，甚至陈萍萍和父亲大人都不会认为自己会真的帮助北齐来对抗南庆。如今在南庆范闲已是一人之下，万人之上，他如果出卖南庆利益，又能得到什么好处？难道想让北齐皇帝把龙椅让给自己坐？

他从来没有想过出卖南庆的利益，去满足北齐，他只是尽可能地减少战争的发生。当然，正如李弘成在定州大将军府内批评的那样，这是一个很幼稚荒谬的想法，而且从某种角度上来说，基本上……不可能。那么北齐想要杀死他，从而把东夷城绑上自家的战车，也成了理所当然之事。

至于那位传说中的瞎子大师,小皇帝不是不知道这个人,只是这个人的行踪太过神秘,就算他真是一位站在范闲背后的大宗师,对北齐的威胁也远不如庆帝和强大的庆军。

范闲不再说话,小皇帝也陷入了沉默。

一位是北方之君,一位是南方之臣,就这样坐在静室之中,各有心思,竟是不知时光如水流过。

不知不觉间,暮日如血,照在了剑坑上,照得那些古旧残剑如染着千秋之血,被海风雨水无论如何冲刷也无法干净。

范闲知道坑中的无数柄剑代表着什么,这代表着四顾剑凌然世间的剑法与实力,代表着剑庐在武道者心中的地位,代表着无数剑客的死亡与那一段段令人热血沸腾的传奇。

任何一种声名或是地位的稳固存续,都需要剑与血的洗礼。

如果这个世界要给后人一个更好的将来,是不是也需要一次由南至北的血火洗礼?对此范闲给不出准确的判断。

天下的分与合,究竟哪种会更有好处,长痛?还是短痛?那是史学家的问题,不是生于当下的人需要考虑的。普通人只需要做好当下便好,这是生而为人的本能。

范闲就是这样的人,死后哪怕洪水滔天,也只求自己活着的时候这个世界是自己喜欢的样子,有花有树有草有虫有鸟有人有诗有画有酒有金,无痛无灾无血……

监察院的培养与多年生死间的经历,让他成长为一个和平主义者,这看上去如此荒谬,如此不可思议,却也从另一个侧面证明,当一个人躺在病床上等待死亡时所产生的执念,可以影响他一辈子,甚至是两辈子。

知道死亡的可怕,才知道珍惜生命。

范闲看着窗外,忽然觉得暮日刺眼,便闭上了眼睛。

"陛下这几年没有大举征兵,但一步一步棋落下去,都是在为大战做准备。他有足够的信心,堂堂正正地征服你们。

"我很了解陛下这个人,二十几年前北伐未竟全功,对他而言是个难以接受的挫折。他坚定地认为大宗师这种怪物根本就不应该存在于世间,哪怕他自己后来也成为大宗师。他对于个人武力有发自内心深处的鄙夷与不屑,自认为凭头脑与谋略就足以征服世界。现在他已经消除了大宗师的存在,自然不屑用自己大宗师的实力去扰乱天下。

"我想苦荷临死之前也看清楚了我那位皇帝老子的执念,所以才会在西凉和我朝中布下棋子,想和陛下下最后一盘棋……不过他毕竟已经死了,不可能知道此后发生的许多事情,而他寄以希望的海棠以及你都犯下了不可饶恕的错误。"

小皇帝一直都是沉默地听着,这时开口问道:"什么错误?"

"你们低估了我的愤怒。"范闲转过身来,看着小皇帝一字一句地说道,"我敢向你打保票,苦荷临死前的两步棋,最后都是准备落在我的身上,你却两次试图杀我。不论你是否成功,苦荷如果知道你的行为,一定会气得再死一次。"

"落在你的身上?"小皇帝回忆着苦荷师叔祖临死前的交代,脸色渐渐变得凝重起来,却还不明白,师叔祖为什么要将北齐存活的希望寄托在范闲身上,难道他不是庆帝的私生子?难道范闲真的是一位圣人?不,世间最后一位圣人早在庆历五年的时候就已经死了。

范闲冷笑道:"当然,苦荷盘算得极好,他把我算得实实在在,但他至死也不知道我会不会按他想的路子走下去。"

这句话所指的事情太过隐秘,小皇帝更是听不明白。

"我会自己想法子控制这一切,如果控制不了,我大可轻身而走。"范闲从暮色中走了回来,离小皇帝越来越近,声音一沉道,"而陛下您……最好能多听听我的话。"

"朕为什么要听你的话?"小皇帝忽然感到了一丝寒意。

"因为你犯的错误太多。"范闲看着他似笑非笑继续道,"这几年北齐朝政被你打理得极好，我本来以为又出了位武周，可惜女人还是太过易怒，太过心软，支撑不起什么。"

一听此话，小皇帝的面色变了，但又马上恢复寻常模样，面无表情地道："小范大人说话越来越玄妙了。"

"先前你如果不考虑司理理的死活，不用太监将她骗出房去，直接让狼桃偷袭，说不定这个时候我已经死了。"范闲看着他依然平静地说道，"妇人之仁，在那一刻展现得一览无遗，你让我如此失望，我又怎么敢继续与你做买卖？"

小皇帝的眼睛眯得越来越厉害，竟眯成了两弯月亮，似乎只有如此才能平伏心头无限的恐惧与挣扎。

这是他与北齐太后死死保守了二十年的秘密，为了保住这个秘密，不知道死了多少人，付出了多大的代价，此时却被范闲淡淡地说了出来。

"我今天的目的是入剑庐见四顾剑，还有一个目的，就是想与陛下你私下进行一次谈话。"范闲看着他仍然面无表情地道，"我要告诉你，如果你还想当北齐的皇帝，从今以后就不要再试图暗中对付我，相反，你要配合我，听清楚了吗？"

小皇帝牵动唇角，朗声大笑起来："好你个范闲，居然想威胁朕！你大可一刀把朕杀了，看朕会不会皱眉头。"

范闲微笑道："杀自然是不能杀的，我只想知道，如果上杉虎、狼桃等一干北齐重臣忽然发现效忠的皇帝陛下居然是一个女人，他们会有什么样的反应？战家只有你一个女儿了，还有存在的必要吗？"

小皇帝死死地盯着范闲，此时他终于明白先前司理理为什么说范闲根本不惧怕自己，反而是自己应该害怕对方，原来是因为对方掌握了自己的命门。他沉默了一会儿，冷笑道："一代诗仙，怎么却净说些鬼话！"

当此情形，范闲也不得不佩服对方的冷静与硬气，沉默半晌后，伸出手指将小皇帝的发髻弹落，黑发如瀑坠于帝王双肩上，顿露柔弱之感，然后静室中便响起哑的一声……

世界上有各种各样美妙的声音，这些声音可以让听到的人由耳膜颤至心尖，如触电一般瞬间体味无比复杂的感受——而这些声音本身是极为复杂和开放的，足以令人产生极多的联想，故而这种感受也显得极为复杂丰富。

比如安静的稻田下，田鼠啃根茎时的声音就像是雨点轻轻地洒落在沙滩上，单相思的村姑坐在田垄上，听到这些细微的声音，谁知道她会往浪漫的正无限还是逆方向去想？

比如窸窸窣窣的声音，也许是一只水鸟在梳理自己的羽毛，或许是解衣，或许是厮磨。再比如此时窗外剑冢中的无数剑支，倒插于地，在东夷城暮色的笼罩下，在海风的吹拂中互相碰撞，发出轻微的金属脆响，弥漫起一股肃杀的刀戈之气，可若闭上眼去听，或许能听出风铃的柔美感觉来。

呲这种声音是人类最熟悉的一种声音，是脆弱的东西破裂时发出的响声，比如晴雯撕扇；比如当年范思辙撕书；比如上京城会馆里，范闲撕下言冰云的白袍，替他仔细地包扎伤口。

声音的魔力在此时表现得淋漓尽致，先前还是愤怒而冷漠互相攻讦的二人，都随着这个声音停止了彼此的语言和动作。

小皇帝的素服被撕开了一道大口子，从颈部一直向下破到了腹部，露出里面的白色内衣，就像是一枚白净的鸡蛋被人小心翼翼地剥开了蛋壳，露出里面娇嫩的内容；又像是一个包装极好的礼盒，被人撕开了缎带，可以窥见里面的宝藏。

已是浓春，人们穿的衣服并不多，小皇帝也不例外，明黄色的系带上垂着一片破裂的衣衫，看上去有些滑稽，里面的内衣和胸口那一抹白，却是特别刺眼。

范闲陷入了沉默，刚才，只是在与对方争执不下之后的恼怒之举，然而当真的撕开了皇帝的龙袍，看见对方平滑的咽喉，和内衣上方绝不属于男人的娇嫩肌肤，他却愣住了，不知道接下来应该怎么办。

小皇帝的喉结微微突起，明显是被人做过手脚，失去龙袍的遮掩后，根本不可能瞒过范闲的眼睛。

她……是她，不是他的胸部，依然被紧紧地缚在白色布带之下，可是布带边缘，倔强的女性特征用一丝溢出的丰盈的皮下脂肪，赤裸裸地出卖了真相。

是的，北齐小皇帝是女人。

对此，三年前范闲就有所猜测，但如果无法像今天这样二人静室独处，他这辈子都无法证实这一点，利用这一点。

他盯着她的胸部，无比佩服北齐皇室的能力，这么多年竟然遮掩得如此之好，没有让任何人发现其中的秘密。

长发丝丝柔顺自耳畔滑落肩头，这一瞬间的温柔，让北齐小皇帝感到惘然，似乎内心深处的那抹阴暗，随着范闲解发的动作就此散开，再也不会成为压在自己心头、让自己艰于呼吸的重负。在那一刻，她已经放弃，已经认命，甚至隐隐有些欢喜自己的长发可以这样柔顺地飘下来。

因为她的对面是范闲，这个她曾经无比喜爱过，无比仇恨过的范闲，在他迷醉时，她曾肆无忌惮地展现自己柔美一面的范闲。在她的下意识里，或许早已经想过，如果这个世间有谁能知道自己是个女儿身，此人便是范闲，因为自己早就已经向他袒露过这一切，只不过当时的他昏迷不知。

她的美丽与哀愁，仅有的一次女性回归都在范闲身上。她认命了，甚至还要强迫自己压下心头的那种无措中的欢喜。

然而呲的一声，她的衣服被范闲撕裂，露出了从不示人的身体。所以她傻了，被这强烈的冲击与危险刺激得说不出话来。她没有去遮掩自己的胸口，只是愤怒、仇恨地盯着范闲，任由春光渐渐溢出白布，弥漫室间。

接着她听到了范闲那句劝说，于是一抹尴尬又愤怒的红晕从她的眼角生起，渐渐散开，涂满了她的两片脸颊，以至双耳，再至颈下，甚至连白色布巾上方那雪白的胸上肌肤都泛起淡淡诱人的红晕。

暮色在窗外蕴积，却远不如小皇帝身体上的红艳来得刺眼，范闲右手像是不听使唤一般，伸到了小皇帝的颔下，指尖一挑，挑落了她咽喉上的伪装，假喉结一去，虽然她的胸部依然被遮掩在白布之下，但整个人的感觉都柔和了起来。

范闲细细地端详着她的眉、她的眼，渐渐靠近她，就像欣赏一件独特的珍宝，越看越是欢喜，越是佩服。

他确实很惊讶，一位女子是如何能瞒过天下人二十年，在北齐做了二十年皇帝，却没有被任何人发现。

小皇帝的眉应该是自幼被不停修整，渐渐生得比较粗壮，眼角似乎用了一些药物，让气度显得更加稳定。至于眼神和做派，想必源自北齐太后自幼对她的训练。

范闲本着研究的精神，想要感受这个天下最大的秘密，才会越靠越近，却没有注意到，小皇帝虽然僵立在床边，眼中的愤怒却是越来越淡，淡成了恨，淡成了冷漠。

忽然，一个可爱的馒头那么大的拳头出现在范闲的眼前，拳头上的皮肤很滑嫩，甚至可以看见隐隐的青色血脉，这也证明了拳头很有力，蕴势已久，速度极快。

啪的一声闷响，两道鲜血流了出来，他恼火地捂住鼻子，狠狠地瞪着仍直直伸着拳头的小皇帝，心中暗想，幸好虽然都是流鼻血，但这是物理性伤害，还算不上太丢脸。

以他的实力，居然被一个只从狼桃处学了些三脚猫本事的女子打中了鼻子，这其实已经足够丢脸了。

小皇帝缓缓收回拳头，冷笑道："朕这一生，还从未被人如此轻侮过，但凡轻视朕的人，必将付出代价。"

这话说得大气凛然，配以小皇帝那张天生帝王脸，唇角淡淡的嘲讽，不怒而威，看上去着实有几分气势。然而此刻的她前襟全裂，布条有气无力地垂在明黄色的系带上，要多狼狈有多狼狈，偏她还做出这副模样，场面不免有些滑稽。

范闲没有笑，抹掉鼻血后认真地说道："我不计较这一拳头，但我不希望以后还有。不要忘记，你是一个女人。"

你是一个女人。

这句话狠狠地砸进小皇帝的心里，砸得她帝心大乱，肝肠寸断，愤怒与绝望充满内心，就连凌乱飘在唇边的黑发，都感受到了她的情绪，落入她的唇间，由她狠狠地咬着。

范闲被她绝望的神情震住了，他不是心软之人，只是从来没有想过，小皇帝有朝一日竟然也会露出如此可怜的模样。小皇帝在南庆君臣的强大压力之下，依然能够让北齐保持着稳定，实在是心志强大，手段了得，为何此时如此绝望？

二十年的伪装生活、帝王生涯，毫无疑问让小皇帝的心理有些扭曲，但这种扭曲还处于一种可控的范围之内，相反，正因为时刻要提防着秘密的外泄，她变得更加谨慎持重，有着同龄人绝对不可能拥有的稳重与成熟。

就算被范闲制住，她也没有一丝慌乱，然而当范闲无情地揭穿她的秘密后，她终于承受不住，坚硬的外壳碎成无数碎片，就像是被大石碾压后的海螺。

她的目光死寂般平静，接着又渐渐蕴出两抹疯狂的意味。

这种神情范闲曾经见过，那是长公主李云睿死前，所以他紧张起来，缓缓垂下双手，时刻准备出手。

小皇帝以为自己能猜到范闲会怎样做——手握如此大的秘密，以监察院的能力，可以轻易动摇北齐皇室统治的基础。

"如果你揭穿这件事情，朕便没有任何利用价值……如果你把这件事情隐瞒住，朕又怎会任你利用？"

"我要的东西并不多，只是让你听话一些……"

"朕凭什么听你的？"

小皇帝眼中决绝之色一现，狠意大作，不知从何处摸出了一把小匕首，狠狠朝着自己的胸口刺下！

其实，范闲并没有把小皇帝放在心上，所以没有搜身，毕竟对方是个女人，不想把她得罪得太厉害，根本没想到她身上居然还有最后一把用来自尽的匕首。

这匕首难道是很小的时候北齐太后交给她的？如果被人发现了自己的真实性别，就择机自杀？不知为何，范闲心头忽然涌起一股淡淡的同情，随即指尖一弹，弹中小皇帝的脉门。

当的一声，那把小匕首落在了床下，小皇帝眼中闪过一抹狠意，左手悄无声息地扣动了袖中的机弩，嗤嗤嗤三声！

突然，房间里响起一声范闲的怪叫，只见他在床边强行拧身，身体如灰龙一般翻滚，在险到极致的情况下避开了三支弩箭！衣裳已经被这三支淬毒的弩箭刺破了丝缕，幸亏里面依旧穿着监察院的衣物，不然仅此一击便能让他受伤。

范闲怒哼一声，直接把小皇帝扑倒在床，然后按住她的双肩，愤怒地一拳打了过去，此拳正中小皇帝的脸颊。

刚对这女皇帝生出些许同情之心，便险些被对方暗伤，他这才明白，对方毕竟是位皇帝，是游离于男人、女人之外的第三种生物，在面临人生最大困局时，对方会不惜一切代价，甚至是生命来杀死自己。

小皇帝的唇角流出鲜血，却没有昏过去，她骄傲而怨恨地看着骑在身上的范闲，喊道："有种，你就杀了朕！"

范闲当然不会杀她，掌握了对方的秘密后，只要能真正降服对方的心，这位一国之君便会成为继箱子、五竹叔之后，自己行走世间的第三大法宝。然而如何才能降服一位强大聪慧、当了二十年男人，行事颇有决绝之风的皇帝陛下？

通往女人心灵最短的通道是阴道，这个道理范闲明白。他骑在小皇帝的身上，感到无比得意。

小皇帝在范闲的身下挣扎着，自幼被当成男孩子养大，她的力气很大，范闲一时失神，竟险些被翻了过来。

范闲看着她唇角的鲜血与怨恨的眼神，心头一阵烦闷与愤怒，压低声音怒吼道："是你想杀我，我才对付你！"

"对付朕？"小皇帝一拳头向范闲那张漂亮、令人厌恶的脸上砸了过去，大怒道，"你还敢强暴朕不成！"

范闲躲过这阴险的一拳，终于难以自抑地愤怒起来，无比冤枉地怒道："当年是你迷奸我！居然还说我要强奸你！"

小皇帝脸色一变，不知道是不是想到了那年夏天在上京城外破庙里发生的一个个场面，整个人的气力弱了三分。但她是何许人物，把皇帝都当成了熟练工种，知道此刻断然不能向范闲低头，不然一辈子都要被此人压在身下。此时她像疯了一般向范闲发起了进攻，咬、扭、拧、捶，也不知道这个小小的身躯里，是从哪里来的这么疯狂的气势和无穷无尽的力量。范闲不想杀她，一时间竟被整得狼狈不堪，隔着衣服手臂上被咬出几个红印，也被咬出了怒火，单掌向她的身上拍去。

他为何不将小皇帝打昏？道理很简单，昏了的人总是想醒的，不能让小皇帝屈服，他便是白冒了这么多险。还有一个不能宣之于口的原因便是，其实和一位女皇帝如孩童般打架，耳鬓厮磨，衣物交缠，四肢互绞，感觉就像西湖内的水，一荡一荡，渐渐荡至船上，或是床上，以及心中。

二人在床上进行着较量，正是所谓柔道。看过柔道的人都清楚，必备的一招便是拉衣服，然而再结实的衣服也有被拉开的一刻。所以小皇帝那条不知用什么材料制成的缠在胸上的白布终于断了，发出了幽暗房间内第二次撕裂的声音。

此时范闲被她骑在身上，眼帘里是一片雪丘茫茫。他的眼神茫茫，心想对方不仅是女人，还是一位很伟大的女人。

雪上有红梅，戏雪的这一对男女都累了。小皇帝衣衫不整地骑坐在范闲的身上，摁住他的双手，完全没有注意到自己已是酥胸半露，此时她鬓角的黑发被汗打湿，贴在一处，配着直眉，有一种格外清丽的感觉。

此刻的范闲看着这一幕，感受到一种前所未有的刺激，一个强势之中带着柔弱的女人，一个有皇帝身份的女人，一个永远不甘心被人骑在身下的女人，就这样与自己紧紧相依着，进行着最亲密的接触……

小皇帝没有发现范闲忽然陷入了安静，二十年里的过往总总，让她无比疲惫，她很想就此躺下，然而北齐皇帝的身份，却让她无法躺下休息。这让她觉得自己很可悲。

突然，小皇帝抬起头来，狠狠地盯着范闲的眼睛，决定由着自己的性子去做一件很疯狂荒谬的事情。

她低下头，用薄薄的嘴唇堵住了范闲的唇，然后用力地咬了下去。鲜血就像是花朵一般漫延在二人的唇舌之间。

唇舌在战争中起的作用往往走的苏秦或张仪的路子，没有人想到过，连亲吻也可以吻出血来，吐舌如兰也可以如此危险——弹动，挣扎，强压，于方寸间幻化出无穷的象征意义。

不是东风压倒西风，就是西风压倒东风。唇齿间的软香形状，凶恶而又香艳地展现着斗争的过程，直让人舌根生痛、生津，生出渐渐蕴积的春意来。

范闲的唇角出现了一道血口子，他望着伏在身上的小皇帝，看着她倔强而不肯服输的眼神，闷哼一声，翻过身来，将她压倒，用眼狠狠地盯着她。

小皇帝没有丝毫示弱，狠狠反盯回去，又是一口咬在范闲的肩膀上，接着腰肢用力，想要弹起，重新夺回主动权。

这一弹格外销魂，范闲的脸色微变，压住小皇帝的双肩，看着她的眼睛，想从她的眼睛里寻出一些比较实在，而不是像现在这样莫名其妙的神情。然而此时他在小皇帝的眼中看到了许多，比如仇恨，比如幽怨，比如绝望，比如解脱……可就是没有看到一丝算计。

安静的房间内，没有别的声音，只有心跳、喘息、衣衫厮磨，间或响起几道拳风，两声痛呼。

汗水滴落在薄被上，似被室内炽热的气氛烘蒸而起，变成了薄薄的雾气，掩住了内里正交缠在一起的两个人影。

无声无息的战斗进行到了最关键的时刻，衣衫如雪，早已融化在这三春景中。两个回归到蛮荒时代的人，喘息着，怔怔地互相看着，贴在一起，最终小皇帝还是翻身做了主人，坐在了范闲的小腹上，沉声道："朕要在上面。"

小皇帝眼中已经少了最先前的绝望幽怨，有的只是好胜以及对陌生事物的强烈好奇，还有一位帝王习惯性的发号施令。她习惯了做一个男儿郎，而不是女娇娥，即便在这样一个春意盎然的时刻，她依然要在上面。

身为帝王，她必须在上面。

范闲看着身上的女子，感受着下方的异动，心脏剧烈地跳动起来，却强行稳住心神，用嘶哑的声音说道："我要知道你的名字。"

他是一个现代人，不在乎高低上下之分，只是想知道对方的姓名。和自己合为一体的必须是一个有名有姓的女人，而不仅仅是一位女皇帝，因为皇帝只是一个代号，姓名却代表了更多的东西。

二人已经不知折腾了多久，伤害了多久，亲近了多久，却还是第一次开口说话。两句对话后，房中气氛似乎有了一些极微妙的变化，小皇帝任由如瀑的长发在他英俊的面容上扫弄着，伸出指尖，茫然地滑过对方像画一样的眉眼，沙着声音道："此时你可以叫朕豆豆。"

"战豆豆？"

范闲只来得及反问了一句，便倒吸一口冷气，因为更为激烈的较量开始了……

时日渐过，暮色渐没，床上男女倏乎其上，倏乎其下，虽沉默又倔强，虽柔媚又执拗，无一人肯认输，无一人愿低头。一朝天子一朝臣，大床之上，君臣间早已乱了。

最后结束的时候，范闲趁着对方浑身酥软的时刻，夺回了控制权。这一场战争极为疯狂，极为粗暴，他伏在她的身上不停喘息，余光瞧着自己肩上的伤口，发现被身下女子咬得血肉模糊，不由一阵心悸。

低头望去，只见怀中的她早已不是平日高高在上的帝王模样，两颊晕如霞飞，眼神迷离，薄唇微启，吐气如兰，十分疲惫。

男子得偿之后，便会从禽兽变成虚伪的圣人，会点一根烟抽，看一张报纸，马上从怀中女人的纠缠中脱离开来。范闲也不例外，但他轻轻抱着小皇帝，却没有离开，而是静静地望着她，不知道在想什么。

这一幕其实早在四年前就发生过，只不过那时的他人事不省，不知道发生了什么事情，今日的感受却是真真切切，自然觉得荒谬而茫然——这个长发披肩的女子是北齐的皇帝，一国之君，此时却像只小兔子一样缩在自己的怀中。

小皇帝闭着双眼，并不长的睫毛微微颤动，应该没有睡着，抱着范闲不肯放手。只见她唇角微微翘起，满足地叹息了一声。

看着这幕，范闲应该自豪才是，但不知道为什么突然感到一阵寒冷，因为他想起了上个人生曾经看过的一部电影。

就是那部所有人都爱的《当莎莉遇见哈利》，梅格·瑞恩哭着与比利·克里斯托这个十来年的好友上了床，最后也是如此翘着大大的嘴，满足地叹息着——就像是一只受了孕的母螳螂，准备等会儿去享用公螳螂这道大餐。

今天范闲和小皇帝两个人的上床故事，其实也是这样莫名其妙而又理所当然，她也哭了，在先前的那一刻。

所以范闲感到了害怕，他害怕自己成为一只公螳螂。

便在这个时候，小皇帝睁开眼睛，醒了过来，并没有抖开薄被遮住自己赤裸的身躯，而是肆无忌惮地袒露在范闲的眼前，就像此地依然是她的国土，范闲是她的臣子。

她面无表情地道："朕是你的女人了。"

范闲听着这话依然觉得特别别扭，"朕要在上面""朕是你的女人了"，朕……朕……真是一个让人无比头痛的字眼。

小皇帝坐起身来，很自然地当着范闲的面梳拢了头发，双眼看着窗外的夜色，一字一句道："朕可以向你保证，此生不会再有第二个男人。当然，朕不会要求你不去找旁的女人，但是你应该明白……朕既然成了你的女人，朕的国度也便是你的国度，你要多用些心才是。"

暗室里没有灯光，剑庐没有任何人前来打扰，似乎这是一个被人遗忘的角落。黑暗中，范闲听着这几句冰冷的话语，皱眉转过脸去，不料却看见了小皇帝……战豆豆眼角滑落下来的那滴泪水。

不多不少，只是一珠泪，范闲在身旁摸索片刻，从衣服里搜出一条丝巾，凑到小皇帝的脸边，轻轻地沾了沾。

小皇帝用令人惊讶的速度恢复了平静，双臂滑入素白的衣饰中，黑发散落双肩，面色平静，再无媚意，配着那对淡然的眸子，反而生出几分上京城独有的古意来。她静静地望着范闲，直到把他望得有些发毛后，才缓声道："替朕梳头。"

说完这句话，她转过身去，将光滑的颈、单薄的背、乌黑的长发对着范闲，不知从何处摸了一把木梳递到范闲的手中。

在这个世上，女子出嫁后的第二天清晨总会有很复杂的梳头仪式，富贵人家自然有嬷嬷或是有身份的仆妇主理。若是贫寒人家，则是由婆婆亲自替儿媳妇梳头。

小皇帝这一生大约没有出嫁的可能，身为一个女子，可以说是一种悲哀，所以在这个夜里，她想让范闲替她梳头。

范闲接过梳子，缓慢移动手臂，任由间距极为合适的木齿在那乌黑的头发间滑动。小皇帝的黑发渐渐平伏整齐，他的心以及她的心也渐渐被梳理得清楚起来。

范闲会绣花、会梳头，是闺阁当中一好汉，不一时便替小皇帝梳了一种与黄花闺女不一样，又不是成熟妇人的发式。

借着窗外透过来的淡淡月光，小皇帝对着镜子看了半晌，似乎很满意范闲的手艺。

半晌后，范闲打破沉默，开口问道："为什么是我？"

这一句问的不是今日，不是国事，而是指向了几年前的那个夏天、夏天里的那座小庙。

战家传至这一代，除了几位公主，便只有这一位女扮男装的小皇帝。人口凋零，想延续皇族血脉，哪怕是冒着大险，小皇帝也要生一个自己的孩子，所以几年前的那个夏夜，海棠朵朵才会不惜一切手段把范闲迷倒在那座庙内。

小皇帝坐在范闲的身前，久久没有回话，后来忽然道："你的头发也乱了，朕替你梳梳。"

范闲没有拒绝，将梳子递了过去。小皇帝半跪在床上，开始替他梳头。

此时小皇帝的姿势很乖巧，跪在范闲的身后，微微依贴着，真的很像一个小媳妇儿。

只是她的手确实不怎么巧，从生下来就开始当皇帝的人，确实配得上四体不勤这个成语，哪里会梳头这种技术工种。

木梳艰涩地在黑色长发上滑动，时不时纠结在一处，扯得范闲微微皱眉。但他没有出声提醒，只是一味地沉默着。

小皇帝跪在他的身后，认真而无奈地梳着头，目光却微微垂下，落在范闲手边的床沿上。那处有几枚细针依次排列，耀着不一样的光芒，有的有毒，有的没有毒——先前厮磨亲热之时，她注意到范闲很小心地从头发里取出了这几样东西。

此时看不到范闲的脸，只看着范闲的后背，小皇帝松弛了许多，能够不被范闲看见自己的神情，是件让她感到很安心的事。就在这一刻，小皇帝的眼中涌出一抹淡淡的情意与痴迷，虽然马上恢复一片平静，却依然暴露了内心。

范闲不理解的也正是这点，难道她真的喜欢自己？

"你的血统很好。"小皇帝微低着头，"既然总是要生孩子，朕当然希望替孩子找一个不错的父亲。"

"我的血统有什么好的？"范闲感受到梳子在自己的头上停了下来，说道，"我身上流着庆国皇族的血脉，难道你甘心让这样一个孩子成为北齐日后的统治者。"

小皇帝微微一怔，轻声道："那个时候，朵朵、理理还有朕都不知道你是庆帝的私生子。"

"那究竟是为什么？"

范闲借着那皎洁又狡黠的月光，看着小皇帝光滑的腿从白色的衣裳下伸了出来，身后很温暖，很软，感受很好。

"若朕说，朕是瞧上了天脉者的血统，也说不过去。"

"当然说不过去。那时候，还没有人知道我母亲是谁。"

忽然小皇帝转移话题道："你已经有几年没有写《石头记》了。"

范闲一阵恍惚，想到双方关系极融洽的那两年，自己在京都每写一章，便会用监察院的快马送至北齐上京城。

世上首先瞧出《石头记》是自己写的人，便是海棠朵朵以及这位小皇帝，夜宫里的那声"曹公"可是把他吓得不轻。那时候，他以为这位小皇帝只是性向有些骇人，却真不敢想象，龙袍之下竟是一个迷人的女子。

"朕曾经对你说过，朕喜欢《半闲斋诗话》。"

"还有，你长得也不差。性情也算是干脆，不是一般腐儒士子模样。"

小皇帝淡淡地说了几句话，让范闲陷入了沉默中，他知道对方是借这三句话表达某种意思，于是喃喃道："你喜欢我？"

小皇帝点点头，不理会这个动作范闲用后脑勺能不能看到。

范闲忽然苦笑起来，道："我是不是应该感到荣幸？"

"你在皇宫里说的那句话,朕记得很清楚,'先天下之忧而忧,后天下之乐而乐'。朕一直不知道,你所谓天下,究竟是真的天下,还只是你庆国的天下?"

小皇帝似乎是想给范闲一个解释,为什么她会采取手段对付范闲。

范闲接受这个解释,因为他已经想过许久,自己根本不可能取信于北齐朝野,没有人会相信庆帝的私生子有那种远大的抱负和胸襟。他忽然转过身来,静静地看着近在咫尺的她。两个人靠得近极,能感受到彼此的心跳与呼出的灼热气息。

他看着她眉眼间的青涩,忽然心头一动,想到她其实还只是一个小姑娘呢,做出了决定,直接道:"你真笨。"

小皇帝有些动怒。

范闲却根本不管这些,道:"从此刻开始,放弃你那些不切实际的幻想。不要试图操控我,更不要尝试着杀死我,以此扰乱陛下布局。以后你所需要做的事情,就是配合我。"

小皇帝的眼睛亮了起来,不是喜悦而是愤怒。

"你是个了不起的女人。"范闲忽然想到死在太平别院的长公主,声音温和了些,"你和太后演了这么多年的戏,成功地骗了长公主,骗了我,甚至骗了陛下,以为是北齐的内部出了问题。但我为将来的大局付出了太多心力,不能让你破坏。"

"朕不是一个能接受威胁的人。"小皇帝面无表情道。

"我从来不会威胁自己的女人。"范闲轻声道,"但你要尊重我的想法。"

先前小皇帝从沉醉中醒来,说出的话便直刺范闲的内心——朕的国度也是你的国度。如果是一般人,处于范闲的位置,只怕会头痛得要死,然而他不一样。

从很久以前,他就知道自己的所作所为与世人的理念相距甚远,他有这种心理准备。

既然是自己的国度,当然必须要由自己控制。

征服一国之君，这似乎是一件永远也办不到的事情，但是征服一个女子，还是一个喜欢自己的女子，似乎还是可以寻到机会的。

一朝天子一朝臣，这就是一个征服与被征服的过程。

只是事态的发展渐渐脱离了范闲的控制，小皇帝平静地看着他，没有丝毫疲惫和宣泄后的依赖之感，有的只是跃跃欲试和不甘。范闲微感紧张，关注着她的眼睛。

"你是朕的男人，为什么不能是你听我的话？"小皇帝眼中微含笑意道。不等范闲开口，她轻轻咬了咬下唇，凑到他的耳边又道，"要不然朕与你再打一架，谁赢了就听谁的？"

她的气息炽热而诱人，骤闻此语，范闲心头一荡，暗想妖精打架这种事情谁怕谁来着？

第十三章 剑庐里的大坑

临近海滨的剑庐天亮得极早，淡淡的晨光洒入草庐，大床上的两人悠悠醒来，都疲惫得睁不开眼睛。小皇帝缩在范闲怀中补眠，昨夜一场疯狂，完美地补足了她这些年的精神缺憾，却也榨干了她体内的精力。

很明显范闲更累，他看着头顶的房檐，心中生出极为荒谬的想法，征服这种事情居然最后还是落到了床笫之事上——那年言冰云嘲讽他的话语，在此时此刻真真成了现实。

他自嘲地想着，低头看着怀中两颊微红的女人，眼中忽然闪过一抹异色，掀被而起，胡乱披了件衣裳，走到了门口。

小皇帝有些迷糊地坐起身来。

门外传来那个小剑童的声音。范闲应了一句，等他离开之后才开门，端回热水及各式点心，还有洗漱用的工具。

小皇帝半坐于床，脸色凝重起来。疯狂之后是清醒，她终于明白自己昨夜做了些什么，而这又代表了什么。最关键的问题是，这个地方不是北齐的皇宫，也不是传说中范闲重兵布防的太平别院，而是一个相对陌生的地方。

剑庐。

以范闲的境界当然不必担心有人偷听，所以昨夜小皇帝在放纵自己人生之时，并没有这个顾忌。然而那个剑童的到来，以及这一大盆热水，却让小皇帝清楚地记起，这座剑庐里住的不是别人，而是一位大宗师。

剑庐虽大，门院虽深，四顾剑虽然重伤将死，可既然能够轻松逼退狼桃和云之澜，想必修为仍在，要听清楚这间房内发生了什么，应该不难。

她是个女人，这个秘密被范闲知晓也便罢了，毕竟他是自己的第一个以及第二个或许将是此生唯一的一个男人。可是如果让别的人知晓，小皇帝不知道自己身败名裂后，会有怎样可怕的下场。在如此强烈的冲击下，她的脸色变得凝重而不是惨白，已经殊为不易。

范闲端着热水来到床边，开始替她擦洗。

经此一夜，二人间已无距离，不只是身体上的，更是心理上的。在短暂的间歇内，他们没有什么别的事情做，除了梳头、牵手、挠掌心之外，便只有聊天。

聊彼此离奇而怪异的人生、与世人不一样的童年、怎样男扮女装、怎样男生女相、怎样欺世盗名、怎样高坐龙椅、怎样洗澡、怎样抄诗，等等。

他们认真地讨论彼此的人生，看看彼此有什么事情做得不妥当，从对方的智慧中寻找能补充自己的方法。

一夜过去，二人并未白头，却已如故，未许终身，却已定心。除了男女身体间的厮磨外，更有精神上的互通和慰藉，挑战的刺激，流淌在二人心头。

小皇帝压低声音怒道："四顾剑知道了怎么办？朕……朕……说过多次……让你……让你……轻些！"

正在喝茶的范闲险些一口喷了出来，道："老家伙马上就死了，就算猜到什么，咱们死不承认，有什么好怕的？"

小皇帝眼眶微红道："若朕的身份被人暴露出去，你也知道，会出多大的祸事。"

北齐皇帝是女儿身的消息传了出来，只怕天下将会大乱，南庆不可能放过这个机会，一定会借机出兵。

"说过很多次,你要相信我,配合我,以后的事情都交给我处理。"范闲走到床前,把双手放在小皇帝赤裸的双肩上,微微下压,用诚恳而不容置疑的语气道。

剑庐外的高手们熬了一整夜,火把渐渐熄灭。狼桃等一干北齐高手盯着剑庐的门,不知道陛下究竟怎么样了。

四顾剑表示了态度,剑庐弟子们当然不敢动,他们心里也是好奇无比,不知道这漫长的一夜,庐内究竟发生了什么。

时间一分一分过去,人们的耐心也是越来越差。云之澜看着狼桃越来越冷的眼神,知道剑庐方面再不给一个交代,对方肯定要冲庐,过不了几天,北齐大军也将进入东夷。

"家师自然不会让陛下受丝毫损伤,也不会允许南庆人在他眼前对皇帝陛下有丝毫不敬。"云之澜安慰道。

狼桃并不担心皇帝陛下的安全,却根本没有想到,一夜的时间里,皇帝陛下已经被人欺负成了个女人!

四顾剑当然不会看着范闲把北齐小皇帝杀死,可如果北齐小皇帝和范闲两人愿意打上一架,乱上一场,他也不在乎。

当范闲在晨光中进入剑庐最深处的那个房间,第一次看见这位大宗师时,从对方眼中看到了明显的古怪笑意。

"佩服。"

这位大宗师自幼有白痴之名,剑道大成之后,纵横于天地之间,刺天洞地,好不嚣张,便是在大东山之上被庆帝与叶流云合击惨伤,依然是那般倔狠,纵情哭笑,不肯低头。

这样的人怎么会佩服范闲?

范闲明白对方指的是昨夜,不由汗颜。

范闲看着四顾剑的眼睛,暗自苦笑——他之所以一直看着四顾剑的眼睛,是因为对方浑身上下已没有什么地方可以看了。

矮小的老人坐在轮椅上，左半边脸骨尽碎，深深陷落。左臂也断了，袖筒空空随风轻摆，阔大的麻衣遮住了他的身躯，不知道里面的伤势如何，想来也是令人惊心动魄。

这是范闲此生第一次见到四顾剑，见到这位天底下最强悍的人，守护东夷城数十年的剑圣大人。

在他的想象中，这位极于剑的大宗师就算不是飘然若仙，至少也要有几分脱尘之感，怎么也没有料到竟是这副模样。

很凄惨，很可怜，只有那双眼睛布满了天生的戾横与不屈于天的剑意，范闲只好盯着他的眼睛，生怕有所失礼。

气氛很微妙，面对着神话般的人物，范闲本应表现得更激动兴奋一些，可是他无论如何也兴奋不起来，或许是因为他自幼与五竹叔一起生活，或许是因为他的父母都是大宗师级别的超级牛人，或许因为再过些日子他就死了。

剑童将轮椅推到晨光下，然后离开。

晨光将老少二人的身体笼罩在里面。范闲很自然地站在了轮椅旁，心里涌起了怪怪的感觉。轮椅上的这个可怜的矮瘦伤者，就是传说中霸道无双、杀人如麻的四顾剑？

阳光穿透四顾剑的眉，散出莹莹的白光，就像是眉毛忽然变白了一般。范闲看着他尚算完好的另一半脸庞，忽然发现这位大宗师的年龄并没有自己想象中那般老。

三年前范闲逃离大东山的时候，不论是苦荷还是四顾剑，他都没有碰到，所以并不清楚当时的山上发生了什么，也没有看到一剑光寒独玉峰，斩尽虎卫，血漫山径的凄厉景象。但这不影响他对四顾剑隐隐的惧意，能够杀死一百名虎卫的人，自然可以轻松杀死自己，而且他确实有些疯。

范闲虽没有和四顾剑见过面，但对这位大宗师一点都不陌生，自他入京都后，东夷城剑庐便成为监察院、长公主，甚至庆国朝廷以至陛下最喜欢拿来背黑锅的角色，反正这位大宗师不出剑庐，也只好由着庆国中无耻的人泼脏水。

因为长公主的缘由,范闲领军的监察院与东夷城的剑庐在这些年里进行着殊死的厮杀。从牛栏街一役开始,双方各出手段,直到范闲下江南,用影子才把云之澜等人赶了回去。

不过范闲很清楚,这是因为四顾剑不屑对付自己,如果对方真的想杀自己,或许自己很多年前就死了。

之后范闲成功地继承了内库,四顾剑在那段时间表现得像一个格外成熟的政治家,而不是徒有超强武力的白痴。他放下过往的恩怨,派来关门弟子王十三郎,向范闲表达自己的态度。

所以范闲很熟悉四顾剑,或者说,他自以为很熟悉四顾剑。可是今天见面了,才发现对方仍然是一个陌生人,一个深不可测、不知性情的可怕的陌生人。剑庐内似乎有一股无形的压力,正从老人身上散发出来,令他有些艰于呼吸。

"当年我不杀你,不是因为瞧不起你。"四顾剑忽然嘲笑道,"不杀你的原因很简单,只不过你自己不清楚。"

庭间的压迫感稍弱了些,范闲赶紧道:"请指教。"

"你妈姓叶,这个原因不是很清楚吗?"四顾剑的眉头皱了起来,似乎没有想到范闲会如此愚蠢。

范闲还真想不明白其中的原因,不过今天深入剑庐,不是要与四顾剑叙旧,而是要谈一谈东夷城的将来,天下的将来。

有资格谈论天下的人物渐渐少了,苦荷死了,叶流云真的遁了,大东山事变死了很多人。今日剑庐内有北齐皇帝,有范闲,有四顾剑,他们都是有资格坐而论天下的人物。

"我相信,您已经看了我让十三郎带回来的策划书。"

策划书是一个很新鲜的名词。庆历四年的时候,范闲曾经让范思辙写过一份策划书,用来开澹泊书局。今年他自己也写了一份,送给了四顾剑,想说服这位性情乖戾的大宗师。

"我没有看。"说这话时，四顾剑一脸的无所谓。

范闲如遭重击，自己辛辛苦苦拟出的条程，本以为至少能够打动对方少许，可如果对方看都不看，这又从何谈起？

"南庆使团还没到，你急什么？"四顾剑嘲讽地望着范闲。

范闲正色道："去年在信中我向您禀报过，我有把握控制住北齐，我也可以让东夷城最大限度地保持其独立性。"

四顾剑静静地望着他，扭曲下陷的脸庞衬着那双平静的眸子，显得格外清幽，又夹着一种令人不寒而栗的疯狂意味。

"那小子居然是个女的，我真没想到，所以我刚才说佩服你。可如果说，仅凭这一点你就能控制全局，似乎还差了一些。"四顾剑沙哑着声音，嘲讽道，"你那爹可不是一般人，不能让他满意，怎么糊弄得过去？"

庆帝自然想将东夷城吞入疆域之内。四顾剑也清楚自己死后，东夷城及周边小诸侯国再也无力自保，只有等着被吞掉的命运。可眼下既然有北齐出来横生一道，东夷城当然要待价而沽，希望能尽量保存自己。

这本身便是两个完全不同的方向，要让皇帝老子满意，还要让四顾剑满意，对范闲来说几乎是难以完成的任务。正所谓顺了哥情失嫂意，楼里姑娘左右逢源也难以玩到这种境界。

关键还是四顾剑，只要他点头，一切都好说。范闲这般想着，很自然地推着轮椅在剑冢四周的黄土道上行走起来。

四顾剑闭着眼睛，享受着阳光的照拂，他忽然开口道："你轮椅倒推得蛮熟，要不然这几个月你就留下来照顾我？"

范闲笑了笑，应道："照顾您这几个月倒也无妨，只是那些东西您得看看，东夷城千万百姓都看着您，等着您，您得有个说法才是。至于推轮椅，我在京都就推惯了。"

"想起来了，那条老黑狗的腿早就断了。"四顾剑道，"我一直把你们皇帝当成最大的目标，却没有想过，如果一开始就把陈萍萍杀了，你们皇帝也不至于嚣张到这种程度。"

很平淡的话语里藏着很强大的信心，似乎像监察院院长这等恐怖的人物，他要杀便能杀似的。

剑冢四周海风微顿，随着四顾剑话中的剑意凝然难动，范闲的脸色变得惨白起来。他感受到大宗师的真实境界，一念一动，四周的环境竟也随之而生感应，杀意大起，难以承荷。

范闲双手用力摁在轮椅的椅背上，强行支撑着，艰难道："以您的修为，如果专心去杀陈院长，他自然不可能活太久。可问题是，您杀了他，叶流云自然要来杀东夷城的人。"他深吸了一口气，继续道，"就算东夷城的人都死光了，可是您还有徒弟，东夷城还有城主府……正如陛下所言，大宗师这种怪物本来就不应该存在于世间。你们既然出现了，也就无法再胡乱出手，只是个维系平衡的死物。"

"嗯，有道理。"四顾剑低着头道。

"有时候很替天下百姓感到庆幸，不论苦荷大师还是您，心头总还有系挂的事情，如果您真是一位按喜好来行事的白痴，只怕整个天下都会大乱。当然……"范闲加重语气道，"如果是那样的话，我也不会妄想说服您什么。"

"昨夜你给我很多震惊，原来你所谓底牌就在那小皇帝的身上。我承认你有和我谈判的资格，也承认我确实在乎东夷城的将来……这或许是一种习惯，哪怕死了也要带入土下的习惯，我习惯了保护这座城里的子民。"四顾剑继续道，"所以你只要让我满意，我也会让你满意。"

一听这话，范闲的心脏跳得快了起来。此时四顾剑忽然笑了起来，笑声显得格外尖锐，刺得范闲的双耳一阵剧痛，用真气护体，都无法抵挡。他闷哼一声，怨道："您又不会杀我，这般折磨我是什么意思？"

"只是习惯性地笑两声，和折磨有什么关系？说起来，真没想到北齐皇帝居然是个女人，啧啧。"四顾剑似乎不在意范闲的提议，只是高兴于在自己死前又知道了某个秘密。

范闲心想，昨夜这位大宗师难不成是听了一夜的墙脚，脸色变得古怪起来，下意识去看四顾剑有没有黑眼圈。恰在此时，四顾剑也望了过来，看着范闲眼睛上的黑眼圈道："就算是个女皇帝，几年才弄一次，也得悠着点儿。你要纵欲而亡，我便是想答应你，也答应不成。"

范闲大窘之余，却是灵光一现，听清楚了最后那句话，嘴唇轻颤，不知该如何接话。

晨光渐盛，将轮椅的影子映在了剑冢之中，就像被穿在了那无数柄剑上，看上去煞是可怜。

范闲看着那边的影子，忽然想到入剑庐时，被狼桃和云之澜追杀，曾经在二门之后看到的熟悉身影。

当时他甚至以为是那人来了，但此时看着剑冢中的影子，才知晓自己的猜测出了问题。那时出现在二门后的正是四顾剑本人，只是没有想到他坐在轮椅上和陈萍萍竟是如此相似。

似乎猜到他在想什么，四顾剑冷冷道："在我的眼皮子底下，没有人能动你。"

范闲没有丝毫安全的感觉，在心中快速地分析着，开口试探道："没有人能，不代表没有人不敢。云之澜敢软禁十三郎，敢和齐人私下交易，敢当着您的面追杀我……"

虽然四顾剑轻描淡写地便将云之澜和狼桃逐出庐去，震慑全场，但以他对大宗师境界的了解，四顾剑本不需要出现在二门后，这证明四顾剑如今的实力，早已不如全盛之时。

"我现在无法出庐，因为没有人敢推着我走。"四顾剑的眼神变得有些怪异，又一次猜中了范闲心中的念头，"你那老爹和叶流云把我伤得太重，本来我早就该死了，侥幸活到现在，却已经无法动弹，只有坐在这该死的轮椅上……那些想被我杀的人，只要离我远些，我也没什么法子。"

范闲的心情有些莫名黯然，这样一位大宗师，到最后竟落到了如此田地，自封于剑庐之中不得出。

"当然，没有人敢来试一下。"四顾剑闭着眼睛道，"你只要在我身边，依然就是安全的。"

范闲忽然开口道："您还能活多少天？"

四顾剑猛地睁开双眼，似乎被这个大胆的问题激怒了，目光如天剑一般直刺范闲的内心深最处。

范闲双眼一阵刺痛，赶紧闭上了眼睛。

许久后，四顾剑面无表情地回道："大约还有百天。"

范闲睁开眼睛，不敢再去看这位喜怒难以自抑的大宗师。

四顾剑望着脚下的深坑，望着坑中那些迎风摇摆的剑支，侧耳听着叮叮当当的脆响，不知道在想什么。也许是在想这一世当中无数的华丽片段、无数次的出剑、无数次的胜利，想着那些死在自己剑下的人，表情渐渐变得漠然起来。

他这一生只败过一次，在大东山之上，然而却败得如此彻底，以至于如今不得不和一个晚辈，在这剑坑旁进行令他感到屈辱的谈话。

"我曾经靠手中的剑，控制着东夷城和周遭的无数诸侯小国。"四顾剑冷漠地开口道，"但到了生命最后一段时间才发现，原来我能控制的，依然只有这座草庐和这个坑。"

范闲知道对方终于下定决心了，低头深深一礼道："这一拜，替庆国军民以及东夷城的百姓，拜谢剑圣大人慈悲。"

"不用谢我。"四顾剑自嘲地一笑，"如果南庆来人不是你，我是断然不肯答应的。"

范闲心想北齐小皇帝千里迢迢而来，你都避而不见，说明心里早已经有了成算，为何还要这般说？局势注定，四顾剑想要东夷城免于兵刀之灾，只有这一条路可选。

四顾剑看着身旁的年轻人，心情有些怪异，他承认，这小子虽然实力比较差劲，但运气确实不错，居然能用一晚上的时间，把最大的问题——北齐的压力解决了一大半。

他在心里又笑了起来，心想这个年轻人还是不知道自己的态度，为什么一直要摆在他那里。他很想看看最后那一刻破题时，范闲大怒的神情是什么模样，只是……那时候他或许已经死了吧？他有些黯然地想着，然后转过头来，望着范闲道："你要相信我，如果不是你，哪怕是你的皇帝老子亲自来跪求我，我也不会答应你们南庆的条件。"

范闲不解。

四顾剑怪异地笑了起来，道："叶轻眉的户籍还一直在东夷城里，你至少算半个东夷人，不过看来你并不知道这事。"

你妈贵姓？我妈姓叶。

在来东夷城之前，范闲早就料到，在这座城池里肯定会遇见和当年老叶家有关的人或事或过往，因为母亲叶轻眉来到这个世间后，第一个落脚点便是东夷城。

十六岁那年的夜里，五竹叔第一次对他讲述了关于叶轻眉的一切——这个失忆症患者所记得的一切。叶家产业发端便是在东夷城，在天下攫取的第一笔财富也是在东夷城，只是后来不知道基于什么考虑，叶轻眉最终选择了当时并不如何强大的南庆，或者说是选择了如今异常强大的皇帝陛下。

叶轻眉离开了东夷城，不知道后来还回去过没有，但范闲知道这座大城对她一定很重要。但他没有想到，四顾剑居然会在此时忽然提及往事，并且用了这样一个别扭的借口。

"免了免了。"范闲看了四顾剑一眼，苦笑道，"您想说什么，我很清楚，只不过她是她，我是我。"

"能割裂开吗？难道你母亲就愿意看着她曾经为之奋斗过的东夷城，变成与南庆任何一郡没有区别的地方？"四顾剑道，"做人不能忘本，你是她的儿子，你就是东夷人。"

范闲一挑眉头，干脆在轮椅边的空地上坐了下来，两条腿悬在剑冢中，空荡荡一甩一甩着，冷笑道："大东山上的场面我没有亲眼见到，但您对五竹叔说的话，我却听说了。"

"想让我当东夷城城主？"他扭过头来看了四顾剑一眼，微讽道，"就凭我半个东夷人的身份？难道您在剑庐里躲了这么久，就想出了这样一个应对？不要忘记，我终究生在南庆，我和陛下之间的关系已经注定了模式。不要指望用一个城主的身份，就能挑动陛下的疑心，逼得我和他决裂。"

"没有这个可能。"他一挥手臂，断然道，"当然，东夷城的城主我也是不会当的。"

四顾剑道："你这么怕死，我从来没有指望过你敢接手东夷城，只不过想提醒你，你不需要先天就为南庆的利益考虑，就算你多替东夷城想一想，也不是什么大逆不道的事情。"

"我替东夷城的百姓考虑足够多了。"范闲寸步不让，"难道您以为，除了我之外，谁会放弃如此多的利益？谁会冒着陛下盛怒的危险，去说服他接受这些条件？"

"仅仅这样就够了？"四顾剑闭上了眼睛，缓缓道，"或者说，你从来都没有想过，你母亲当年究竟是怎样死的？"

剑庐深处，大坑里无数把剑在一瞬间同时激荡起来，发出呜呜的悲鸣声，并且不停地颤抖，似乎下一刻便要齐齐地断了。范闲悬于剑冢上的双腿，也在这一瞬间停止了摆动，眉心渐现凝重之色，眸子里泛着股说不清楚味道的情绪。

四周没有任何人，以四顾剑的境界，自然也不担心有人会偷听，但范闲依然觉得自己的心开始紧缩起来，一抽一抽的，有些难以抗拒的疼痛。他深深地吸了一口气，轻声道："或者说，您有什么可以说服人的推论？"

"没有。"四顾剑冷漠地道，"我只是猜的，像你母亲那种人，怎么可能就这么莫名其妙地死了？若是庆国皇后那种猪头或者是太后那个老婊子能害死你母亲，那就不是你母亲了。"

"就这样？"

"苦荷是猜的，陈萍萍也是猜的，我凭什么不能猜一下？"

范闲的嘴唇微微抖动，轻声道："猜测这种东西……还是不要拿出来说的好，会死人的。"

"是吗？"四顾剑哈哈大笑起来，笑声里夹着无穷无尽的恶毒与嘲讽，"怕死怕成你这个样子的人，还真是不多见。"

范闲知道对方鄙夷的是什么，面色不变道："能轻轻松松杀死自己全家，这种人，本来就不多见。"

四顾剑的眼瞳里生出一股横戾之色，似乎随时可能出手将范闲杀死，一股撕裂人心的剑意又开始在天地间弥漫。

范闲这一次却像是没有丝毫感觉，看了他一眼，不屑道："做便做了，难道还怕人说不成？至于我？我的事情不需要您来操心。"他皱紧眉头，有些无奈道，"有时候我真的不明白，你们这些大人物、老怪物究竟是怎样想的，为什么一定要把我推到陛下的对立面，难道说，你们真的认为我有能力对抗他？最关键的是，难道你们就真的认为，我愿意……去反抗他？"

他看着四顾剑怒意未平的双眸，又摇头道："不管怎么说，他总是我的父亲，所以我很不理解你们这些人的想法。"

"父亲？"四顾剑缓缓将身体缩回轮椅中，整个人就像是一把归了鞘的利剑，再也没有任何光彩，"真要急了眼，爹啊妈啊，都是可以杀一杀的。"

第十四章 好大一棵树

范闲沉默不语。

关于叶轻眉的真实死亡原因，长公主临死前曾经向范闲点过一笔，陈萍萍有意无意间的行为似乎也证明了这一点。只不过陈萍萍不曾言明，范尚书也没有。

两位当年亲历此事的老战友在怀疑彼此很多年之后，终于将目光对准了某个人，却不愿意把这种怀疑告诉范闲。

除了四顾剑这种一心想看着南庆出大问题的老怪物，没有人仅仅因为猜测，就试图把范闲引上一条不能返回的绝路。

"您就要死了，不要指望死之前还能看到我南庆内乱。"范闲似乎是想说服四顾剑，又是想说服自己，"接受我的诚意，安安稳稳等死吧，我会替您好好看护东夷城。"

四顾剑直视前方许久，才开口道："相信我，总有一天，你会走上这贼老天安排好的道路。"

"我就是……要逆天！"范闲大笑着说道，竟笑得咳了起来，咳得满脸通红，狼狈不堪。

四顾剑不屑地看了他一眼。

范闲被这目光激得怒了起来，寒声道："不管苦荷还是您，死前都把希望寄托在我的身上，这本身难道不是很荒谬的吗？这不是天意，只是你们这些大人物自私的念头。"

"那个老光头死之前做了什么？"

"他把最得意的二弟子派到京都，替陈萍萍续命，看样子，他是指望着陈萍萍成为我南庆内乱的因子。"

"哈哈哈哈……"四顾剑忍不住哈哈大笑了起来，一边笑一边骂道，"死光头原来是这么想的。他指望庆帝和陈萍萍大闹一场，你夹在中间难以当人，再逼着你发疯……嗯，看来他真和我一样，都把希望放在你的身上。只是苦荷太蠢，这种事情直接逼你就好，何必还要过陈萍萍一道手，那条老黑狗对庆国皇帝的忠心，苦荷估计差了。"

"拜托，我就在您的面前，您就直接说要逼我造反，是不是太过分了？"范闲指着身前的剑冢道，"我明知道前面是一个坑，难道还要往里面跳？"

"人生一世，有很多坑，你明知道就在身前，可是迫于无奈，还是只有睁着眼睛跳下去。"

四顾剑瘪着嘴，单臂指向剑坑的深处，整个人混杂着一股死亡的老人气息和难以抵抗的压迫之意，幽幽道："三年前我就对之澜说过，这个坑我总是要跳一次的。"

这说的是大东山事变，不论是苦荷还是四顾剑，在动身之前都犹豫了很久，都曾经怀疑过这是一个大坑，只是时不我待，时势逼人，两位大宗师不得不跳，然后摔得极为凄惨。

范闲沉默片刻后道："我的事情不需要你们操心，所以……这时候我们是不是应该谈一些比较开心的事情？"

"开心？"四顾剑恼火地骂了起来，"老子马上就要死了，已经两年多没有出过这座破庐子，怎么开心得起来？"

"噢，您真可怜，一身修为虽在，却是行动不便，不敢随意出庐，竟被自己的大徒弟逼得枯坐数载。"范闲微嘲道，"当年魏灵王生生被自己的儿子饿死在离宫之中，如果云之澜也来这一手，您这位大宗师，未免也死得太难看了些。"

"我可不是魏灵王那种废物。"四顾剑眼窝深陷,泛着寒冷的光,"是我不愿意出去,和之澜有什么关系。"

"坐轮椅晒太阳,确实有些老而将死的可怜感觉,不过您总得习惯一下。"范闲知道他说的是真话,即便是将死的大宗师,如果要出庐,谁敢拦他,谁能拦他!

"有道理。"四顾剑忽然看了他一眼,"今天阳光不错,要不然你推我出去走走?"

范闲心想剑庐外不知道有多少高手虎视眈眈,即便四顾剑护着自己,可是在东夷城内走走,这个难度未免也太大了些。

"北齐皇帝陛下还在庐内。"他低头轻声道。

"那不是你的女人吗?大家一起逛。"四顾剑唤来童子,去房中请出北齐小皇帝。

不多时,已经穿好衣衫的小皇帝从剑冢对面缓缓行了过来,隔着老远,便瞧见了坐在轮椅上的四顾剑,以及很没有礼貌地坐在剑冢边上的范闲。

昨夜的衣衫早撕破了,剑庐准备得不错,小皇帝今日穿着一件淡青色的衣裳,没有丝毫媚感,是偏于柔弱的儒生气息。

小皇帝沉声道:"剑圣大人的面,果然很难见。"

四顾剑没有回答这个问题,挥手将那个童子赶得远远的,然后唇角微翘,才望着北齐小皇帝轻声道:"见过皇帝陛下。"

"剑圣大人客气。"小皇帝根本没有看范闲一眼,这等养气功夫,着实是世间第一流人物。

然而她的平静却被四顾剑很轻松地打破了。他笑望着北齐小皇帝,嘶哑着道:"我这种老怪物没什么好见的,女皇帝倒是千年以来第一个,能够亲眼见到陛下,我很高兴。"

此言一出,北齐小皇帝的脸色顿时变了,恼怒地狠狠盯着范闲。此时范闲没有什么反应,也不敢有。

"一,我已经知道陛下是一位女子。二,我已经快要死了,不会多嘴到四处去说。我是一个喜欢把糖果放在自己盒子里,不与人分享的怪人。"四顾剑没有看脸色变幻不停的小皇帝,继续道,"三,正因为我快要死了,所以我们之间的对话可以直接一些。先前我正在劝范闲造反,不知道陛下对这个提议有没有兴趣?"

听罢此言,小皇帝眼神一亮道:"朕对这个提议很感兴趣,如果小范大人造反失败,大可以来我北齐过日子。"

四顾剑笑道:"我也是这般想的,不管当城主还是当男皇后,想来都比当庆帝的奴才要舒服……可惜他不肯答应。"

范闲坐在剑冢旁的坑边,挑眉道:"书生造反,十年不成。难道你们不知道我是天底下最出名的书生。"

"是啊。"四顾剑怪异地笑了起来,"所以算了吧,我们打算去城里海边踏踏青,不知道陛下有没有兴趣。"

"我能说没有吗?"小皇帝嗔怒道。

四顾剑是东夷城的神,而神人之间不管主动还是被动,总是要保持距离,所以很明显,这位大宗师已经很多年没有出来随意看过街景了,整个人显得比较兴奋。

范闲和小皇帝在轮椅后缓缓行走,间或对视一眼,却不说话,很震惊于三人就这样轻轻松松地离开了剑庐,而没有让剑庐和北齐的高手发现任何踪迹。

行走于东夷城的街巷中,范闲能够清楚地感应到,没有人跟踪。当然,以四顾剑的境界,如果有人跟踪超过片刻,只怕马上会被轮椅上的无根剑意,劈成无数血团。

三人来到城郊一棵大树下,此树树冠伸展极广,青色遮天蔽日,便在此间休息,躲躲炽烈的日头。

四顾剑低头看着轮椅旁的黄土泥以及树根处的缝隙,忽然开口道:"几十年前,我就是在这棵树下第一次看见你母亲和五竹这个死瞎子。只不过我忘了那时候是在看蚂蚁搬家,还是在看虫子堆粪球。"

深春时节,各种树木都在伸展着腰肢,吐露着青叶。东夷城邻近海畔,湿润的海风日夜吹拂,更是让此间的春天来得比别处更早更快一些,春意的藏蕴期也更久一些。

城郊的这棵大青树不知道已经在这里生长了多少年,树干挺拔而无刺天之意,无数万片融融青叶在树冠处拢成一个大伞盖,显得格外美丽,格外慈悲。大树挡住了天空中的那轮日头,洒下一片阴影,遮蔽着进城出城的人们。

树下是那些突出土面的虬结根丫,就如同粗壮的龙身一般,沉稳实在。四顾剑、范闲、小皇帝三人在这些树根旁暂歇,这个奇怪的组合没有引来路人侧目,大约是因为东夷城内一直有很多奇人异士的缘故。

范闲坐在树根上,感受着阴凉。他不知道这棵大树是什么种类,也懒得去探根寻底,只是低头去树根里寻找蚂蚁或是搬粪球的屎壳郎,却没有什么发现。

"那时候她多大?"

"五六岁,七八岁?"四顾剑坐在轮椅上,皱着眉头,想了很久,似乎因为年代久远,而让他的记忆力变得有些模糊,"反正就是一个小姑娘。"

"那时候您多大?"

"应该是十几岁?"四顾剑挠挠脑袋,"你知道我脑子一向不大好使,这种复杂的问题总是记不住。"

"我可不认为自己的年龄是什么复杂的问题。"

"在某些方面,天才总是与众人不同的。"四顾剑毫不在乎范闲的讽刺。

"天才的另一面就是白痴。"范闲看了他一眼,"当然,全天下人都知道您小时候是个白痴。"

四顾剑没有说什么,只是和范闲的目光会在一处,试图从树根旁的缝隙中,寻找到一些当年的影子。

小皇帝战豆豆站在一旁，看着老少二人大发痴气，心中颇有些不以为然。以世俗之道论，她的身份自然最尊贵，但很明显，不论四顾剑还是范闲都不怎么在乎这个。

四顾剑和范闲似乎找蚂蚁找起了兴致，一直留在大树下，没有离开的打算。小皇帝微微皱眉，想着剑庐外的臣子只怕还在担心自己，皱眉道："叶小姐已经不在了，你们在这里再看三年，也不可能指望她重新活过来。"

这句话似乎只是陈述事实，却又有些诛心，小皇帝的智谋与反应速度在此刻得到了最充分的体现。

剑庐里，四顾剑只是略略提了一句劝说范闲造反之事，便被她抓到了隐约的线索，在此处试着点了一句。

四顾剑和范闲抬起头来看了她一眼，看得她心里有些发慌。范闲耸耸肩道："我觉得蚂蚁比人有意思。"

四顾剑望着范闲，赞叹道："当年你母亲陪我找蚂蚁的时候，有人这么问我们，她也是这么回答的。"

范闲笑了笑，眼前似乎浮现出很多年前的画面——

一个流着鼻涕的白痴蹲在大青树下观看蚂蚁搬家打架，说不定还会解开腰间的系带，在蚂蚁窝上撒一泡尿。四周经过的行人，东夷城内的居民都知道这个大白痴的身份，眼中带着怜惜或厌恶的神情，却没有人肯上前陪他说话。

一个瞎子少年仆人牵着一个小女孩的手，从远方来到了东夷城，来到这棵大青树下，发现了这个神情专注到根本不在乎旁边发生什么的白痴。

粉雕玉琢的小女孩蹲到这个白痴的身边，好奇地问他："你在看什么呢？"

白痴很不耐烦地看了她一眼，道："我在看蚂蚁。"

小女孩喔了一声，然后也开始陪他看蚂蚁。看了很久，旁边终于有人看不过去，提醒那位少年仆人，这个白痴是城中某位大人物家的少爷，只不过是个傻子，不要让你家的小姐和他一起犯傻。小女孩听到这句话后，笑道："我只是觉得，有时候，蚂蚁比人要有意思多了。"

很明显，这句话隐含的意思，要比这个小小身体呈现的年龄成熟太多。树下的行人们没有注意到这点，只是觉得不知这是谁家小姐，竟生得这般好看，这般干净，就像是画里走出来的仙女一样。而这样一个仙女，居然和城主家最出名的白痴蹲在一起，实在是让人看不下去。

那个小女孩招了招手，于是冷着脸的瞎子少年仆人也蹲到了两个人的身边，虽然他并不想蹲，但是蹲和站对于他来说没有什么区别，既然她喜欢让自己蹲，那便蹲吧。

"那时候我们刚好也是三个人。"四顾剑挠了挠有些发痒的脸颊，"看了半天蚂蚁打架后，我请他们去我家做客。"

"您家？"

"我那死老爹是以前东夷城的城主，你不知道？"

"噢，听说过，不过是很多年前的事了，您那死老爹早就死在您的剑下，我一时没有想起来。"

"城主府很大，很豪华。"四顾剑忽然咧开嘴笑了起来，"但我住的地方像狗窝，因为我是个白痴，死老爹最讨厌我，而且我妈只是个丫鬟，你明白我在说什么吧？"

"嗯，类似的小说我看过很多。"范闲点点头。

东夷城内没有人敢议论四顾剑的过去，不代表监察院对这方面没有研究，范闲对四顾剑的身世早就有极清楚的了解，知道当年的白痴在城主府内过着怎样备受凌辱的日子。只不过他今天才知道，这个白痴的亲生母亲是个丫鬟，而那个丫鬟只怕很多年前就死了。

"你母亲和五竹，是我这辈子第一次认识的朋友。"四顾剑忽然变得很严肃，"虽然我住的地方很糟糕，甚至连杯茶都端不出来，但他们没有瞧不起我，还是跟我去了。"

"或许因为我当时是白痴的关系，所以我并不认为这有什么问题。但很明显，城主府里很多人认为这有问题，不可能接受两个来路不明的人住进府中，所以几天后，叶子和五竹就离开了城主府。其实无所谓，反正白天我都要出门看蚂蚁，顺路就去他们两个租的屋子玩耍一番。"

"我第一次知道，您和母亲、五竹叔有过这样一段来往。"

"难道五竹从来没有对你提过当年东夷城的事情？"

"没有。"范闲坐在树根上，拿了根细木枝，无意识地挑弄着泥土，应道，"叔叔后来的记性变得差了许多。"

"五竹这小子居然记性会变差？"四顾剑哈哈大笑起来，"那岂不是和我当年的白痴模样差不多。"

范闲苦笑着摇摇头，问道："您知不知道我母亲和五竹叔……是从哪里来的？"

这是困扰了他十几年的一个问题。虽然肖恩临死前提到过一些，可是他只说了母亲的来历，却没有提到五竹叔。在肖恩的叙述中，当年他与苦荷二人千里苦熬，进入神庙外围，然后看见了叶轻眉。他们二人救叶轻眉出庙，却在半途之中失散。那时候的叶轻眉年仅四岁，离四顾剑在东夷城看见她的时候，还有两年时间。这段时间内，叶轻眉在做什么？五竹叔是怎样来到她身边的？

肖恩提到过，叶轻眉似乎担心庙中的某人，心中有些放不下，所以才决然离开，那个人……是五竹叔吗？

"那个时候的我，自然不可能知道他们从哪里来……但后来自然慢慢就知道了。"四顾剑微微转头，用幽深的眼眸盯着范闲，"难道你真不知道五竹是从哪里出来的人？"

范闲低头沉默了许久，五竹叔是个怪物，五竹叔不会变老，五竹叔不会内功，五竹叔很好、很强大，所以五竹叔……他苦笑了一声，道："就算五竹叔是从神庙出来的，可我母亲呢？"

"废话，瞎子都是神庙里的使者，你妈是他主子，当然是神庙里的仙女！"四顾剑很烦躁地骂了一句，觉得范闲的这个问题实在是有些多余。

范闲却没有觉得多余，他苦笑地想着，母亲叶轻眉明显和自己一样拥有不属于这个世界的灵魂，那这和神庙又有什么关系呢？

他和四顾剑说得带劲，回忆得唏嘘，声音却是自然地融在一处，没有影响到大树下的行人。北齐小皇帝一直在旁，听着这一切，脸色渐渐苍白起来，袖中双手不停地颤抖。

她没想到，在这棵大树下自己竟然能够听到如此惊心动魄的秘密，也终于明白了，为什么范闲从现世之初，便拥有世人难以企及的自信甚至是狂妄，敢对人间的帝王如此不屑，敢与四顾剑这样的大宗师对坐论道，敢大言不惭地妄论天下。

小皇帝知道范闲的母亲是叶轻眉，也隐约知道他的身后有一位瞎子大师，但直到今天才知晓，原来那位叶家小姐和那位瞎子大师竟然和神庙有着说不清道不明的关系。

神庙是什么？是浮于九天云上，冷漠注视着世间疾苦却不会动容丝毫的神祇，是超出凡俗的意志，是传说中大地的守护者。然而没有人知道神庙在哪里，神庙是什么。

只有苦荷大师亲眼见过神庙，他于庙前磕头三日，便晋身大宗师。大青树下，叶家小姐偶遇四顾剑，四顾剑便从当年流鼻涕的大龄白痴变成了剑法天下无双的一代强者。再比如庆国那位皇帝陛下……

小皇帝短短的睫毛难以自抑地抖动着，从大魏开始一直至今，天下所有人都想亲眼见到神庙的模样，想从虚无缥缈中寻求到天道的影子。当年的大魏皇帝，不正是为了长生不老，才派出数千人的队伍，北上寻庙吗！

范闲身后竟然有神庙的影子。北齐小皇帝看了他的侧影一眼，无比震惊，心情无比复杂。

"后来的事情我知道一些。母亲大人在东夷城生活了几年之后开始经商，便有了后来的叶家，以及如今的南庆内库。"范闲的语调非常冷静。

"任何事都不会这样简单。"四顾剑抬起仅存的一只手臂，竖起一根手指，"就算叶轻眉是神仙，她也没有办法在没有任何帮助的情况下做到当年的一切，她需要有人帮助。"

范闲皱了皱眉头，看着四顾剑问道："您？"

"就是我。"四顾剑冷漠地回道，"我虽然是个白痴，但毕竟是城主府里的少爷，只要我控制了城主府，叶家的商号自然可以在东夷城内畅行无阻。"

"明白了。"范闲沉默了一会儿，又道，"大青树下的偶遇，不见得是偶遇。换一种说法，她当年进入东夷城之前，就已经知道城内的情况，所以她才选中了您。"

"不对，偶遇就是偶遇。"四顾剑正色道，"她要寻找合作者，比我更好的合作伙伴有太多，她脑子里储藏的东西足以吸引无数的财富，而瞎子的存在可以保证她的安全。"

对此，范闲没有争执，问道："经商之前的那几年，你们在做什么？"

"我在继续看蚂蚁，然后练剑，有一天，费介那个老毒物来了。"四顾剑打了个呵欠，似乎长时间的回忆有些费神。

"噢，老师说过，他这辈子最光彩的事情，就是把东夷城内的一个白痴治成了一位大宗师。"范闲笑了起来。

四顾剑耻笑道："我只不过是脑子里想事情容易想迁，又不是真的白痴，变成大宗师和费介有什么关系？"

范闲眉眼含笑道："那自然是和我母亲有关系了。"

四顾剑沉默片刻后也笑了起来："你母亲能把天一道的功法传给苦荷，当然就能传套剑法给我……不过，主要还是在于我这个人是个天才，剑法主要是后来自己参悟的。"

"您比我想象的还要自恋。"范闲知道他说的是实话，就算四顾剑诀是叶轻眉当年从神庙偷出来的，但以凡人之资修成宗师之境，非大天才，大毅力,大运气,不足以成。

"天才有很多种。你母亲说过,我的天才在于专注和冷漠。"四顾剑的眼皮子耷拉着,似乎随时都可能闭上,"能看蚂蚁搬了十年家的人很少见,一个用细木枝一只一只地戳死了几万只蚂蚁的白痴,更不容易找到。我的运气不错,碰见了你母亲和五竹。你母亲的运气也不错,在东夷城碰见了我。"

范闲暗自品味着这句话,心想数十年前大陆上风起云涌,不知涌现了多少天才绝顶的人物,如苦荷般大毅力者,如四顾剑般大痴者,如陛下般能忍者,都在那时出现。叶轻眉带着五竹叔从神庙里逃了出来,碰见了这些人。

不论境界,不论幸运,单论才能与意志,如今这个世间没有人能和当年这些还没有成为大宗师的强者们相提并论。海棠不行,她师父敢吃人肉;范闲不行,他的皇帝老子可以忍受经脉尽碎的痛楚和绝望;王十三郎也不行,他的师尊根本不把人命当回事。当代的年轻人各有缺陷,各有不及,这种差距,不知道要用多少年的时间才能弥补,然后才能碰触天人之际的那层纸,最终跃过,成为真正的大宗师。

"一切都是缘分。"范闲叹道。

四顾剑用一种怪异的神情看着范闲,开口道:"你想学吗?你想学就说啊。"

范闲知道他的意思,脸上不禁浮现出一丝苦笑,道:"我想您应该已经知道了,我已经会了。"

四顾剑道:"我说的是真正的四顾剑。"

范闲沉默了一会儿,道:"其实没有什么区别。关键还是在于人,我们这一代的年轻人始终及不上你们那一代。"

除了叶流云的流云散手尚不清楚来历,叶轻眉当年从神庙偷出来的那些功诀,看样子是分别传给了这几位大宗师。

在神庙外,苦荷付出重伤的代价,救出了当时年仅四岁的叶轻眉,然后从叶轻眉的手中获得了如今天一道的无上法门。

四顾剑的剑法虽然说是靠痴气自行参悟而成，可是如果没有大青树下的相遇，白痴终究还是个白痴，去哪里悟？

至于一直在范闲身边的黄色小册子，这是母亲当年留给皇帝老子，然后皇帝老子通过五竹的手留给了自己。正是这个功诀让他生出了强烈的挫败感，他怎么做也无法进入到王道境界。他也学会了天一道的真气法门，就算四顾剑今日把所谓真的四顾剑传给自己，又能有什么帮助呢？

叶轻眉散落在这个世上的遗泽都已经渐渐被他拾了回来，再多一件，似乎也没有什么用处。

四顾剑道："练不会就要继续练，这有什么难的。"

范闲走到参天青树下，拍了拍树干，道："我不怕贪多嚼不烂，既然你一定让我学，那我就勉强学一下吧。"

他一手抚腰，一手轻拍树干，嘴里说着勉强，眼里透着笑意，这副模样要多无耻，便有多无耻。看上去，整个人浑身上下似乎被画了很多小格子，每个格子里都写着一个大大的"贱"字。

正所谓贱格。

北齐小皇帝看着这一幕再也忍不住了，望着范闲斥道："人怎么能无耻到这种地步！"

范闲望了她一眼，道："你应该知道我学了天一道，你也应该知道我会霸道功诀，如果我再学了四顾剑，虽说艺多不压身，但我总觉得自己会成为一个怪物，而且说不定抹杀了将来的一切可能性……最关键的问题是，我从来不认为世上有无缘无故的爱和无缘无故的恨。"他转向轮椅上的四顾剑，"您还是没有放弃心中的想法，难道老家伙们死之前，一定要给我的皇帝老子培养出一个对手来？"

四顾剑依然闭着眼睛，说道："你们三个人当中，我以前最不看好你，没想到这两年你变了很多，有些出乎我的意料。"

范闲轻声道："生死之事经历多了，总是会有所感慨的。"

他清楚四顾剑说的三人分别是自己、海棠和王十三郎——三位最可能接近大宗师境界的年轻人。

他站在四顾剑身后，双手扶着轮椅后背，问道："既然要学，就得抓紧时间，我是不是要去沐浴斋戒几天？"

四顾剑闭着眼睛回道："剑是用来杀人的，你就算洗一百天，最后身上还是要染血，何必去洗。"

范闲当即说道："感谢先生指教。"

"剑诀，你应该从他那里学得差不多了。剑是死物，握着它的是手，不论你从哪个方向刺出去，斩下去，穷极变化，也不可能超出万种之数……终究空间只有这么大。"

范闲默默地认真听着。站在一旁的小皇帝听得更认真，不肯放过四顾剑的每一个字，就算她的境界不能听懂太多，可是暂且强行记下来，北齐还有许多高手，比如远在草原之上的海棠，日后必有益处。

"一把剑怎样刺出去才可以杀死人？这是剑法的问题。剑法的变化总有穷尽之时。千万年以降，不知多少前贤高人在其间下过苦功，再复杂的变化都早已被人推断出来。所以剑诀从来不是最重要的部分。"四顾剑的手在轮椅扶手上缓缓抚摩，就像在抚摩一把古剑的剑柄，"当你感受到某种境界的时候，就应该明白，需要你考虑的不是怎样去杀人，而是你……应该杀人。"

很玄妙的语句，范闲偏偏听明白了。五竹对范闲谈过"实势"二字——"实"便是人体内的真气修为层次，"势"却包含了太多，比如气势、比如具体的手法，剑法毫无疑问要被归纳在"势"之一字中——而四顾剑此时所说的却已经超出了"实势"二字的范畴。

"是心念，是意志，当你的实势已至巅峰之时，需要突破的，便是心念与意志。"

四顾剑冷漠地说出这句话，然后抬头向着头顶的大青树望去，他的两眸剑意凛然，直刺天际。大青树内的鸟虫敏感地感受到了充斥于天地间的杀意,凄惶逃离,发出无数声鸟鸣虫叫,紧接着鸟儿们化作无数黑点,从深广的青色树冠里飞了出去,直奔天穹之下的云中,欲离此地越远越好。

"人不是神,他的肉身是容器,终究有极限。真气修炼,实境增加,到了肉身经脉无法容纳的阶段,便会停止。如果再强行修炼提升,只可能让经脉尽断,成为一个废人。"

四顾剑依然静静地望着青色的树冠,范闲和小皇帝在一旁安静地听着。小皇帝不是武道强者,有些听不明白,范闲却是马上捕捉到了其中真义——不论是狼桃、云之澜,还是自己,如今都已经是九品上境界,却是再也无法提升修为,这是因为他们已经达到了人体能够承受的上限。

"实便是罐中的水,势便是洒水的方式。"四顾剑面无表情地道,"一罐水,永远无法滋润万顷良田,这便是所谓极限。如果你不能突破势的范畴,便永远只能一瓢一瓢地洒水,改不了小家子气,当然体会不到大江决堤时的阵势。"

"所以关键还是体内的真气数量。"范闲下意识里接了句,想到了皇帝陛下体内如东海般深不可测的王道真气。

"实固然重要,但如果你不能掌握一种方法,将体内的实释放出去,你就不可能拥有超出凡俗的实。就像大江决堤,如果你不能控制江水的流向,上天肯定不会赐予你一条大江。因为上天有好生之德,不会让一个人随便死翘翘。"说到这句话时,四顾剑的唇角带了一抹嘲讽的意味。

"这一说法太唯心,而且我发现,虽然您培养了天下最多的强者,但说到教学生的水平,其实和五竹叔也差不多。"

范闲知道四顾剑说的这些话都很有道理,但也不过是些废话罢了。没有能够驾驭体内真气的法门,人体的自我限制,当然不会任由真气无限制增长。可如果不能让真气向上提升,超过那个临界点,又不可能掌握到那种玄妙的法门。

"真气超出人体所能承纳的程度,就已经脱离了人间范畴,相应的,操控这种真气的法门也不应该是人间能有的东西。"

"那怎么解决这个问题？"

不知道是不是因为四顾剑将目光收了回来，大青树上的风也停了，树叶轻轻摇摆，那些没有来得及逃离大树的幼鸟和虫儿陷入了沉默，有着一种死里逃生的喜悦。

"你要先找到一个不属于人间的法门。超凡脱俗的实力必须通过超凡脱俗的方式才能出现在人间。你要忘记曾经学过的一切，小手段、大劈棺、四顾剑、霸道法门、天一道的法门……你要忘记一切带有人间痕迹的法门。

"凡有痕迹，必有道理可循，然而大宗师境界的实势实在没有什么道理。"四顾剑眼瞳微缩，看着范闲厉声喝道，"你要忘了你是一个人！要忘了你有手有脚，要忘了你身上的毛发、骨中的酸痛，不要试图用身体可以控制的任何方式来安抚你体内的真气。只有心念和意志才能抛却肉身的限制。"

四顾剑的声音渐低，像铿锵的钟声响彻范闲的心头。

"脱了衣服去。"

第十五章 拔剑四顾心茫然

脱了衣服去！

范闲心头如遭雷击，汗水忽然渗出身体，将衣衫全数打湿。他对这句话很熟悉。

这是五经《宿语录》中的一段。苦荷的师祖根尘大师悟道之时曾经喝道："人之身体，便是汗衫，只有脱了，方才大道！"

在澹州的悬崖上，霸道功诀修行至最关键的那一刻，五竹叔一棍砸向他的头顶，说的也是这句。

没有想到，今日今时竟又在四顾剑口中听到了这句话。冥冥之中似乎有天意，在不停地向范闲证明这句话的意义。

四顾剑说完这句话之后，再也没有开口。

范闲隐约间明白了一些什么，仿佛看到了一个神秘而不可测，又极富魅力的全新世界，只是道路依然虚无缥缈，无迹可寻。最关键的是，如此说法与他自幼修行的霸道功诀完全是两个方向，难道仅凭心意，便能影响实际存在的世界？

人之存于世，与万物相异者何处？便在"心意"二字。人乃万物之灵，能言能思，能观花开而喜；观花落而悲；观月圆月缺，生天地沧桑之感；观潮起潮落，生人生无常之感。

躬首于黄土的老人也知道皮影戏的愉悦，奴随潘郎宵宿久……本能的快感也能经由脱离本能或物质的方式影响人的心思。奸恶无比的权臣，也可以枯坐静斋半日，写一幅中堂，得意良久，甚至把自己感动得涕泪直下。

没有哪种生物比人类更复杂，更具情感。天地冷漠，观众生死灭，只有人能反观天地，心意与之相通。

范闲知道那种境界是怎样的令人心折，更知道何其难以抵达，问道："真正的四顾剑不用剑，那您怎样教我？"

四顾剑道："你今日跟我在东夷城内闲逛，我只能让你看，至于你能体会多少，那就全凭你的造化了。"

范闲行礼道："愿为您带路。"

小皇帝在二人身旁闭着眼睛，眼皮急颤，看样子是在试图将今天这番谈话，一字不落地全部记下来。

范闲推着轮椅，离开大青树，向繁华的东夷城行去。

小皇帝睁开眼睛，赶紧跟了上去。

不知什么时候，或许是四顾剑抬头望天的那一刻，大青树下的行人旅客惊惧散去，只有淡淡的阴影笼罩着土地。

哗的一声，海风拂过，骤然一片青叶飞散，不知落下多少片，露出了青树里的两个空洞，由此可以望见湛蓝的天空，就像是有一尊神祇的目光，曾在某时淡淡向着天上扫了一眼。

三人行，必有我师。

范闲、小皇帝推着四顾剑，走入东夷城最繁华的街巷中。

先前在青树下歇息的旅人们已经被惊得四散离去，将先前看到的那一幕，传到很多人的耳中。

还没有太多人发现坐在轮椅上的残疾老人是谁，街上的行人只是觉得这三个人的组合有些奇妙。两个清俊的年轻人推着轮椅，不像是来进货的客商，也不像是慕名前来的旅游者。

范闲没有理会周遭的目光，看着四顾剑的肩，回味着先前那一刻，在大青树下感受到的宗师境界。

他是个爱好学习的人，当年押送肖恩返回北齐，也不忘在途中向肖恩请教朝政之事。既然四顾剑愿意展露境界，给他一个参详的机会，哪怕这个举动的背后隐藏着凶险的杀意，他依然不肯错过，今天他会把四顾剑当成真正的老师对待。

离开大青树后，四顾剑再也没有提过那些玄妙的字句，范闲也不再向他请教，二人平静地在东夷城里逛着，在周遭行人的目光注视与窃窃私语声中行走。正如四顾剑所言，有很多事情只能意会，不能言传。既然如此，多说无益。

只有北齐小皇帝的处境有些尴尬，她是四顾剑的客人，实际上是范闲手中的人质，此刻又像是个伴游。她无法体会四顾剑与范闲之间沉默的心意互通，只能无语跟随。

走了段时间，范闲发现了小皇帝的不自在，轻声说了几句什么，小皇帝冷漠的脸上浮起一丝很勉强的笑容。

四顾剑带着他们去了一些破旧的建筑，那是多年前叶家发迹的地方，如今早已转了用途，住在里面的人，肯定想不到当年的天下第一商就是从这里发迹的。

范闲知道四顾剑想告诉自己什么，想影响自己什么，一直保持着沉默，直到最后来到当年叶家的玻璃坊，他才开口问道："您后来已经成为东夷城的守护者，为什么我的母亲和五竹叔会离开？"

他知道那段历史，叶轻眉与五竹离开东夷城后，没有去四周的诸侯小国，而是不知如何探出了东夷城南、澹州城北，那片原始森林、陡峭悬崖间的一条道路，直接去了澹州。

那条道路似羊肠，似天阶，极难行走，但终究是条道路，三年前燕小乙便是借这条道路，偷渡五千亲兵围住了大东山。事后，不论庆国还是东夷城自然对这条密道投注了极大的热情与警惕，双方在这条道路的两头各自布下了重兵。

范闲不关心这条道路,只关心当年叶轻眉为什么会离开东夷城,因为在澹州的海边,她遇见了皇帝陛下、父亲大人、陈萍萍那老家伙,从此开始了南庆四人小组的辉煌生涯。

四顾剑面无表情地坐在轮椅上,冷淡的话语里却有些难以自抑的愤怒:"你母亲离开与我是否强大无关,仅仅与东夷城的强大与否有关……她的心很大,她要做的事情,必须依托一个更强大的势力,才能在这个天下铺展开去。很明显,在她看来,东夷城的力量不足以支撑她的志向。"

范闲明白是怎么回事——叶轻眉怜惜世人,在东夷城选择现世及入世,那么便一定会把这件事情实践得更完美。

东夷城地处海滨,聚集天下的财富,但当年只是大魏的一属。最关键的是,东夷城的人以行商为业,精明有余,意志却是稍嫌不足,若要开创大局面,用这里的理念去影响整个天下,毫无疑问并不是一个最佳的选择。

"为什么她不去北齐?嗯,就是当年的大魏。"北齐小皇帝忽然插了一句话,引得范闲和四顾剑同时看了她一眼。她有些无奈地叹了口气,道,"朕总不能当一天哑巴。"

在听今天的故事之前,她幼年时就对当年的天下第一叶家有了极深刻的认识,对那位姓叶的女子佩服至极,亲政后与范闲勾结,更是知道内库的了不起。所以她很遗憾,很好奇,为什么叶轻眉当年不去大魏,如果她当年去了,也许范闲会生在上京城,也许北齐就不会像今天这样艰难,当然,最大的可能是世间再也没有范闲这个人。

范闲在四顾剑之前解释道:"当年的大魏统有整个大陆,乃是封建腐朽势力最集中的地方,虽然说革命应该去最困难的地方,实际操作起来,却很不现实。当时南庆已经与西胡征战多年,国势初见萌起之态,却偏居一隅,不怎么引人注目,加上庆人性情开放刚烈,更容易接受新鲜的事物。所以母亲当年选择南庆,并不出人意料。"

小皇帝皱着眉头,心想这说的都是些什么混账话,明明每个字都明白,怎么加在一起却不知道他在说什么。

"她以为南庆那个世子爷会乖乖地听她的话,待南庆一统天下之日便是她改造天下之时……哪里想到那位世子爷最后也变成了人间一条真龙,岂会容忍有人骑在自己身上。"

四顾剑淡淡说完这番话之后,忍不住笑了起来,笑声里夹杂着几分快慰之意。范闲听后,心中微怒,冷冷地盯着他。

四顾剑根本不在意他的目光,又道:"我幼时尝过人间各种酸甜苦辣,数次险些丧命,扶养我的仆人奶妈不知道死了多少。所以一朝我大权在握,剑法初成,便决意杀人复仇,却被你母亲阻了下来。不过你母亲既然离开了我东夷城,去了南庆,我自然就可以放手杀人。一夜之间,我屠尽府内百余人,一夜之间,我气息大乱,境界始成。"

"当然,从那件事情之后,我和你的母亲就断了任何书信来往,从此陌路。"四顾剑不尽感慨,不尽幽怨。

"不要告诉我,您也是我母亲的倾慕者之一吧。"范闲觉得有些肉麻,搓了搓手道,"这也太俗了。"

"就算她长得再漂亮,能耐再大,在我眼里还是大青树下那个小丫头,我对这种变态的事情没有丝毫兴趣。"四顾剑漠然道,"我这一生,爱的只是手中的剑而已。"

话不投机半句多,范闲能明确感受到四顾剑胸中积压许久的那股怨气,或许是被抛弃后的孤独感,或许是这位大宗师看准了叶轻眉令人心痛的结局,却无力改变什么。

四顾剑三次远赴南庆皇宫,意欲行刺庆帝,却因为皇宫里那位从不现身的大宗师释势,而未能出手。

他不能拿自己的生命去赌,因为那是东夷城内无数的生命,可他终究去了南庆。他为什么要去?世人或许认为在南庆的威逼之下,东夷城如风雨中的鸟巢,随时可能覆灭,所以这位大宗师才试图用个人的强大武力，去改变历史的进程。

今天听了这么多故事，看了这么多叶轻眉在东夷城留下的痕迹，范闲的心里忽然涌起了一个不一样的念头：或许四顾剑要去行刺庆帝，是因为他愤怒于庆帝没有保护好叶轻眉。

轮椅在东夷城的街道上碾轧着，咯吱咯吱作响，十分清脆，似乎可以沿着长长的街道一直传到尽头的海港，甚至传到那些海船上，再被这些船带到这个世界令人陌生的其他地方。

范闲霍然抬首。据他前两天观察，此时应该是东夷城内最热闹的时候，卖货的商人、远来的旅人、观光的客人会把街上堵得满满的，场面无比嘈杂。为什么此时变得如此安静，竟连轮椅的咯吱响声，都能传出去那么远？

他心头无比震惊，小皇帝的脸色也微微变了，她这一生见过无数次这种场景，可是今天依然感到了莫名惊骇。

街道上空无一人，甚至连一点纸屑也没有，有的只是青青的石板，一块一块地拼接至远处。

所有商人旅人都挤在街道两侧的屋檐下，跪在地上，对着干净无比的街道正中伏拜，纹丝不动。

小皇帝知道这些异国的子民拜的不是自己，忍不住用疑问的目光望向四顾剑的肩膀，方才知道，原来四顾剑在东夷城子民心中的位置，竟远比一位皇帝更为崇高。

没有军队压制，没有仪仗开道，所有人主动拜于地，向轮椅行礼，就像看着他们心中的神慢慢走向街道的尽头。

天下人都知道这位大宗师要死了，这两年东夷城的人惶恐不安，今天真的见到了轮椅上的大宗师，众人心头生出无尽伤感——就是轮椅上的残废老人，用手中的剑守护了自己的财富、自己的自由、自己家宅数十年的平安。

他们心中甚至生出了一种羞愧，觉得这么多年在剑圣大人的庇护下生存，是一件可耻的事情。

剑圣大人累了，也老了。

神祇渐渐老去，终将灭亡，就如此时街道对面的那轮太阳，总有一刻会沉入无尽的黑暗里。

大青树下的场面传了开来，惊动了整座东夷城。

剑圣大人终于出庐，来到了人们之中。人们拜伏于地，心生伤感，做这次最后的告别，表达自己的感恩。范闲却不免疑惑，这些人怎么知道轮椅上的人就是四顾剑？

下一刻，他便感受到了四顾剑瘦小身体所散发出来的强横气息，那是一种决然冷酷、拒人千里的气息，是与长街两侧万民伏拜的感伤不已完全不和谐的一种气息。

范闲知道这位大宗师是在给自己上第二堂课，告诫自己，要晋入宗师境界，不只要脱了衣服，更要绝了感情。

不是无情，四顾剑对这座大城的感情只怕已经深到了极处，才会表现得如此冷漠无情，对世俗的情感不屑一顾。

"感情很宝贵，但又很廉价。"四顾剑说出在长街上的第一句话，"你若对某件事物有情，就更不能被这份情所控制。而这一点，则是你母亲最大的问题。"

范闲和小皇帝若有所思，推着轮椅，在万众膜拜的目光中向前行去，咯吱声越来越响，越来越刺耳，最后轮椅停在了一座美轮美奂的建筑物之前，正是昨日范闲来过的城主府。

"我们来这里做什么？"范闲问道。

四顾剑沙哑着声音回道："我想回家看看……然后顺便教你最后一课——杀人。"

当轮椅进入城主府后，大街依然保持着绝对的安静，东夷城的人们从屋檐下直起身子，却没有人离开，他们不安地看着城主府，不知道为什么剑圣大人会来这里。

为的是杀人。

不论四顾剑这位大宗师临死前,决定把东夷城绑到谁家的马车上,踏上谁家的官道,或南或北,这都是他的决定。整个东夷城,包括四周的小诸侯国,都必须遵从他的意志。

他不会允许在自己的领域内,有人敢在暗中生出异心、与庐中弟子勾结,在自己做出决定之前,妄想代自己做出决定,决定东夷城的方向、决定城中无数子民的生死。

这是神的工作范围,任何凡人都不能插手其中,哪怕是剑庐大弟子,哪怕是维持东夷城日常秩序的城主府。

虽然那个城主是当年四顾剑血洗家族后,在穷乡僻壤里找到的最后一个远房亲戚。

逆我者,必死无疑,这便是所谓宗师意志。这不需要强调,只是为了让范闲看得更明白一些,所以四顾剑带着他来了。

小皇帝脸色苍白,因为她知道四顾剑想做什么。

北齐在东夷城内的助力,除了云之澜,便是城主府,她一直指望着对方能够帮助自己说服四顾剑,让东夷城远离南庆。

四顾剑此时要血洗城主府,自然说明了他的态度,小皇帝感到一阵晕眩,紧紧咬着下唇,站在轮椅后一言不发。

范闲看着她苍白的脸,心头微微一动,拍了拍她的肩膀。这不是胜利者对失败者的安慰,是他的心脏也被四顾剑的剑意刺得隐隐痛起来,眼皮抑制不住地眨动。

四顾剑进入城主府后,双眸里的情绪渐渐淡漠,变得没有感情,直至最后,连一丝冷漠的意味也没有。

数人在城主府的二门石阶处跪下,迎接剑圣大人的到来。

他们低头,叩首,头颅像秋天成熟的果实,扯断了枝丫,落了下来,在地面骨碌骨碌地滚动着,断颈处平滑到了极点,就像是被一把无上利剑斩断一般。

轮椅上的四顾剑，手中根本没有剑。

小皇帝盯着在地上滚动的头颅，脸色越来越白，就连紧紧抿着的唇，也变得惨白。

范闲扶着轮椅，双手青筋隐现，额上渗出冷汗，他知道四顾剑是来杀人，来教自己杀人，但还是没有想到，这位大宗师只一动念，几条人命便不复存于世间。

头颅滚动，带出一路血虹，撞到墙角的青苔停了下来。

范闲手掌用力，意图让轮椅停在石阶下。

城主府被屠，固然可以让南庆与东夷城之间的协议再无任何反对的力量，那些剑庐弟子也会因为此间的血水重新体悟到师尊的无情和强大，可他依然不愿这样做。

他不是一个多情迂腐之人，只是他从不觉得城主府是什么障碍，只要四顾剑点头，有太多方法可以解决。

他没想到四顾剑会用最简单，也是最粗暴的方法解决。

不知何时，轮椅已经上了石阶，向着城主府深处行去。

范闲的手还在轮椅之上，越来越颤抖，脸色越来越白，因为看见的血越来越多，倒伏于轮椅两侧的尸首越来越多。

有人终于鼓起勇气拔刀，刀瞬间断成两截；有人尖叫着飞离，腰立即断成两截；更多的人惊恐地看着轮椅上的那尊杀神，想到了很多年前的那个传说，双腿瑟瑟，根本动弹不得。

很多年前的一个夜里，四顾剑拿着一柄剑走进了城主府，第二天，城主府里便再也找不到一个活人。

很多年后，四顾剑又走进了城主府，这一次他的手里没有剑，城主府依然绝望地被浓浓的血腥味所包围。

范闲的脸色苍白如纸，霸道真气已经提至极点，但刚递出身体，便被弥漫于天地间的杀气碾压得碎裂成丝，须臾消散。

小皇帝的身体颤抖着，手放在轮椅上才能勉强稳住，看着这无数头颅、断尸在空中飞舞，早就承受不住。

血在飞，血依然在飞，血始终在飞。

四顾剑的脸色更白。那是一种完全不合常理的白，似乎他身体里的血都已经流到了别处，散化成为刺天戮地的剑气和灭天绝地的杀气，无比狂放地释放了出来。

范闲和小皇帝的身体已经不受控制，被动地随着这张夺命的轮椅在城主府内行走，四顾剑散发出来的气势，完全控制了周遭所有事物的运动，无论是宏观的还是微观的。

小皇帝无力抵抗，反应还弱一些。范闲强行凝结心神，想要抵抗这股让自己感到非常不舒服，甚至有些恶心的冷漠杀意，却如同被一把重锤不停地锤打，锤锤震荡心魄。

血从他的唇角渗了出来，他的眼中闪过了一抹无奈的悲哀，视线微垂，不再去看城主府内发生的这一切，放弃了阻止四顾剑杀人的念头。他没有这个实力，也不愿意因为怜惜城主府无辜的下人，而激怒已经陷入癫狂的四顾剑。

不去看，不代表不知道。

这本来就是四顾剑给他上的最后一课。

范闲放开心神，不再与那股剑意正面抵抗，越发清晰地感觉到了场间任何一处微弱的气息变化，对四顾剑散发出来的气息与展露出来的境界，有了更深一层的认识。

他不喜欢这种气息，这种气息不仅带着血腥味道，而且没有丝毫感情，有的只是一种居高临下、视生灵如无物的漠然。

似乎在四顾剑的眼前，心念之前，世间无一物值得珍视，任一人均可视之如猪狗。他不理解，明明这位大宗师对东夷城极有感情，为何可以做到如此漠然无情？

紧接着，他感觉到了那种气息的另一个境界——意志！

四顾剑的意志已经控制了四周的一切，强悍，决绝，毫不退让，一应道德、准则、天地间的慈悲、身后年轻人的心念，在这股强大的绝对意志之前变成了泡沫，四散飘开。

范闲霍然抬首，扶住在威压下摇摇欲坠的小皇帝，随着四顾剑的目光往府中望去，眼睛变得明亮无比。

他体会到了这种境界，下意识里却有些害怕这种境界。

世间本无大宗师，那四个怪物能够突破人类自身限制，纵横天地之间，依靠的是他们在天地间的经历、对天地的体悟。

自身经历不同，造就了四位大宗师完全不同的突破道路。

皇帝陛下修成大宗师，明显走的是超实的路子，体内经脉尽碎，却否极泰来，无经脉之限制，体内之实无限制上涨。这是用无比的痛苦突破上天给人类肉体所造就的限制，毫无疑问，这是最强悍的一种方法，范闲不敢学，也无从去学。

四顾剑的道路又不一样，他自幼积存了太多阴郁与压抑，太多杀戮的冲动，终于在一夜屠尽家族之后，从血腥味中凝结了强大的心神，在灭情绝性的那一刻体悟了不为外物所动的意志，冷眼望向天穹上的那道线，轻易撕裂开来。

惨呼声渐渐停息。

城主府最后一道石阶上站着很多人。

东夷城城主穿着华服，一脸惨白，与最亲近的人排成一列等待着剑圣大人的到来。这里汇集了他最强大的力量，可是他也知道，根本没有办法阻止一位大宗师杀人。

范闲没有注意到石阶上的安静，陷入某种茫然的状态中，他终于体会到了四顾剑的宗师境界，却发现追寻这种境界的方法，自己可能永远无法做到——每个人都独一无二，要突破至宗师之境，只怕也必须找到真正属于自己的法门。

四顾剑忽然咳了起来，咳得瘦小的身躯在轮椅上弹动着，咳得范闲扶着轮椅的手再次颤抖了起来。

咳嗽仿佛是个机会，是个暗号，石阶上的城主府高手化作满天黑影，分成七个方向，如雄鹰般向着轮椅扑杀而至。

城主府高手没有丝毫犹豫，暴起出手，却没有任何信心。东夷城的子民，包括那些于海畔修剑的强者们，都已经习惯了剑圣大人的不可击败，十数年神光照拂之下，没有人敢于想象自己成为弑神的那个人，但既然终究是要死的，能死在一位大宗师的手下，应该也是一种光荣。

范闲能感觉到，如果是自己面临着这些高手临死前最壮烈的一击，只怕没有任何办法进行反击。

四顾剑还在轮椅上咳嗽。

他仅剩的那只手捂在嘴唇上。

没有剑。

所以他招了招手，地面上一柄剑动了，动得极快，就像是一道电光，来到了他稳定的手掌中，然后挥出。

剑势并不圆融，就像是七座青色山峰撕去了树木之皮，露出下方崎岖嶙峋的岩石，要把这老天刺出七个大洞。

面对着城主府七个高手的壮烈绝杀，四顾剑很随意地挥出一剑，带出四道剑光，却是斩向了七个方向。

这是超出世俗的一剑。

这一剑挟带着顾前不顾后的气势，隐在气势后的却是超脱了气势的无上意志，因冷漠而洒脱，因噬血反而淡然。

七个高手颓然坠地，无声无息。

普通钢剑破空而去，直刺东夷城城主的胸膛，没柄而入。

四顾剑坐轮椅入府后，东夷城城主没有一句辩解，没有一声叹息，只是平静地看着眼前的一幕幕，等待着死亡的到来。

既然四顾剑出了剑庐，他便只有死路一条。

对一个疯癫的大宗师，对一个酷烈的剑圣，对于一个屠尽自己亲族的无情怪物，城主没有一丝感情。

他咳着血，感受着生命的离去。他开始流泪，心中或许有太多的不甘与怨意，就如同庆帝在很多年前生出的怨意那般。

世间本来就不应该有这些大宗师的存在。

这太没有道理了。

这是四顾剑第一次真正出手，因为他的手中有剑。范闲看得非常认真，捕捉到了这一剑的出手轨迹，心头无比震惊。

原来这才是真正的四顾剑，如鸟在天，如鱼在水，只凭心意出剑，哪里仅仅是顾前不顾后、顾左不顾右的壮烈而已。

苏州城内，叶流云一剑斩半楼，范闲当日以为，世间的剑道巅峰亦不过如此。今日看见四顾剑的剑，他才知道原来剑这种杀人器最强大的表达方式是与心意相通。

世间再也没有比心意更快的表达方式了。

心意在何处，剑便在何处。

如此剑法大逆天地之理，本就不应存于天地之间。

在天地间使出这等剑法的人，只怕在那一刻也会感到畏惧与战栗，手执滴血长剑，四顾荒野，渐生茫然。

四顾剑的真义，原来到最后依然还是这句。

一顾倾人城，再顾倾人国，三顾频烦天下计，长使英雄泪满襟；拔剑四顾心茫然，前不见古人，后不见来者……

观天地之悠悠，独怆然而涕下！

范闲扶着小皇帝，身体微微颤抖，能够领悟这样的剑法，那该是一件多么令人幸福或是痛苦的事情。

城主府的树上，一只瑟缩偷窥了半日的乌鸦，终于再也禁受不住这充斥天地间的意志，呱叫一声，疾飞而去。

四顾剑的脸色白得可怕，瘦小的身躯缩在轮椅上，身旁全是死尸血泊。

范闲低头，心里涌起一股不好的念头，隐约察觉到这位大宗师已经到了油尽灯枯的时节。

因为他最后依然拔了剑。

依然是那般的清美，冷酷到了极点，可是和三年前在大东山上一剑斩尽百名虎卫相比，今日明显要弱了许多。

便在此时，东夷城城主的尸身缓缓地跪了下去，跪在了轮椅的前面，像是在表示自己最后的臣服。

范闲霍然抬首。

城主尸体倒下，一个黑衣人出现在三人的面前。

他手中也拿着一柄剑。